KB036506

짧고도 긴 여행

짧고도 긴 여행

제1판 1쇄 2022년 12월 7일

지은이 배지인
펴낸이 이경재

펴낸곳 도서출판 델피노
등록 2016년 8월 11일 제2020-000082호
주소 서울시 양천구 신정중앙로 86, 덕산빌딩 5층
전화 070-8095-2425
팩스 0505-947-5494
이메일 delpinobooks@naver.com
ISBN 979-11-91459-47-0 (03810)

짧고도 긴 여행

배지인 장편소설

델피노

목차

Part1 섬의 아이

Part 2 타인으로부터의 구원

Part 3 해수면의 경계에서

Part 1

섬의
아이

1. 서해바다

    1990년 10월 3일 베를린 장벽이 붕괴됐을 때, 대한민국 남쪽 바다를 끼고 있는 '진해'라는 작은 도시에서 한 여성이 홀로 소파에 앉아 텔레비전을 응시하고 있었다. 아나운서는 매우 격앙된 목소리로 동독의 붕괴와 자유주의 서독의 승리에 대해 열변을 토하고 있었다. 화면에서는 외신에서 보내온 영상이 송출되고 있었다. 베를린을 가로지르는 담장이 무너지고, 반대편에서 넘어오길 기다리는 수많은 얼굴이 화면에 비쳤다. 당장이라도 전 세계의 공산주의가 도미노처럼 무너질 것 같은 열기가 아나운서의 목소리를 통해 전달되고 있었다.

    하지만 이 여성은 화면을 걱정스러운 표정으로 바라보고 있었다. 여성에게는 동독이 무너지고 독일이 통일되는 것보다 더 시급하고 현실적인 고민거리가 놓여있었기 때문이다. 그녀의 남편은 작전이 시작되니 들어오기 어렵다는 말만 남긴 채 사흘째 어디론가 증발된 상태였다. 아마도 그 작전이라는 것이 지금 뉴스에서 나오고 있는 이 사안과 매우 밀접하게 관련이 되어있는 것이 분명했다.

이제 겨우 신혼생활 3개월째, 연애를 하던 때에도 남편은 가끔씩 작전이 생기면 어디론가 한동안 사라져버리곤 했지만 이제는 그녀의 미래도 그와 함께 엮인 이상, 특히 이런 서슬 퍼런 시절에 남편이 사라져버리는 것은 그녀에게는 매우 걱정스러운 일이 아닐 수 없었다. 그리고 이런 상황은 정말이지 그녀가 전혀 컨트롤 할 수 없는 노릇이기 때문에 더욱 애가 탔다. 떠나는 건 어쩔 수 없다지만, 언제쯤 돌아올지 기약 정도는 남겨줄 수 없는 걸까? 결혼 전부터 이미 남편의 특수한 임무에 대해서는 귀가 아프도록 들어 왔지만, 여성은 여전히 뉴스에서 나오는 이런저런 소식들과 연락이 두절 된 남편의 행방을 연결해 생각하는 것만으로도 간담이 서늘해지는 것 같았다.

동네에는 여성과 같은 처지에 놓여있는 여성들이 모여 살고 있었다. 나라에서는 이곳저곳 발령 나는 대로 이동하며 살아야만 하는 군인 가족들을 위해 부대가 있는 모든 지역에 군인 아파트를 지어놓았다. 물론 옮겨 다니며 살아야 하는 군인 가족들을 돕는다는 구실도 있었지만, 경계상황이 발동되기라도 하면 간부들을 바로 소집하기 쉬웠기 때문이기도 했다. 그래서 모든 군인

아파트들은 부대의 지척, 그러니까 대부분 깊은 산속이나 군 항구 근처에 주변 지형과 전혀 어울리지 않는 모습으로 덩그러니 지어져 있곤 했다.

남자들이 득실거리는 부대 옆, 외딴섬처럼 놓여있는 아파트에서 군인의 아내들은 나름대로 그 생활에 적응하며 살고 있었다. 게다가 경계 태세가 발동되고 남자들이 모두 종적을 감춰버리는 때가 오면 같은 처지에 놓인 여자들끼리 모여 함께 불안감을 덜 수 있었기 때문에, 군인의 아내들은 서로 형님, 동생 하는 사이로 막역해지곤 했다.

결혼한 지 얼마 안 된 이 새댁 역시 그중 하나였다. 새댁은 똑바로 앉아 뉴스를 응시하며 불안한 듯 손톱을 뜯다가 문득 아파트 베란다 창문으로 바깥을 바라보았다. 바로 옆 건물에서도 여러 집에서 불빛이 새어 나오고 있었다. 선배님들도(아직 새댁에게는 선배님이라는 호칭이 어색하게 느껴졌지만) 뉴스를 보고 있을 거라고 생각하니 새댁 역시 마음이 놓이는 것 같았다.

새댁은 역시 뉴스를 보고 있을 친정 부모를 생각했다. 남편의 작전이라는 것이 정확히 어떤 것인지는 알 수 없지만, 남편은 바다 어딘가에서 뭔가 중요한 일을 하고 있을 것이다. 그 덕에 나도, 우리 부모님도, 이 나라도 이렇게 무너지지 않고 오늘 밤을 버티는 것이리라.

새댁은 다시 의연하게 마음을 잡았다. 그렇게 생각하고 남편을 내조하는 것, 그것이 군인의 아내로서의 본분이었다.

작전 항해를 나가면 남편은 길어도 5일, 보통 3일 안에는 다시 돌아오곤 했다. 반갑게 남편을 맞이하면서 그 품에 안기면 군복에서는 땀 냄새, 어쩐지 쇠 냄새가 나는 것 같았다. 남편은 굶주린 짐승처럼 그녀의 품에 파고들었다. 남편이 오기만을 며칠 내내 기다리던 그녀 역시 기꺼이 자신의 가슴에 파고드는 남편을 받아들이며 남편의 냄새를 맡았다. 둘은 며칠 간의 공백을 보상받기라도 해야 할 것처럼 격렬하게 서로를 붙잡곤 했다.

하지만 남편을 보는 날보다 보지 못하는 날이 더 많은 것은 이제 신혼이 된 그녀에게는 참기 힘든 일이었다.

"이제 신혼인데 후배도 많이 외롭겠어. 우리 정도 되면 뭐 남편이 안 들어오면야 밥 안 차려도 돼서 편하지만 뭐, 호호."

옆집 김 소령님의 아내가 그녀를 위로하며 유쾌하게 웃었다.

"뭐 그보다는, 며칠 동안 바깥으로 항해를 계속 다니면 너무 피곤할까 봐 그게 걱정이에요. 부모님께 연락해서 한약이라도 지어야 하는 게 아닌가 생각했었는데, 또 제가 너무 걱정이 많은 걸까요?"

그녀는 부끄러운 주제를 돌리기 위해 황급히 화제를 전환했다.

옆에서 차를 홀짝거리던 이 대위님의 아내도 말을 보탰다.

"선배님들이 말씀하시길 얼마 전까진 작전이 이 정도는 아니었다고 하던데, 상황이 심각하긴 한가 봐요. 저쪽 육군 부대 쪽에서도 거의 남편들 구경하기 어려워졌다고 하던데요."

그녀는 기분이 나아지기 위해 모인 아내들의 차 모임 분위기가 한순간에 침울해지는 것을 느꼈다. 경험 많은 아내들은 익숙하게 이리저리 다른 일들을 찾아 몰두하고 있었지만, 여전히 모두들 남편의 일과 언제 터질지 모르는 경계 태세에 불안해하고 있는 것은 마찬가지였기 때문이다.

결혼한 지 벌써 1년이 다 되어 가고 있었지만, 여전히 그녀에게 아기 소식은 없었다. 남편 역시 어느 날 침대에 누워 조심스럽게 그녀에게 물었다.

"왜 아기가 안 생기지?"

남편의 가슴에 기대고 있던 그녀도 가만히 고개를 들어 남편을 바라보았다.

"그러게요. 당신이 너무 밖으로 나돌아다녀서 아니야? 더 노력을 해요!"

남편이 그녀를 바라보며 히죽거렸다. 남편이 웃자 그의 뺨에 보조개가 나타났다. 군인다운 근육에 짧은 머리와 달리 남편에게는 귀여운 보조개가 있었다. 남편이 웃을 때마다 오른쪽 뺨에 보조개가 깊게 나타났는데, 그녀는 그 보조개를 신기한 듯 손가락으로 만져보곤 했다.

"내 탓이었네, 내가 요즘 좀 뜸했어? 난 자기가 힘들어서 못 하는 건 줄 알았는데, 자신 있는 거야?"

그녀는 남편의 눈을 바라보며 묘한 웃음을 흘렸다.

"물론이죠."

* * *

부부의 바람과 달리 아이는 생각보다 조금 늦게 찾아왔다. 결혼한 지 3년쯤 지난 무렵, 슬슬 부부에게 문제가 있는 것이 아닌가를 의심하기 시작했을 때 아기가 딱 맞춰 찾아왔던 것이다. 부부에게 찾아온 첫 아이는 딸이었다. 남편이 내심 아들을 바라고 있었다는 것을 알고 있었던 아내는 딸이 세상에 나올 날만을 손꼽아 기다리면서도 한편으로는 초조해지는 것을 느꼈다. 둘째는 반드시 아들이어야 할텐데, 둘째도 너무 늦게 생기면 어쩌지 하는 걱정이 앞섰다.

하지만 딸이든 아들이든, 그녀에게 이 아기는 생애 처음 찾아온, 오랜 시간을 기다려 마지않던 축복이었다. 아직 태중의 아가에게는 이름이 없었지만, 아내는 여전히 작전으로 오랜 시간 집을 비우는 남편을 기다리는 긴긴밤을 함께 보낼 친구가 생긴 것이 기뻤다. 아내는 조용한 밤 뱃속에서 꼼지락거리는 아가를 조심스럽게 쓰다듬으며 아가와 함께 남편이 오기를 기다렸다.

남편의 발령으로 부부는 신혼생활을 시작한 진해를 떠나 서해안 최북단의 백령도라는 섬에서 살고 있던 참이었다.

아내와 남편이 나고 자란 도시인 진해는 한반도 남부의 최대 해안 도시 부산으로부터 약 한 시간 거리에 있는 작은 항구도시였다. 그곳에는 해군 사관학교가 있었다. 도시의 남쪽에는 일제 강점기 때부터 군량미 수탈 창구로 쓰이던 항구가 발달 되어있었고, 뒤로는 이 지역에서는 꽤 높은 장복산이 병풍처럼 도시를 감싸고 있어 군사 훈련과 작전을 수행하기에 천혜의 요새가 되어 주었기 때문이다.

그 덕에 한적한 해안 도시 치고 젊은 사람들이 꽤 많이 보이긴 했지만, 그들의 대부분은 해군 장병들과 부사관들, 그리고 학생 장교들이었다. 그들은 임무가 완료되고 나면 다른 곳으로 발령이 나 이 도시를 훌쩍 떠났다.

하지만 여기서 나고 자란 이곳 사람들에게는 평생 다른 곳으로 떠나지 않고 이곳에 사는 것이 당연했다. 그들의 부모 세대, 조부모 세대도 그래왔기 때문이다. 그래서인지 이 작은 도시 사람들은 모두가 한다리 건너 서로 아는 사이로 지냈다.

아내 역시 그중 하나로, 그녀도 진해에서 태어나 진해에서 쭉 자라왔다. 아내와 남편은 오랜 시간 서로를 알아 온 사이였지만, 아내가 기억하는 남편은 꽤 오랫동안 데면데면 지내던 교회 오빠의 모습 정도였다. 사춘기가 오기 전부터 서로 알고 지냈지만,

아내의 기억 속 소년 시절의 남편은 소녀보다 몇 살 더 많은 조용한 교회 오빠일 뿐이었다. 남편이 그나마 대화를 할 때는 교회에서 비슷한 나이대끼리 하던 성경 공부 때 뿐이었다.

어느 날인가 서로의 꿈에 대해 얘기를 한 적이 있었다. 우리가 어른이 되어서는 어떤 선교를 할 수 있을까를 토론하던 때였던 것으로 기억한다. 소녀였던 아내는 그 시기의 다른 소녀들과 마찬가지로 그다지 큰 꿈 같은 건 없었다.

책 읽는 것을 좋아했고 아마도 대학을 가겠지만 그래서 문학을 전공해야 하는 건지, 그게 먹고 사는 것과 무슨 상관이 있는지 아직 소녀는 찾아내지 못한 상태였다.

그때 소년은 자신은 국어 선생님이 되고 싶다고 말했다.

'아 그거면 책도 읽으면서 돈도 벌 수 있겠지, 그걸로 주일에는 교회에서 성경공부 선생님도 할 수 있고 말이야.'

소녀는 소년의 꿈이 꽤 나쁘지 않다고 생각했다.

하지만 사춘기가 찾아오고 소년 소녀들이 서로 내외하기 시작했을 무렵부터는 그나마 하던 대화들 마저도 중단되고 말았다. 소년은 여전히 매주 부모님과 함께 예배를 나오긴 했지만, 두 사람은 서로의 존재만 인지하고 있을 따름이었다.

그리고 소녀는 소년이 부모님의 뜻에 따라 공업고등학교로 보내졌다는 소식을 들었다. 모두가 대학을 갈 수는 없는 시절이었고, 대학에 갈 형편이 되지 않는 집에서는 응당 아이들을 공업

고등학교나 상업 고등학교로 보내는 게 당연한 때였다.

그러고도 한참 뒤 소녀는 소년이 공업 고등학교를 자퇴하고 부산으로 떠났다는 소문을 들었다. 국어 선생님이 되기 위해 진해를 떠난걸까?

소녀는 가끔 소년이 궁금했다. 아마도 부모님들은 이 사연을 모두 알고 있을 것이었지만, 소녀는 굳이 소년의 소식을 부모님에게 묻지 않았다. 소녀의 부모님과 소년의 부모님은 비록 같은 교회에 다니긴 했지만, 아주 깊은 친분 관계는 아니여서, 아마 부모님도 그 집의 내부 사정같은 건 모를지도 모른다. 게다가 외간 소년의 사정에 관심을 가진다는 것이 소녀에게는 부적절하게 느껴졌기 때문에 소녀는 이내 소년에 대한 관심을 지워버렸다.

소년을 다시 만난 것은 이미 두 사람 모두 훌쩍 성인이 되어버린 때였다. 여자도 대학에 가야 한다는 부모님의 강력한 의지로 대학에 다니긴 했지만, 소녀는 여전히 그 이후에 뭘 해야 할지 큰 뜻이 없었다. 아마도 동네 자습학원의 국어 선생님 정도를 하다가, 부모님이 소개해주는 진해, 아니면 좀 더 큰 부산 출신의 남자와 결혼하게 될 것이었다.

그리고 실제로도 부모님은 졸업반이 된 여자에게 한 번도 본 적 없는 남자들을 소개했다. 소개받은 남자들을 두어 번씩 만나보기는 했지만, 여자는 사람이 어느 수준까지 마음에 들어야 결혼을 할 수 있는 건지 아직 감이 오지 않았다. 어쨌든 기한은 정해져 있었다. 동네 언니, 친구들 모두 25살이 되기 전에 결혼해야 한다는 공감대를 갖고 있었다. 그전까지 빨리 결혼할 만한 남자를 찾아야 했다.

남자가 나타난 것은 여자가 조금씩 조급해져 가고 있을 때였다. 졸업을 1년 앞둔 여름방학이었다. 용돈벌이를 위해 다니던 시내 자습학원에서 일과를 마치고 나오던 참이었다. 여자는 건물에서 나와 주위를 지나치는 군복 입은 젊은 남자의 무리를 무신경하게 바라보았다. 남자들은 자기들끼리 시시덕거리던 것을 잠시 멈추고 동네에 흔하지 않은 젊고 예쁜 여자를 힐끔 바라보며 지나갔다.

여자는 무리 중 하나와 눈이 마주쳤다. 그는 다른 남자들과 달리 그녀에게서 눈을 떼지 않고 있었기 때문이다.

여자는 첫눈에 그를 기억해 냈다. 그 소년이었다.

소년은 남자가 되어있었다.

어린 시절 유약했던 모습은 간데없고, 국방색 군복이 아주 잘 어울리는, 오래된 훈련 탓인지 살이 갈색으로 그을린, 소년은 군인이 되어있었다.

남자는 가끔 그녀가 일하는 건물 앞으로 찾아왔다.

그녀가 일과를 마치고 나올 때쯤이면 남자는 그 앞에 조용히 서서 그녀가 나오기를 기다리고 있었다. 그녀의 부모님은 조용하고 듬직한 남자를 마음에 들어 했다. 남자의 집안이 넉넉지 않은 형편이라는 걸 모르는 것은 아니었지만, 남자의 부모 내외 역시 점잖고 경우가 있는 사람들이었다. 게다가 무엇보다도 그는 해군 장교였다. 그 정도라면 딸이 큰 고생과 생계 걱정 없이 조용히 집안의 안주인으로 평생 살 수 있다는 것을 의미했다. 그렇게 두 사람은 그들이 나고 자란 진해의 군인아파트에서 첫 신혼살림을 시작할 수 있었다.

얼마 지나지 않아 남편이 처음 저 멀리 서해안의 백령도로 발령 났을 때, 아내는 처음으로 진해를 벗어나 한 번도 가보지 않은 곳에서 살아야 한다는 사실에 두려웠다. 백령도는 인천 항구에서도 5시간을 배를 타고 가야 하는 섬이었다.

부부는 남편이 출근하기 전 주말을 끼고 진해를 떠나 백령도에 당도했다. 얼마 되지 않은 신혼살림들이었지만 생활 터전을 옮기는 것은 아내가 생각했던 것보다 더 고된 일이었다. 게다가 아내는 이미 홀몸이 아니었다. 이제 겨우 입덧이 잦아들고 있는 무렵이었다.

아내의 친정어머니는 긴 항해로 배 속의 아이에게 무리가 생기는 것이 아닌지를 걱정했다.

"가족까지 그렇게 오지로 가야 하는 건 줄 알았으면 해군한테 시집을 보내는 게 아니었다. 육군보다 나을 것 같아 허락했더니 이건 뭐 섬으로 들어가 버리네. 이래서야 딸 얼굴이라도 보려면 하루를 꼬박 여행해야 하는 게 아니냐?"

친정엄마가 툴툴거리며 말했다.

아내는 어머니 앞에서는 걱정스러운 마음을 숨기며 그저 웃을 뿐이었다. 이제 그녀는 군인의 아내였다. 남편이 국가의 부름에 따라 옮겨야 하는 것이라면, 그녀 역시 견뎌낼 줄 알아야 했다. 그건 곧 태어날 아가 역시 마찬가지였다.

'아가, 너는 해군의 자식이니 이 항해쯤은 이겨낼 수 있을 거야. 엄마랑 같이 잘 견뎌보자.'

배를 타기 전 아내는 배 속의 아이를 향해 주문처럼 속삭였다.

* * *

백령도는 군인에 의한, 군인을 위한 섬이었다.

물론 어업에 종사하는 원주민들도 있긴 했지만, 섬의 대부분은 섬 한쪽에 주둔하고 있는 해병대나, 다른 한쪽에 주둔하고 있는 해군부대 사람들로 이루어져 있었다. 위도상 육지의 휴전선 이북에 있는 이 섬은 북한과 지근거리에 있는 군사적 요충지였기 때문이다.

군인들은 사실상 이 지역의 통치자이자, 경찰이자, 주민이었기 때문에 원주민들과 군인들은 함께 공존하며 잘 지냈다. 아내역시 군부대의 다른 아내들과 함께 지내며 평화로운 시기를 보냈다. 뱃속의 아가도 무럭무럭 자라고 있었다.

하지만 읍내에 작은 내과가 한두 개 있긴 했어도 섬은 아기를 낳기에 적당한 곳은 아니었다.

산달이 다가오자 진해의 친정엄마는 하루가 멀다고 매일 전화로 언제 육지로 나오는지를 물었다. 안 그래도 아내는 배가 뜨는 시기에 맞춰 미리 육지로 나갈 생각이었다. 가까운 인천의 병원에서 아이를 낳고 섬으로 돌아올까도 생각해보았지만, 아내는 자신이 없었다. 갓난아이를 데리고 울렁거리는 배를 타고 다시 백령도에 들어오는 것은 생각만 해도 끔찍했다. 그래서 아이는 진해로 가 친정 부모님의 보살핌 아래 낳을 생각이었다.

남편 역시 그 계획에 동의했다. 아내가 진해로 가 잠시 지내다 온다면, 고향의 부모님께도 손주를 보여줄 수 있을 것이다. 다만 아내가 혼자 그 여정을 버텨야 한다는 것이 미안할 따름이었다. 가끔 그는 군인의 아내라는 사실만으로 아내가 많은 것을 혼자 감당하도록 하는 것에 죄책감을 느끼곤 했지만, 누구도 그에게 미안함과 고마움을 표현할 적당한 방법을 가르쳐 준 적이 없었다. 그런 낯간지러운 말을 꺼낼 용기가 없을 때면 남편은 그저 가끔 아내의 손을 멋쩍게 잡아줄 뿐이었다.

육지로 떠날 날이 얼마 남지 않은 어느 날, 누군가 부부의 집 문을 다급히 두들겼다. 남편은 한참 일을 하고 있을 무렵이었고, 집안에는 아내와 배 속 아기뿐이었다. 아내는 문에 나 있는 렌즈를 통해 방문자를 확인했다. 같은 군인 가족인 부대장 아내였다.

황급히 문을 열었다. 그녀는 심각한 표정으로 굳어있는 선배의 얼굴을 확인하고 의아함을 느꼈다.

"선배님, 무슨 일이세요?"

"부대에서 연락이 왔어. 며칠 지낼 옷가지랑 짐 바로 싸. 오늘 안에 떠나야 해."

"육지로 나갈 짐이요?"

"응, 김일성이 죽었다는 소문이 돌고 있어. 이후에 어떻게 될지 모르니 군인 가족들 모두 지하 벙커로 들어가야 한대. 언제 나올 수 있을지 모르니까 일단 짐을 싸. 오늘 육지로 가는 배가 뜨면 당장 타고 나가야 할 것 같아."

아내는 갑작스러운 소식에 잠시 숨을 멈추고 바로 앞의 선배를 바라보았다.

김일성이 죽었다? 김일성이 죽는다면 북한에서 권력다툼이 격화될지도 모른다. 그리고 국경에서도 통제 불능 상황이 발생한다면 백령도는 쉽게 불바다가 될 곳 중 하나였다.

아내는 더 생각할 것도 없이 바로 필요한 질문을 했다.

"오늘 배가 뜬다던가요?"

"바다 상황 보는 중이래. 무리해서 배를 띄울 수도 있는데, 어쨌든 뜨면 당장 나가야 하니까. 짐 싸서 일단 대기하고, 곧 운전병이 올 거야. 오늘 만약에 못 나가면 저녁 전에는 벙커로 들어가야 해."

더 이상 지체할 것이 없었다. 아내는 이미 머릿속으로 어떤 물품을 싸야 할지를 정리하고 있었다. 아내가 선배의 눈을 똑바로 바라보며 간단하게 고개를 끄덕였다. 아내는 조용히 문을 닫고 돌아섰다. 문을 등지고 서서 정적이 감도는 집안을 빠르게 훑었다.

큰 가방 두 개면 충분하다. 하나에는 본인의 옷가지, 세면용품들과 중요한 문서들과 도장들, 그리고 성경책. 그리고 나머지 하나에는 혹시 모르니 남편의 옷가지와 물품들을 챙긴다. 만약 오늘 배를 타고 떠나게 된다면 남편의 짐은 부대 사람을 통해 전달하면 된다.

김일성이 곧 죽을 수도 있다는 얘기는 이미 백령도 부대 사람들에게 알음알음 돌고 있었다. 그러니 놀랄 건 없었다. 하지만 그다음에 북한이 어떻게 될지는 부대 사람들 그 누구도 알 수 없었다. 정말로 평양에서 권력 싸움이 벌어진다면, 국경선 주변도 혼란스러워질 것이다. 남편이 실제로 전투의 현장에 있을 수 있다는 생각은 그녀도 해 본 적이 없었다. 그건 정말이지 최악의 시나리오였다.

아내는 머릿속에서 증폭되고 있는 불안한 상상을 떨쳐 버리기 위해 고개를 황급히 내저었다.

생각보다 챙길 짐이 많지 않았기 때문에 그녀는 빠르게 짐을 챙겨놓고 잠시 앉아 쉴 수 있었다. 몸이 잔뜩 긴장한 탓인지 배 속의 아이도 놀란 것 같았다.

'엄마가 불안한 게 그대로 전해져서 놀랐지? 엄마가 더 담대해야 하는데 미안해 아가.'

그녀는 의자에 걸터앉아 배를 부드럽게 쓰다듬으며 조용히 숨을 몰아쉬었다.

얼마 지나지 않아 부대에서 보낸 전령이 도착했다.

전령은 나머지 군인 가족들은 준비된 지하 벙커로 들어갈 예정이며, 그녀는 혹시 모를 출산에 대비해 최대한 빠른 육지행 배를 타도록 부두로 나가라는 말을 전했다.

"배가 뜬다고 하던가요?"

"잘 모르겠습니다. 부대장님께서 조합에 연락해두셨는데, 배가 뜨는지는 가서 확인해야 할 것 같습니다."

전령이 답했다. 이 젊은 남자는 부대의 이런저런 일을 도맡아 하고 있는 하사관으로, 언제나 부대에 일이 생기면 가장 먼저 현장에 도착해 있는 사내였다.

사내는 부대장의 지근거리에서 수족처럼 움직이며 명령을 지체없이 수행하면서도 그 외에 꼭 필요한 말이 아니면 입을 굳게 닫고 침묵을 지키는 그런 남자였다. 그래서 부대의 가족들은 모두 사내가 주변에 있을 때마다 이유없는 안도감을 느껴왔다. 그녀는 이번에도 그가 자신을 데리러 왔다는데 조금 편안해진 기분이 들었다.

"사모님, 짐을 들어드리겠습니다."

남자의 말소리는 더할 나위 없이 적절했지만, 그의 빨라진 몸짓은 그녀를 재촉하는 듯했다. 남자는 최대한 빨리 부두로 그녀를 데려가 제일 빠른 배에 태울 임무가 있었다.

그리고는 그녀를 배에 태우는 대로 다시 돌아와 남은 가족들이 모두 벙커로 안전하게 들어갔는지를 챙겨야 했다.

그러나 그의 짧지 않은 경험으로 미루어 보아 작전과장의 아내가 오늘 밤 내에 육지행 배를 탈 가능성은 희박했다.

비 소식은 없지만, 파도는 점차 거세지고 있었다.

이미 날씨를 예감한 도내 어부들은 고깃배를 모두 안전한 장소로 옮겨놓는 중이었다. 여객선이야 무리하게 출항할 수도 있겠지만, 그런 일은 좀처럼 벌어진 적이 없었다. 본디 바다 사람들은 해군들보다도 더 완고한 사람들이었기 때문이다.

남자는 그녀의 짐을 차 안으로 옮기고 그녀가 탈 수 있도록 차 뒷문을 열고 잠시 기다렸다. 아내는 무거워진 배를 살짝 손으로 받치며 차로 걸어왔다. 그녀의 배는 언제 아이가 나와도 이상하지 않을 정도로 부풀어 있었다.

급한 여정이었지만 그는 뒷좌석의 그녀를 보며 조심스럽게 운전했다. 군인 아파트에서 부두까지는 차로 30분 남짓 걸렸다.

이윽고 부둣가가 시야에 들어왔다. 항구에 정박해 있는 배들이 스산하게 흔들리고 있었다.

가장 큰 페리 앞에서 다른 선원들과 애기를 나누고 있던 조합장이 남자의 차를 발견하고는 다가왔다.

"안녕하세요, 김 하사님."

"안녕하세요, 조합장님. 차를 좀 대겠습니다."

남자는 바로 앞 공터에 차를 대고 뒤돌아 뒷좌석의 그녀에게 말했다.

"여기 앉아 계십시오. 확인하는 대로 돌아오겠습니다."

김 하사가 나가고 그녀는 불안한 눈빛으로 선착장 주변을 살폈다. 선원들과 작은 배의 선장들이 여느 때와 다름없이 바쁘게 움직이고 있었다.

아무일도 일어나지 않은 것 같은 지극히 평범한 모습이지만, 사실 모두들 이미 북한으로부터의 소식을 알고 있을지도 모른다. 하지만 이런 정치적인 사건 정도는 이미 전쟁 같은 그들의 삶에 작은 파문조차 일으키지 못하는 것일지도 모른다. 이북 땅의 권력 싸움이 매일같이 그들의 배를 집어삼키려는 파도만 할까.

그녀의 눈에 김 하사가 심각한 표정으로 조합장, 그리고 페리의 책임자로 보이는 사람과 대화를 나누는 것이 보였다.

김 하사가 끄덕거리며 대답한 후 그들을 뒤로한 채 그녀가 앉아 있는 차로 향했다.

"사모님, 페리도 웬만하면 뜨는 방향으로 기다리고 있는데, 바람 동향을 좀 더 지켜봐야 할 것 같다고 합니다. 지금 앞바다는 잔잔한데, 가는 길에 바람이 더 거세지면 가는데 괜히 고생만 하고 다시 돌아와야 할지도 모른다고 합니다."

그녀는 이해한 듯 고개를 끄덕였다.

가끔 무리하게 항해를 떠난 페리들이 중간에 초주검이 된 사람들을 데리고 다시 귀환하는 것을 본 적이 있었다. 그녀는 그녀와 아기가 그런 여정을 버틸 수 있을지 자신이 서지 않았다.

그렇게 심하게 뱃멀미를 하고 섬으로 결국 돌아왔을 때 오히려 자신과 아기의 상태가 나빠지기라도 한다면?

"김 하사님, 솔직히 말씀해주세요. 페리가 뜬다 해도 중간에 돌아올 가능성이 더 많은 거죠?"

김 하사가 잠시 그녀의 눈을 바라보다가 조용히 대답했다.

"네 사모님, 부대장님이 특별히 부탁하셔서 페리에서도 나가려고 상황을 보고는 있지만 사실 폭풍 예보가 계속 나빠지고 있는 상황입니다."

그녀는 이제 그녀 스스로 결정해야 하는 때라는 것을 알았다.

김 하사는 그녀가 나가겠다고 고집하는 한 이 자리를 떠나지 않고 끝까지 기다려 줄 것이 분명하다. 하지만 그렇게 나가서 무슨 소용이 있단 말인가? 바다 상황이 나빠지기만 한다면 그 누구도 페리를 더 전진시킬 수 없다. 그것이 이곳의 섭리이자, 자연의 섭리였다.

정말로 육지에 나가지 못한 채 아이가 세상 밖으로 나오는 순간이 닥칠 수 있다. 지금은 그걸 준비하는 편이 더 현실적이었다. 그녀의 결정은 그리 오래 걸리지 않았다. 마음이 잡히자 그녀는 바로 그에게 말했다.

"김 하사님, 돌아가는 게 좋겠어요. 배가 뜰 것 같지가 않네요. 저도 다른 가족들이랑 같이 벙커로 들어갈게요."

김 하사는 그녀를 잠시 바라보고 조용히 고개를 끄덕였다. 김 하사가 운전대를 잡고 조용히 시동을 거는 것을 바라보며 그녀는 생각했다. 오히려 이편이 잘된 걸지도 모른다. 아이가 조금 더 버텨준다면 사태가 진정되고 나서 육지로 나가면 된다. 그게 아니라면, 이 섬이 기쁜 마음으로 이 아이를 품어줄 것이다.

섬에서 태어난 아이는 섬과 어부의 신들이 보살필 것이다.

벙커에 들어가기 전 남편이 잠시 집에 들렀다. 그녀는 남편을 보지도 못하고 육지로 떠나지 않은 것에 잠시 감사했다. 남편은 조용히 아내를 안아준 후 아내의 배를 쓰다듬었다.

남편은 만삭의 아내에게 어떤 말을 해 주어야 할지 몰랐다.

"벙커에서는 길어지면 일주일 있어야 할지도 몰라. 운 좋으면 더 빨리 나올 수도 있지만. 할 수 있겠지?"

"여기는 걱정 말고 당신이나 몸조심해요."

아내는 불안한 표정을 숨긴 채 남편을 향해 싱긋 웃었다.

남편이 아내가 싸놓은 짐을 들고 그대로 부대로 들어간 후, 아내는 부대에 남은 가족들과 함께 벙커로 가는 차에 몸을 실었다.

벙커는 부대에서 멀리 떨어지지 않은 곳에 있었다. 국방색 방공호로 둘러싸여 있는 입구를 지나 지하로 내려 들어가자 이내 서늘한 기운이 감돌았다.

벙커로 가는 입구에서는 알 수 없는 금속성의 냄새가 나는 것 같았다. 문으로 들어가는 양옆으로 몸을 씻을 수 있는 호스 같은 것이 나와 있었다. 일렬로 지나가며 그 호스를 쳐다보았다.

"아 그건 원래 생화학 무기에 대비해서 들어오는 인원을 소독하려고 쓰는 건데요, 사실상 지금 뭐 쓰진 않습니다."

가족들을 인솔하던 하사관이 덧붙였다. 하사관을 따라 벙커 통로를 들어가 양옆으로 닫혀있는 여러 문들을 지났다.

이윽고 큰 공간이 나타났다. 방안에는 벙커 침대가 몇 개 놓여 있었다. 화장실과 샤워실처럼 보이는 공간도 보였다.

"일단 여기서 함께 지내시게 됩니다. 그래도 여기 있는 벙커는 좀 크게 지어진 편이라, 불편하시더라도 지내시기에 아주 많이 힘드시진 않을 겁니다."

가족들의 눈에 믿을 수 없다는 기색이 잠깐 비쳤지만 이내 모두들 체념하고 이곳에 정을 붙이겠다는 심정으로 주변을 둘러보기 시작했다.

"그리고 드실 음식들은 이 옆에 음식 창고에 있는데요, 저희가 아까 이것저것 더 챙겨 넣어두었습니다. 그리고 완전히 벙커를 막는 게 아니니까 뭐 더 필요하시면 저희가 계속 가져다드리겠습니다. 낮에는 급한 일이 있으시면 저희와 함께 나갔다 오실 수 있고 안전상 밤에는 이쪽에서 며칠 지내신다고 생각하시면 됩니다."

그녀는 문득 진해의 친정엄마가 이 사실을 알게된다면 당장에라도 이혼하고 돌아오라고 날뛰실지도 모른다는 생각이 들었다.

온통 국방색, 은색으로 가득 찬 이 벙커와 물푸레나무로 만든 진해의 친정집 사이의 괴리에 왜 웃음이 나오려는지는 그녀도 알 수 없었다.

부대장의 아내가 그녀에게 다가왔다. 부대장 부부에게는 아이가 없었다. 보통 다른 아내들은 아이들의 학업을 핑계로 이 시골 섬으로 들어오지 않으려 노력했지만, 그녀에게는 육지로 나갈 구실이 없었다. 그 덕에 부대장 아내는 이 섬에 남아 군인 가족의 대모로서 사람들을 살뜰히 챙기곤 했던 것이다.

"페리가 안 떠서 육지에도 못 나가고 괜히 고생하게 생겼네, 몸은 좀 괜찮나?"

"네, 괜찮습니다. 오늘은 또 심하게 움직이지도 않고 조용하네요."

그녀는 부대장의 아내를 바라보며 미소를 지었다.

하지만 오늘 긴장을 하고 무리하며 돌아다닌 탓인지 허리가 뻐근해져 오고 있었다.

아내는 말없이 조용히 배정된 1층 벙커 침대에 몸을 누였다.

벙커에서 지낸 지 사흘째 되는 밤에 진통이 찾아왔다.

싸르르한 진통이 참을만하다고 생각했던 건 출산 경험이 전혀 없는 그녀의 착각일 뿐이었다. 고함을 참을 길이 없어 고통에 몸부림치는 그녀를 벙커에 있는 여자들과 신변 보호를 맡고 있던 군인들이 함께 바깥으로 옮겼다.

한밤중 그녀가 실려 간 곳은 시내의 한 병원이었다. 실려 가는 내내 거세지는 고통을 참느라 거칠어가는 숨을 고르며 그녀는 창문 사이로 주변 풍경을 볼 수 있었다.

주변은 칠흑같이 검었다. 시내의 간판들과 민가에서 퍼져오는 사람이 사는 흔적 같은것들도 보이지 않았다. 다만 주황빛을 띤 가로등 몇 개만 간간이 이곳이 사람이 지나다니는 길임을 보여주고 있을 따름이었다. 군인 가족들 뿐만 아니라 민간인들도 조용히 밤이 지나가기를 기다리며 어둠 속에 숨어 있었다.

사람들이 그녀를 데려간 병원에는 이미 의사와 이 동네에 몇 없는 간호사들이 그녀가 오기를 기다리고 있었다. 사람들은 불빛이 새어 나가지 않도록 창문에 커튼을 치고 빛을 막았다.

그녀의 주변에서 이리저리 돕던 사람들이 사라지고 주변에 정적이 흐르자 그녀는 자기가 고통스럽게 내는 소리를 더 또렷하게 들을 수 있었다. 그녀의 주변에는 의사와 간호사들만이 분주하게 출산을 준비하고 있을 따름이었다. 그녀는 자기 자신이 짐승의 울음소리를 내는 것처럼 느껴져 잠시 부끄러워졌지만, 이윽고 다시 진통이 찾아오면 그런 생각은 간데없이 그녀는 소리를 지를 수밖에 없었다.

지난한 시간들이 지나고, 동이 틀 무렵 병원에 아기 울음소리가 울려 퍼졌다. 11시간의 외로운 싸움을 끝낸 산모는 핏덩이의 딸을 바라보았다. 육지에서 태어나 편안한 곳에서 생애 첫 시간을 보내게 해주었으면 좋았으련만.

하지만 이제 그녀의 딸은 섬의 딸이었다.

어부들은 섬에서 태어난 아이를 축복받은 아이라고 불렀다.

이제 이 아이들이 가는 곳에서는 바다의 신령도 분노를 한 수 접어줄 것이며, 그들은 바다의 가호를 받고 살아가게 될 것이다.

제아무리 앞길을 막는 무엇인가가 생긴다 한들 결국에는 자신의 길을 가는 파도처럼, 이 아이들도 역경을 이겨내며 살아가게 될 것이다.

하지만 이 아이에게는 그런 역경 같은 것조차도 오지 않기를, 바다의 신령이시여, 이 아이를 지켜주소서. 어머니는 갓난아이를 보며 간절히 빌었다. 딸은 어머니의 기도를 아는지 모르는지, 세상 밖에 나온 것이 억울하다는 듯 울어대고 있었다.

아빠가 딸을 보러 온 것은 그로부터 36시간이 지난 다음다음 날이었다. 곧 북한의 첫 지도자 김일성이 죽은 것만으로 북한이 간단히 혼란에 빠지지는 않는다는 사실도 밝혀졌다. 백령도에는 다시 평화가 찾아왔다.

2. 짧고도 긴 여행

　유민은 그 동네 최고의 골목대장이자 말괄량이였다. 백령도 구석구석 유민이 가지 못할 곳은 없었다. 민간인들의 출입이 금지된 군사지역 마저도 유민의 놀이터였다.

　유민은 아침이면 민간인 통제구역에 있는 바다로 나갔다. 그곳에서는 항상 하사관 아저씨들과 군인 아저씨들이 아침 구보를 뛰거나, 어쨌거나, 훈련을 위해 상주하고 있었기 때문이다.

　"안녕하세요, 아저씨!"

　"어 유민이 왔냐, 오늘도 출석도장을 찍는구나."

　해변 주변에 뒷짐 지고 서 있던 주임원사 아저씨가 심드렁하게 유민의 인사를 받아주는 것을 듣는 둥 마는 둥 하며 유민이 바다로 뛰어들었다.

　"안녕하세요, 아저씨…."

유민의 뒤에 어정쩡하게 서서 인사를 한 후 뒤따라 바다에 들어가는 것은 지호. 백령도에 있는 몇 안 되는 군인 가족 아이이자 유민의 유일한 친구였다.

유민과 지호의 하루일과는 아침에 바다로 나가 이렇게 아저씨들에게 아침 인사를 하는 것으로부터 시작해서 바다 수영을 하고 해파리들을 해변가로 가져오는 것으로 이어졌다.

[해파리들은 나쁜 놈들이니 바다에서 발견하면 해변가로 보내버리렴]

가끔 유민을 튜브에 태워 먼바다까지 데려가곤 했던 중사 아저씨의 말을 들은 이후로 유민은 이곳에서 자신이 해야 할 임무가 해파리를 죽이는 일인 것처럼 느껴졌다. 서해안에 사는 해파리들은 촉수가 없는 해파리들이었다. 가끔은 투명한 원반처럼 보이는 것들도 있었는데, 그런 것들은 바다 위를 떠다니는 것 외에는 할 줄 아는 것이 없었다.

이 해파리들은 투명한 젤리 같아서, 해파리를 통해 바닷속을 들여다볼 수도 있었다. 투명한 원반의 중심부에 실핏줄 같은 것이 보이는 해파리들도 있었다. 아저씨들은 이 해파리들도 독이 없다고 했지만, 왠지 이런 해파리들을 건드리는 건 어린 유민에게는 용기가 필요한 일이었다.

유민과 지호는 바다에 떠다니는 우주선 같은 해파리들 주변에 서성이면서 한참 동안 들여다보다가 바지춤에 끼워놓은 긴 나뭇가지를 꺼내 그놈들을 슬슬 해변가로 밀어 나오면 됐다. 모래사장까지 끌고 온 해파리가 왠지 살아남아 바다로 돌아갈세라 유민과 지호는 나뭇가지로 해파리를 푹푹 찌르면서 확인 사살을 하곤 했다.

그럴 때마다 왠지 유민은 자신이 군인이 될 훈련을 하고 있는 것처럼 느껴졌다.

"야, 오늘 우리 몇 마리 죽였지?"

유민이 해파리를 공격하다 말고 지호에게 물었다. 지호 뒤에는 일렬로 해변에 놓여있는 투명한 해파리들이 보였다. 해파리들이 햇빛에 반짝이며 빛을 내고 있는 것만 같았다.

지호가 뒤를 돌아 그들이 오늘 바다에서 건져온 해파리들을 세보았다.

"다섯 마리."

"오 꽤 많이 죽였다 그지? 한 마리만 더 가져올까?"

유민이 기세 좋게 말하는 것을 보며 지호는 자기도 모르게 얼굴을 찡그렸다.

"야… 너무 힘들지 않아? 내일 하자…."

"아니 어제도 다섯 마리였잖아. 저기 또 하나 보이는데? 진짜 그냥 냅둬?"

"유민아… 이제 그만하자…. 우리 이제 언덕 가서 놀면 안돼?"

지호가 울먹거리며 말했다.

아무래도 해변가에 늘어져 있는 해파리 다섯 마리가 왠지 공격해올 것 같은 느낌에 갑자기 무서워진 탓이었다.

"알았어. 그럼 이제 내일 쓸 무기 구하러 가자!"

"응!"

유민이 반쯤 부러진 나뭇가지를 내동댕이치고 저 멀리 기세 좋게 달려 나가자, 지호도 주저없이 유민을 쫓아 달려 나갔다.

유민과 지호가 무기로 쓸 나뭇가지를 찾으러 가는 장소는 해변가에서 얼마 떨어지지 않은 곳이었다. 해변가에서 나와 비포장도로를 건너면 바로 얕은 동산이 나왔는데, 그 동산은 뒤편으로 군인아파트를 감싸 도로로부터 엄폐하고 있었다.

동산 옆에는 그보다 더 작은 언덕이 있었다. 언덕 위로 올라가면 철로 된 미끄럼틀과 목제 시소가 있는 간이 놀이터가 있었다. 미끄럼틀은 한때 노란색과 빨간색으로 칠해져 있었던 것처럼 보이지만, 세월에 칠이 벗겨지면서 내부의 검붉은 금속을 내보이고 있었다. 그래서 한참을 놀이터에서 놀고 나면 손에서는 쇠 냄새가 한동안 사라지지 않았다. 유민은 아빠에게서도 가끔씩 이 냄새를 맡을 수 있었는데, 그래서인지 손에 남겨진 철 냄새가 그리 나쁘지만은 않았다.

어느 날 지호와 함께 시소를 타며 누가 더 공중에 높이 떠오를 수 있나 내기를 하던 유민에게 좋은 생각이 떠올랐다.

이놈의 시소는 정해진 거리밖에 움직이질 못하니 더 이상의 모험이 불가능하다!

이제 이 오래된 시시한 놀이터는 어린 애들에게 넘겨주고 새로운 모험을 떠나자!

"야! 우리 모험을 떠나자!"

이미 울상이 된 지호를 아랑곳하지 않은 채 유민이 소리쳤다.

유민이 찾은 새로운 모험은 이 동산을 한 바퀴 빙 도는 것이었다. 동산으로 올라가는 계단을 벗어나 나무로 우거진 동산의 비탈길에서 히말라야의 염소들처럼 마치 절벽을 타듯이 빙 돌며 새로운 루트를 개척하고 새로운 나뭇가지를 구하는 것이다. (물론 그 당시 유민은 절벽을 타는 히말라야 염소의 존재를 알지는 못했다)

그러기 위해서는 사람이 걸을 수 있는 길을 낼 필요가 있었다. 유민과 지호는 조금씩 언덕의 비탈길에 육로를 개척하며 한 바퀴 크게 빙 도는 루트를 만들기 시작했다. 물론 앞장서는 것은 항상 유민이었다. 겁이 많은 지호가 답답한 유민은 당연히 자기가 루트 개척의 선봉에 서야 한다고 생각했지만, 그래도 한편으로는 지호가 조용히 뒤를 따라오고 있다는 사실이 맘에 놓였다. 지호 역시 유민이 대장 노릇을 하며 루트를 개척하는 데 전혀 불만이 없었다. 지호에게 불만이 있다면 가끔 유민이 개척하는 루트가 너무 위험하지 않나 하는 정도일 뿐이었다.

그런 의미에서 유민과 지호는 멋진 모험 파트너였다.

루트 개척과정은 눈에 띄지 않을 만큼 조금씩 이루어졌다. 그리고 새로운 장소를 발견할 때마다 유민과 지호는 그동안 손에 넣을 수 없던 길다란 나뭇가지들도 발견할 수 있었다. 이 나뭇가지들은 해파리에 가까이 다가가지 않고도 해파리를 공격할 수 있는 좋은 무기가 될 것이었다.

큰 전리품을 수집한 날이면 유민과 지호는 더욱 대담해져서 군인아파트 주변에서 엄마들이 겨울 간식과 반찬거리를 만들 요량으로 돗자리에 널어놓아 햇빛 아래 보기 좋게 말라가는 명태껍데기를 몰래 훔쳐 입에 욱여넣고 달음박질을 치곤 했다.

아직 덜 마른 명태껍데기에서는 바다내음이 가득했지만, 조금 더 우물우물 씹다 보면 단맛이 났다. 그런 날이면 둘은 기분이 너무 좋아서 뭐든지 할 수 있을 것 같은 상태가 되었다.

유민과 지호는 루트 개척이 끝날 때까지 이 모험을 모두에게 비밀에 부치기로 했다. 놀이터 꼬맹이들이 최근 그들의 동태를 주시하고 있었기 때문에 좀 더 은밀하게 움직일 필요가 있었다. 게다가 어른들은 귀찮은 일이 생기는 것을 싫어하기 때문에, 이유 없이 괜히 자신들의 모험을 방해할 가능성이 컸다.

그래서 유민과 지호가 그날의 루트 개척(과 전리품 수집)을 마치고 나면, 그들은 입구 주변의 무성한 덤불들을 잘 겹쳐서 길을 숨겨놓고 돌아왔다.

그리고 어느 날은 지호가 어떤 모험영화를 보고 나서 (아마도 '인디아나 존스'였을 것이다) 침입자를 막을 새로운 아이디어를 가져왔다. 이제 유민과 지호는 돌아오는 길에 나무와 나무 사이에 낚싯줄을 팽팽하게 묶어두고 그들만 알아볼 수 있는 표식을 해두었다. 이제 침입자는 함부로 그들의 영역에 발을 들여놓지 못할 것이다.

그리고 얼마 지나지 않아 그들의 새로운 함정물이 침입자를 처리하는데 탁월한 효과가 있음이 밝혀졌다. 침입자 동네 꼬마 녀석이 유민과 지호가 떠난 후 몰래 둘의 아지트에 침입했다가 낚싯줄에 걸려 넘어지면서 턱이 제대로 깨지고 말았기 때문이다. 꼬마 놈은 동네가 떠나갈 만큼 소리를 지르며 사람들을 놀라게 했고 결국 더 큰 병원으로 옮겨지기 전까지 미라처럼 붕대로 얼굴을 감고 사는 신세가 되었다.

유민은 그것이 응당 침입자가 받아야 할 천벌이라고 생각했으며, 부당하게도 그 맹랑한 침입자 대신 자신이 그 벌을 받아야 한다는데 분노했다. 그 침입자 사건 이후 어른들이 유민과 지호가 개척해놓은 개척로를 공식적으로 폐쇄했기 때문이다. 그리고 유민과 지호는 주변에서 노는 것을 금지당했다.

물론 개척로를 공식적으로 폐쇄한다는 선언은 어른들에게만 유효한 것이었다. 유민과 지호가 이해한 바로는 대충 본인들이 만들어 놓은 비밀통로 주변으로 가는 것이 금지되었다는 것뿐이었는데, 이 길을 폐쇄한다는 것이 어떤 것인지 어른들은 제대로 이해하지 못하고 있는 듯했다. 원래 동산은 아이들의 것이었으며 아이들은 동네 어른들의 눈을 피해 동산에서 노는데 이미 도가 텄기 때문이다.

유민과 지호는 그 이후에도 어른들의 눈에 띄지 않게 동산으로 놀러 갔다. 그들에게는 끝내야 할 모험이 남아있었기 때문이다. 어른들의 어떤 제약도 그들에게는 (적어도 유민에게는) 중요하지 않았다.

이 더욱 비밀스러워진 모험을 위해서 그들은 바다 수영과 해파리 사냥 시간을 더욱 줄여야 했다. 오전에 둘은 바다에 나가는 척 집을 떠나 바로 동산으로 향했다. 오전에는 꼬마 놈들도 동산에 나오지 않았기 때문에 그들은 더욱 은밀하게 움직일 수 있었다. 대신 지호에게는 새로운 임무가 더 추가되었다. 유민이 앞에서 새로운 길을 닦고 있는 동안 지호는 주변에 지나가는 사람이 없는지 감시하는 임무를 담당하게 된 것이다.

늘 지호는 유민의 뒤에 서서 탐탁지 않은 표정으로, 그러나 비장한 태도로 모든 임무를 완벽하게 수행해냈다.

그들이 루트를 완성한 것은 침입자 사건이 지난 2주 후였다. 수풀과 수풀 사이에 길을 내고 우거져 있던 풀과 나뭇가지를 어느 정도 정리하고 나니, 이제 누가 보아도 작은 동물 정도는 쉽게 지나다닐 법한 길이 만들어졌다.

길의 끝은 유민과 지호가 비밀통로를 만들기 시작한 입구로 이어졌다. 이제 유민과 지호는 이 길을 따라 아무도 모르게 동산을 한 바퀴 돌아 나올 수 있게 된 것이다.

유민과 지호는 이 길을 "짧고도 긴 여행"이라고 명명했다.

그들은 마지막 작업을 마치고 길을 숨겨주고 있는 수풀 뒤에 나란히 앉아 감격의 순간을 조용히 공유했다. 수풀 사이 사이로 햇빛이 내려와 길을 희미하게 반짝여주고 있었다.

유민이 길에 앉아 하늘을 바라보다가 문득 지호에게 물었다.

"야 지호야, 근데 왜 넌 왜 날따라 짧고도 긴 여행을 만든 거야?"

"그게 무슨 말이야?"

지호가 유민을 쳐다보며 되물었다.

"처음엔 하기 싫어했잖아, 그리고 부모님들이 그 이후엔 계속하면 혼난다고도 했고."

지호는 유민의 말에 살짝 상처받은 표정을 지었다.

"하기 싫어한 적은 없어…."

"한 번도? 처음부터 쭉?"

유민이 커다랗게 눈을 반짝이며 물었다.

지호는 다시 유민을 힐끔 바라보았다. 유민은 가끔 무서울 때가 있었다. 짧고도 긴 여행을 시작할 때도 그냥 조금 무서웠을 따름이다. 지호가 유민을 생각할 때 느끼는 것처럼 말이다.

"응."

"그래서? 다 만드니까 너도 좋은 거지?"

"응 좋지, 좋아."

힐끔 유민을 바라보았다. 유민이 자신을 보며 씩 웃는 것이 보였다.

"그럴 줄 알았어, 우리 앞으로 어른 될 때까지 이 길은 아무한테 보여주지 말고 우리 비밀기지로 만들자, 그리고 다 크고 나서 우리 애들한테만 살짝 가르쳐주는 거야."

"우리 애들?"

"응 우리 애들, 왜?"

지호는 갑자기 얼굴이 빨개지는 것 같았다. 그걸 유민이 보기라도 하면 유민은 비밀통로가 들통날 만큼 크게 웃어버릴지도 모른다.

지호는 괜히 길가에 놓인 돌멩이를 흥미롭다는 듯이 집어 들며 얼버무렸다.

"응응 그러자."

둘만의 비밀통로 "짧고도 긴 여행"은 곧 비밀통로보다는 두 사람이 괜히 숨어서 남들의 눈을 피해 노는 아지트로 변했다.

둘은 어딘가에서 짧고도 긴 여행을 꾸밀만한 뭔가를 발견하면 도토리를 쟁이는 다람쥐들처럼 하나씩 하나씩 그곳으로 가져왔다. 어느 날 아파트 뒤편에서 누군가가 버리기 위해 내놓은 양탄자를 발견한 것은 그중 가장 크고 화려한 수확이었다. 둘은 양탄자를 사이좋게 들고 짧고도 긴 여행에 들어와 중간 어딘가쯤 펼쳐놓았다. 좁은 길이라 양탄자가 길 사이로 난 나무들에 막혀 제대로 펴지지도 않았지만 그건 오히려 그것대로 좋았다. 둘은 펴지다 만 양탄자에 일렬로 누워 수풀 사이로 보이는 작은 하늘을 바라보았다.

짧고도 긴 여행은 그 이후로 오랫동안 둘만의 비밀 아지트였다. 그리고 이제는 남들의 시선을 끌지 않고 "짧고도 긴 여행"으로 몰래 들어올 수 없을 정도로 둘의 몸이 커져 버렸을 때쯤인가부터, 그들은 더 이상 짧고도 긴 여행으로 들어가지 않게 되었다.

사실 몸이 커졌기 때문만은 아니었다. 아이들이 어느 정도 자라면서 군인 가족들은 아이들을 육지로 보낼 준비를 해야 했다. 육지에서는 중학교 1학년짜리가 중학교 3학년짜리 진도를 나가고 있다는 소문이 들렸다. 군인 가족 엄마들은 북한이 오늘 무슨 미사일을 날렸는지보다 아이들이 육지로 나가서 육지 아이들과 경쟁하지 못하고 지진아가 되는 것을 더 두렵게 여겼다. 그래서 엄마들은 육지에 나가기 전 아이들을 최대한 교육시키기 위해 섬 주변을 수소문하고 다녔다. 부대에 새로 들어오는 병사 중 수도권 대학에 다니는 병사가 있는지도 엄마들의 중요한 정보 중 하나였다.

수도권 출신의 병사가 섬에 들어오면 엄마들은 부대 남자들의 암묵적인 무관심 아래 똑똑한 병사를 불러 아이들을 과외시키도록 했다. 병사들의 입장에서도 그 시간에는 인원이 별로 필요하지 않은 임무로 배정되어 자유롭게 활동할 수 있게 되니 모두에게 이득인 셈이었다. 물론 이 일은 관여하는 몇몇 이외에는 전혀 알 수 없도록 은밀하게 이뤄졌다.

유민의 부모님도 예외가 아니었다. 유민과 지호는 학교가 끝나고 나면 부대에서 엄선된 수도권 대학생 병사를 만나 수학과 영어를 배웠다. 유민과 지호가 함께 있으면 사고를 일으킨다는 것을 어린 시절부터 봐 온 부모님들은 둘을 붙여놓는 것이 그리 탐탁지는 않았지만, 유민이 20대 초반의 군인에게 단둘이 과외를 받게 하는 것보다는 나았다.

다행히 병사는 자신에게 주어진 일에 최선을 다하는 스타일이었다. 게다가 자신이 서울에서 자라며 봐온 영악한 10대 애들과 비교하면 유민과 지호는 정말이지 너무나 순박한 섬 아이들

이었다. 유민과 지호를 보며 병사는 일종의 동정심을 느끼기도
했는데, 그래서 어느 순간부터는 이 아이들에게 가르침을 주는
것 자체에 순수한 즐거움을 느끼던 중이었다.

유민과 지호는 셋만 있을 때는 이 병사를 선생님이라고 불렀
다.

"선생님, 근데 육지에서 사는 게 그렇게 좋아요?"

병사가 유민을 바라보았다. 유민은 언제나 공부보다 더 궁금
한 게 많은 아이였다. 지호도 조용히 학습지에서 눈을 떼고 유민
과 병사를 바라보고 있었다.

"글쎄, 육지가 좋은 사람도 있고 섬이 좋은 사람도 있겠지? 내
개인적인 경험을 묻는 거라면 난 육지가 좋아."

"왜요?"

"왜냐하면, 모든 게 다양하니까. 그러니까 더 많은 선택지가
있는 거지, 생각해봐, 여기 백령도에는 짜장면집이 2개잖아. 그
중에 제일 맛있는 건 읍내에 있는 거고, 비교할 만한 게 별로 없
지. 그런데 서울 가면 짜장면집만 수천 개는 될 테니까, 다 경험
해보고 내가 제일 좋아하는 걸 고를 수 있거든. 모든 게 그렇다
고 생각하면 대단하지 않아?"

"어차피 그 수천 개 먹어볼 시간도 없을 텐데, 그렇게 너무 많
으면 사는 게 피곤하지 않을까요?" 지호가 물었다.

"수천 개를 다 먹어볼 필요는 없어. 육지엔 사람들도 많으니

까, 그 사람들이 하는 평가를 들어보고 가고 싶은 곳에 가면 되지. 그러니까 요는 어쨌든 선택권이 더 많아진다는 거고, 내가 정말로 좋아하는 맛을 찾을 수 있다는 거지."

"전 아마 육지에 가도 주변에 있는 짜장면집에나 갈 것 같아요. 모든 걸 다 그렇게 하나하나 결정한다는 건 너무 피곤할 것 같아요." 지호가 말했다.

"난 좋을 것 같아! 서울에선 주는 대로 먹으라고 하지도 않을 거 아냐, 난 내가 정말 좋아하는 게 뭔지 궁금해." 유민이 질세라 자기 의견을 말하자 지호가 눈을 얇게 뜨며 [그래, 그렇겠지] 하는 표정을 짓는 것을 보며 병사는 미소를 지었다.

"직업도 마찬가지잖아, 여기 섬에선 아빠 배를 물려받거나, 군인들밖에 없어. 육지에 가면 뭐든 할 일도 더 많을 거 아냐."

"그래서 넌 육지에 가면 무슨 일을 하고 싶은데?"

"글쎄요. 아직 잘 모르겠어요. 하여튼 어선은 안 탈 게 확실하니까요. 전 사실 여기 사람들이 구운 생선을 먹을 때 한쪽을 다 먹고 나서도 절대 다른 쪽으로 안 뒤집어 먹는 게 웃겨요. 다 큰 어른들이 생선을 뒤집어 먹으면 진짜로 배가 뒤집힐 거라고 믿는 거 자체가 이해가 안 돼요. 적어도 육지엔 그런 미신은 없겠죠."

섬에는 그런 미신이 있었나? 육지에도 그런 미신이 있을까?

육지에도 분명 그런 미신들이 있을 것이다. 우리가 너무 익숙해져서 그걸 미처 깨닫지 못하고 있을 뿐.

"여기서 생선을 안 뒤집어 먹는지는 몰랐네. 근데 육지에는 육지의 법칙이 또 있겠지. 난 잘 생각이 안 나는데, 나중에 유민이가 가서 이상한 게 있는지 확인해주면 되겠다. 그러려면 육지 나갈 준비를 잘해야지, 이거 이거."

병사가 책상에 덩그러니 놓여 소외되고 있던 학습지를 펜 뒤편으로 툭툭 쳤다.

이제 다시 공부로 돌아갈 시간이라는 뜻이었다.

* * *

백령도는 위도상 휴전선 이북에 있는 섬이었다. 날씨가 좋을 때면 백령도에서도 저 멀리 북한 땅이 보일 정도로 북한에 가까이 있었다. 그래서인지 대부분의 해변은 민간인의 출입이 금지되어 있었다. 밤이 되면 해변으로 통하는 철창이 모두 잠겨 백령도 사람들도 해변으로 나갈 수 없었다. 하지만 백령도에 있는 해군보다도 더 바쁜 건 해경들이었다. 전해 듣는 소식에 의하면 매일같이 중국 어선들이 불법으로 우리 쪽 바다로 넘어와 조업을 해서, 해경들은 거기에 맞춰 달려 나가는 게 일상이라고 했다. 그런 점만 뺀다면, 백령도는 평화로운 섬이었다.

그래도 아빠는 항상 바빴다.

어린 시절부터 아빠와의 기억은 오랜만에 집으로 돌아와 유민을 안아주는 장면들이 대부분이었다. 아빠가 돌아오는 날이면 항상 엄마는 어떻게 그 소식을 전해 들었는지 유민에게 저녁에 아빠가 올 테니 아빠가 돌아오시면 문 앞에서 반갑게 맞이해드리라고 주문했다. 그리고 엄마는 항상 아빠를 위해 된장찌개를 끓였다.

부엌에서 보글보글 끓는 된장찌개와 아빠가 제일 좋아하는 시금치나물의 고소한 들기름 냄새를 맡으며 유민은 거실에 나와 빈둥거렸다. 아빠가 올 때가 되면 바깥에서 들리는 차 소리에 귀를 기울였다. 유민의 집은 1층 주택이었는데, 아빠의 차가 올 때면 차 바퀴 소리와 함께 저 멀리서 차 전조등이 먼저 집 밖을 밝혔다. 아빠가 오는 신호였다.

아빠는 제일 먼저 현관문에 서 있는 유민을 안아주었다.

아빠에게는 항상 탄 냄새, 쇠 냄새가 났다. 바다 냄새가 날 때도 있었다. 그것은 희미한 냄새였지만 이제 유민은 그 냄새마저 하나하나 다 구분할 수 있었다.

어렸을 때부터, 어쩌면 기억이 거의 없는 시절부터 부엌에서 나는 된장찌개 냄새와 집 밖에서 들리는 아빠의 차 소리만은 알고 있었던 느낌이 들었다. 굉장히 오랜 시간을 계속되어온 단조로운 일상이었다. 유민도 그 냄새가 아빠가 하는 일 때문이라는 걸 기억도 나지 않는 어린 시절부터 일찌감치 알고 있었다.

아빠는 육지의 '민간인'들을 지키기 위해 일하고 있었다. 그리고 우리는 군인 가족. 군인 가족은 국가가 가라고 명하는 대로 움직이는 아빠들을 따라 조용히 살아가야 한다고 배웠다.

하지만 사실 유민은 정말이지 이 일상이 지겨워 미쳐버릴 것 같았다. 유민이 육지로 나가게 되면 이 일상도 끝나게 될 것이었다. 답답한 군인아파트와 매일 보는 군인 아저씨들도 더 이상 신경 쓰지 않고 마음대로 행동해도 된다는 뜻이다. 집 밖에서는 더 많은 사람 소리와 차 소리가 들릴 것이다. 육지 애들처럼 뒤처지지 않기 위해 하루종일 책상에 앉아 공부하는 것은 아직 상상하기 어려웠지만, 육지에 간다는 사실만으로 그 정도쯤은 받아들일 생각이었다.

중학교 2학년이 되려면 이제 정말로 얼마 남지 않았다. 운이 좋으면 겨울이 지나고 바로 육지로 나갈 수 있을지도 모른다. 유민은 거의 매일같이 달력만 바라보고 있었다.

그리고 오늘도 어김없이 유민은 방에 앉아 학교에서 내준 숙제를 꾸역꾸역 해내고 있었다. 그리고 역시나 부엌에서는 된장찌개 냄새가 났다. 아빠가 집에 오는 날이 분명했다.

저녁이 되자 오랜만에 아빠가 집으로 돌아왔다. 세 가족도 오랜만에 저녁 식사를 하기 위해 함께 자리하고 앉았다.

"그래서 우린 언제 육지로 넘어가는데요?"

밥상머리에서 유민이 엄마의 눈치를 보며 다시 그 얘기를 꺼냈다.

"중학교 2학년 때 전학 가는 걸로 했잖니, 이제 얼마 안 남았다. 그건 그렇고 가서 잘 적응할 준비나 해야지 너, 가서 육지 애들한테 무시당하지 않으려면."

"유민아, 아빠만 섬에 두고 그렇게 육지로 가고 싶어?"

아빠가 서운하다는듯 말을 보탰다.

"아, 아빠. 서운하게 생각하지 마시고, 근데 감수성 넘치는 10대 소녀를 품기엔 섬이 너무 재미가 없단말이에요."

"야, 너 그런 마음가짐으로 육지에 가면 안되지. 벌써부터 가서 놀 생각만 하고 앉았네 얘가."

엄마는 이렇게 항상 육지에 가면 제대로 공부를 시작해야 한다고 입버릇처럼 말했다. 유민은 김이 팍샌 표정으로 밥을 입에 욱여넣으며 퉁퉁거렸다.

"아 누가 맨날 논댔나… 하여튼 맨날 잔소리야. 아빠, 아빠도 그냥 육지로 같이 가면 안 돼요? 이렇게 엄마랑 둘만 육지로 가면 너무 숨 막힐 것 같은데."

"아빠도 곧 따라갈게. 엄마랑 먼저 가서 육지에 적응하고 있어."

"그게 언젠데요?"

"그거야 알 수 없지, 최대한 빨리 갈게."

아빠의 대답에 유민은 엄마를 힐끔 보며 눈치를 살폈다.

엄마는 반찬을 쳐다보면서 집어 먹고 있을 뿐 아빠의 말에 반응하지 않았다. 유민에게 정확히 말하지 않을 뿐, 아마 아빠와 엄마는 정말로 육지에서 곧 만날 계획을 세우고 있는 게 분명했다.

"겨울방학 때 우리가 육지로 나가고 나면 아빠는 여름 되기 전에 육지로 오는 거예요. 그럼 여름방학 때 세 식구 같이 서울 구경도 가고 경주 여행도 가면 되겠다!"

"그래, 노력해 보자."

유민은 단 한 번도 아빠와 함께 섬을 벗어나 본 적이 없었다.

위수지역을 벗어날 수 없는 아빠는 늘 섬에 발이 묶여있었다. 그래서 유민은 아빠와 함께 육지에서 제대로 된 가족여행을 해 본 적이 없었다. 아빠가 함께 육지로 나오게 되면 이젠 휴가 때마다 어디든 갈 수 있을 것이다.

그런 생각만으로도 유민은 가슴이 벅차오르는 것 같았다.

육지만 갈 수 있다면!

그건 정말로 유민의 오랜 숙원이었다.

"야 우리집은 겨울방학 때 육지로 확실히 나가나 봐."

학교를 마치고 집으로 돌아오는 길, 유민이 지호에게 지나가듯이 말했다.

"아 그래?"

짐짓 아무렇지 않은 척했지만, 지호의 표정이 어두워졌다.

유민이 나가고 나면 이제 정말로 어딘가 텅 빈 느낌이 들것 같다고 생각했다. 지호는 항상 유민이 육지에 나가는 것에 대한 생각을 뒤로 미뤄두려고 노력했지만, 유민이 언제나 육지로 나가고 싶어 했다는 건 명백했으니 그건 시간문제였다.

"일단 엄마랑 나만, 아빠도 육지로 발령 나면 좋겠다."

"그럼 이제 6개월도 안 남은 거네."

"응 그렇지, 이 지긋지긋한 섬도 이제 끝이다."

유민의 발걸음이 평소보다 더 가볍고 경쾌했다. 유민은 지호를 앞질러 간 후 뒤를 돌아 지호를 바라보며 걸었다.

"이 누나가 떠나서 좀 슬프겠네."

"뭐, 원래 맨날 간다 간다 노래를 불렀으니까 놀랍지도 않아."

"지금 우는 것 같은데? 눈에 고인 그거 눈물 아냐?"

"전혀 아냐. 이상한 소리 하지 마."

발끈하는 지호를 보며 유민이 낄낄거렸다.

더운 날이었다. 해가 하루종일 무섭게 내리쬐고 있었지만, 그늘에 서면 살 만한 그런 날이었다.

집으로 돌아오니 엄마가 부엌에서 감자를 자르고 냄비에서 무언가 끓고 있는 소리가 들렸다. 거실에는 엄마가 켜 둔 텔레비전 소리가 울리고 있었다. 뉴스에서는 저 멀리 남서쪽에서 올라오고 있는 발음하기도 어려운 이름의 태풍을 예고하고 있었다.

유민은 창밖으로 보이는 풍경과 일기예보 사이에 어떤 괴리를 느끼며 하늘을 바라보았다. 일기예보를 듣고 나니 바깥에서 맹렬하게 내리쬐는 저 태양이 괜히 다급해 보인다.

태양이 지나가는 사람들의 머리칼에 내려앉기도 하면서 급한 마음에 어깨를 바삐 두드리는 것 같다.

'여기 좀 봐줘, 내일부턴 날 볼 수 없을 거야. 한동안 날 만나기 힘들 거야.'

그렇지만 우리는 며칠 후 그리워할 것이 분명한 이 태양을 무신경하게 바라볼 뿐이다. 살짝 미간을 찡그리면서 말이다.

자정이 지나고 새벽이 깊어지고 있을 때 전화벨이 울렸다. 전화는 끈질기게도 울어댔다.

오묘한 일이었다.

엄마가 전화 받는 소리가 들렸다.

그리고 그날 이후로 집안의 모든 소리와 냄새가 멈췄다.

* * *

해군 함선 하나가 백령도에서도 조금 더 북쪽으로 떨어진 해역에서 갑자기 침몰했다고 했다. 그 배에 탔던 사람은 대부분이 사망하고 일부는 실종됐다. 유민의 아빠는 돌아오지 않았다.

배가 침몰한 그 날 이후 기다렸다는 듯 태풍과 함께 폭풍우가 찾아왔다. 바다가 뒤집히고 수면이 뒤바뀌고 있었다. 누구도 접근을 허하지 않는 바다가 사나운 파도로 벽을 쌓고 아빠를 감싸고 있었다.

아빠는 그렇게 바다 한가운데서 사라져 버렸다.

이 배가 어떻게 침몰했는지는 아주 오랫동안 세간의 관심사가 되었다. 어떤 이들은 내부 결함이라 했으며 어떤 이들은 북한의 공격 때문이라고 주장했는데, 확실한 것은 아무것도 없었다.

확실한 것이 하나 있다면, 배에 함께 타고 있던 장병들과 달리 장교들은 결국 이 사고의 모든 책임과 비난을 감당해야 했다는 점이다. 살아남은 아빠의 후배는 병원에 누워서까지 언론과 사람들의 비난을 모두 받아내야 했고, 그 가족들은 아버지가 살아남은 것에 대해 안도할 겨를도 없이 주변인들, 또는 그들을 모르는 모든 사람들로부터의 비난의 눈초리에서 자유로울 수 없었다. 어떤 이들은 혼자 살아남은 부함장에게 장병들과 함께 바다에서 명예롭게 죽었어야 했다고 비난했다. 하지만 군 가족 중 누구도 그를 비난하지 않았다.

군 가족들은 그들 가족에게 남은 마지막 안식처였다. 우리 중 어느 누군가나 그 자리에 있을 수 있었다는 것, 그리고 그 아수라장 사이에서는 밖에서는 이해할 수 없는 더 복잡한, 생과 사를 오가는 일들이 벌어졌을 거라는 것을 그들은 누구보다 잘 알고 있었기 때문이다.

아빠의 오랜 동료였던 이 배의 부함장은 그렇게 혼자 살아남아 조용히 군을 떠났다. 그는 군 조직을 떠나는 마지막까지 위엄을 지켰지만, 그것은 어쨌든 불명예스러운 전역이었다.

하지만 유민과 엄마에게는 그런 눈초리와 비난의 말까지도 주어지지 않았다. 비난과 질책은 살아있는 사람에게만 주어지는 것이다. 이미 사라진 사람에 대해 사람들은 무관심했다.

그 누구도 비난의 화살을 돌리려 하지는 않았지만, 유민의 가족은 그 누구에게도 위로받지 못한 채 분노와 논란의 현장에서 오랫동안 소외되어야 했다.

엄마는 그 배에서 자식 또는 남편을 잃은 다른 여자들과 달리 슬픔을 표현하지도, 무너지지도 않은 것처럼 보였다. 엄마는 합동대책 본부 앞에 세워진 가족 대기소에 앉아, 아들을 잃고 절규하는 어머니들 틈에서 조용히 자리를 지킬 뿐이었다.

"당신이 함장 가족이야? 함장 어딨어! 우리 아들 어디 갔어!!"

분노가 극에 달한 어머니 한 명이 유민의 엄마가 누군지 알아본 후 엄마의 멱살을 잡고 내동댕이치던 순간에도, 엄마는 같이 울부짖지 않았다. 주변인들이 달려와 그녀를 막고 엄마를 일으켜 세우는 동안에도 희생된 장병의 어머니는 사라진 아빠와 엄마를 향한 저주의 말을 멈추지 않았다.

"엄마!" 엄마가 넘어지는 것을 보며 유민도 넘어지듯 엄마를 향해 달려갔다.

엄마는 이를 꽉 깨문 채 고개를 숙이고 있을 따름이었다.

엄마의 어깨를 한번 잡은 뒤 유민은 다시 뒤돌아섰다.

"제발 그만 하세요! 이제 제발 좀 그만 하세요!!!"

유민이 팔 벌려 그 앞을 막아서고 사정하며 울부짖자 체육관에서의 고성이 점차 가라앉았다. 아들을 잃은 엄마는 차마 아빠를 잃은 딸 앞에서까지 모진 말을 쏟아내진 못했다. 그녀는 엄마를 밀어내던 기력을 한순간에 잃어버린 것처럼 유민 앞에서 무너져 내리며 오열했다.

주변에 있던 기자들이 모두 이 소동을 보고 달려들었다. 아들 잃은 엄마와 아빠를 잃은 딸, 장병과 장교 가족의 대치는 좋은 논쟁거리이자 쓰기 좋은 감정적 소재였기 때문이다. 유민의 볼을 타고 흐르는 눈물이 카메라의 스포트라이트에 반사돼 끊임없이 반짝였다. 유민이 엄마를 보호하면서 우는 장면은 뉴스를 통해 한동안 전국에 방영됐다.

육지 사람들에게 군인 장교들의 삶과 죽음, 그리고 남겨진 군인 가족들의 슬픔이 재조명되면서 이에 대해 동정여론이 생겼다가, 다시 논쟁이 되었다가, 그리고 어느 날 정치인이 이 사건에 대해 논란이 되는 발언을 하는 새로운 사건에 묻혀 관심 밖으로 사라져 버릴 동안, 남겨진 유민과 엄마에게는 어느 하나 달라진 것이 없었다.

엄마는 여전히 정치인들과 미디어, 유가족들 앞에서 언제나 군인의 아내로서 항상 의연한 모습을 보였다. 엄마는 무너지지 않은 것처럼 보였지만 유민은 엄마의 어딘가가 그날 이후로 비어버렸음을 알았다.

그리고 유민의 무언가도 사라져 버렸다. 아빠의 철 냄새, 퇴근하고 돌아온 아빠에게서 나던 희미한 바다 냄새, 그 냄새들이 모두 사라져 버렸다. 집을 떠나지 않고 조용히 아빠의 유품을 정리하는 엄마와 달리 유민은 도저히 아빠의 기억이 가득한 집 안에 있을 수가 없었다.

하지만 이 섬 어디에서도 아빠의 기억이 없는 곳이란 없다. 도망갈 데라곤 찾을 수 없는 섬에서 유민은 질식할 것 같은 기분을 느꼈다.

섬에서의 죽음이란 그 사람의 기억으로부터 도망갈 데 없이 오갈 데 없는 지옥에 갇히게 되는 것이라는 사실을, 유민은 그때서야 알게 되었다.

"여기 있을 줄 알았어."

오랫동안 버려져 있었던 그들의 아지트에 지호가 나타난 것은 밤 12시가 훌쩍 지난 시각이었다.

수풀 사이에 누워 어둠으로 가득한 하늘을 올려다보고 있을 때 발걸음 소리가 가까워지는 것이 들렸다. 이곳에 올 사람은 지호밖에 없었다. 유민은 하늘에서 시선을 옮겨 소리가 들리는 쪽으로 눈길을 돌렸다.

"어머니가 전화하셨어, 니가 밖에 나간 것 같은데 걱정이 된다고."

지호가 허락을 구하는 듯 유민의 옆에 서성대다 유민의 곁에 털썩 앉았다. 이제는 둘 다 너무 커버려서 함께 공간에 있으려면 살을 부대끼고 있을 수밖에 없었다. 유민은 딱히 할 말을 찾을 수 없어 조용히 고개를 까닥인 후 다시 하늘을 올려다보았다. 지호도 아무 말 없이 하늘을 올려다보았다.

둘은 말없이 한참을 하늘만 쳐다보았다. 수풀 사이로 바람이 지나가는 소리가 들렸다. 바람이 잎사귀를 흔들며 지나가는 소리, 풀벌레 소리만이 주변에 가득했다.

"웃기지 않아?" 유민이 말했다.

지호는 늘 그렇듯 조용히 유민의 다음 말을 기다렸다.

"보통 누가 돌아가시면 그 사람을 회상하면서 하늘을 쳐다보잖아, 마치 그 사람이 하늘에서 날 내려다보는 것처럼 말이야."

"응 그렇지."

"근데 난 아무리 하늘을 쳐다봐도 아빠가 저기 있을 거라는 생각이 안 들어."

유민은 여전히 하늘을 바라보고 있었다.

"아마 아직 바다를 떠돌고 있나 봐. 아님 우리가 아직 아빠를 찾지 못해서 아빠가 바다에 갇혀서 하늘에도 못 올라가는 게 아닐까?"

지호는 해야 할 말을 찾지 못한 채 유민을 바라보았다.

유민의 말끝에는 울음이 섞여 있었다.

"적어도 아빠 시신이라도 찾았으면, 엄마랑 나는 좀 괜찮아졌을까?"

관자놀이 사이로 눈물이 흘러내리는 것이 느껴졌지만 유민은 그대로 두었다. 눈물을 닦는 것은 소용없는 일이었다. 한때 유민의 놀이터이자 보금자리였던 바다는 이제 사라지고 없었다.

바다는 잃어버린 아빠의 육신으로 가득 찬 공간이었다.

3. 육지

그해 겨울, 엄마와 유민은 도망치듯 섬을 떠났다. 엄마는 정신을 어느 정도 추스른 시점부터 섬을 떠나 육지로 가기 위해 모든 힘을 쏟고 있는 것으로 보였다. 엄마는 할머니의 도움을 받아 주변 지인들이 몇 살고 있는 수도권 도시에 집을 얻었다.

다달이 나오는 유족 연금은 아주 많지는 않았지만 그렇다고 두 식구가 살기에 부족하지도 않았다. 하지만 엄마는 집 안에 있어봤자 뭘 하겠냐며 곧 보험영업 일을 시작했다.

유민은 엄마가 아침 일찍 출근해 녹초가 되어 퇴근하는 것이 마땅치 않았지만, 바깥에서 말을 아주 많이 하고 와서 더 이상 말을 많이 할 수 없다는 사실은 저녁 식사 시간의 정적에 대해 좋은 변명거리가 되어주었다.

유민은 새로운 육지 생활과 섬과는 다른 학교생활에 대해 할 말이 아주 많았지만, 엄마를 걱정시킬 수 있는 사실에 대해선 별로 공유하고 싶지 않았다. 현재로서는 애들이 텃세를 부린다든지, 갑자기 학교에서 배우는 영어의 수준이 어렵다든지, 이대로라면 중간고사와 기말고사가 매우 걱정된다든지 하는 일들은 역시 혼자만 생각하고 지나가는 편이 나을 것 같았기 때문에 유민역시 저녁 식사의 정적에 일조하고 있었다.

그래도 학교생활이 그렇게 힘들지만은 않았다. 다들 공부와 과외활동에 지쳐 딱히 전학생에게 관심 가질 여유가 없었기 때문이다. 유민도 곧 다른 아이들이 하는 것처럼 겨울방학 내내 학원에 다닐 운명이었다.

처음 간 학원은 학교 애들이 모두 다 다닌다는 종합학원이었다. 선행학습 따위는 해본 적이 없었던 유민은 레벨 확인 시험을 볼 필요도 없이 제일 수준이 낮은 반으로 배정되었는데, 정말이지 이 반 애들은 섬 애들보다 더 멍청한 애들이었다. 보통 섬에서라면 공부하기 싫은 애들은 학교가 끝나는 대로 부모님의 일을 돕거나 바닷가에서 놀면 될 일이었지만, 이 애들은 밖에서 뛰어놀기만 해도 충분할 것 같은 애들을 공부하라며 교실에 가둬놓은 셈이니, 유민이 보기에 그저 딱한 인생들처럼 보였다.

종합학원에서의 둘째 날, 유민의 바로 옆에 앉은 착하지만 배움이 느린 것처럼 보이는 남자아이가 유민이 문제 푸는 속도를 보고 놀라며 "야! 너 천재냐? 어떻게 이렇게 빨리 풀어?"하고 물었을 때, 유민은 그 길로 쉬는 시간에 사무실로 찾아가 학원을 그만두겠다고 말했다.

그리고 그날 저녁 식사에서도 엄마를 설득하기 위해 그날 오후 학원 사무실에서 담당자에게 했던 말들을 반복해야 했다.

"그래서 진짜 그만두겠다고? 그럼 공부는 어쩌고?"

"학원에서는 수준에 안 맞으면 더 높은 반으로 올려준다고 했는데, 어차피 윗반에선 이미 고등학교 진도를 나가고 있으니 진도를 따라가지도 못할 거고 돈 낭비하고 싶지 않아요. 제가 알아서 할게요."

유민은 돈을 얘기하면서 순간 '아빠의 연금'을 떠올렸지만, 그 단어를 입으로 내뱉지는 않았다. 실제로 종합학원 한 달 수강료는 터무니없이 비쌌기 때문에, 애초에 유민으로선 학원 때문에 엄마에게 더 큰 부담을 주고 싶진 않았다. 충분히 혼자 할 자신이 있었다. 필요하다면 어디에든 물어서 하면 될 일이었다.

엄마는 더 이상 묻지 않았다. 그다음 날 유민과 엄마가 함께 학원을 그만두겠다고 다시 방문했을 때, 유민이 전날 밤 터무니없는 소리를 한다며 부모님께 따끔하게 혼난 후 다시 다니겠다고 찾아오리라 예상했던 학원 관계자는 깜짝 놀라고 말았다.

유민은 모든 걸 직접 경험하고 알아서 판단하는 아이였다. 그리고 한번 본인이 옳다고 결정한 일에 대해서는 항상 그럴듯한 이유가 있기 때문에, 그에 걸맞은 이유를 주지 않은 채 강요만 한다면 이 애는 얼마든지 어긋날 수 있는 아이였다. 이제는 혼자 이 아이를 키워야 하는 상황에서, 엄마는 유민과 멀어지는 일만큼은 피하고 싶었다.

하지만 남편이 떠난 후 유민은 그녀가 기대했던 것보다 더 성숙해져 있었다. 유민에게 새로운 일상이 힘들 거라는 걸 충분히 알고 있었지만 저녁 식사 대화들 속에서 항상 힘든 이야기들은 쏙 빠져있는 것이 그녀는 마음 아팠다. 그렇기 때문에 엄마는 유민의 판단을 언제나 존중하면서, 유민이 필요하다면 언제든 찾아와 고민을 나눌 수 있을 정도로 대화의 문을 열어두려고 노력했다. 두 모녀의 평화로운 공존은 이렇게 서로에 대한 적당한 거리감을 두고 지속되고 있었다.

그러던 어느 날, 그 일은 이 두 모녀가 경제적으로도, 그리고 아빠의 공백에도 어느 정도 익숙해지고 있을 무렵 일어났다.

사실 훗날 유민 자신도 도대체 어쩌다 이 일이 일어났는지는 기억하지 못한다.

유민이 기억하는 것이 있다면 평범하게 앞을 보며 계단을 걸어가고 있었을 뿐이고, 그렇게 그냥 넘어졌다는 것뿐이다. 그리고 왼쪽 무릎이 분리되는 듯한 고통으로 정신을 잃은 후 정신을 차렸을 때는 병원에 깁스를 하고 누워있었다.

왼쪽 무릎은 피로 가득 차 있어서 몇 번이고 피를 빼야 했지만 CT와 MRI로 아무 문제도 발견할 수가 없었다. 의사는 유민이 피가 멈추지 않는 혈우병일지 모른다고 의심했다. (물론 의사는 혈우병이 남자에게만 발현된다는 사실을 모르지 않았다)

그 사이사이 정밀진단을 위해 피 샘플을 일본에 보내고 이 병원 저 병원으로 옮겨 다니며 더 이상 울 힘도 남아 있지 않을 때, 유민은 생각했다.

그냥 평범하게 다시 걸을 수만 있으면 소원이 없겠다고.

이제 겨우 15년 살았는데 인생 참 어처구니없다고.

한 달이 지나자 다리는 아무 일 없었다는 듯 멀쩡해졌고, 유민이 남자에게만 발현되는 혈우병의 세계 최초 여성 환자일지도 모른다는 의사의 과감한 진단은 현실성이 없는 것으로 밝혀졌다.

유민은 이것이 혈우병 같은 말도 안 되는 병이 아니라 무릎의 문제라는 것을 확신했다. 유민이 첫 번째로 넘어졌던 그날 이후 유민의 왼쪽 다리가 이전과 같지 않았기 때문이다.

그 이후로 유민은 달릴 때마다 그 예의 왼쪽 무릎이 분리되는 것 같은 느낌과 함께 넘어졌다. 다행히 처음 때처럼 정신을 잃는 건 아니었지만 무릎이 분리되는 고통은 한동안 정신을 차리기 어려울 정도로 고통스러운 것이었다.

그렇게 한참을 무릎을 부여잡고 아파하고 있다 보면 고통이

가시고 다시 걸을 수 있었다. 무릎에 뭔가 문제가 있는 것은 분명했지만, 그 아픔은 넘어지는 횟수가 늘어날 때마다 줄어들었다. 그것만으로도 다행스러운 기분이었다. 그래도 그 무릎이 분리될 때의 느낌과 고통만은 생생했기 때문에 유민은 그 이후 달리는 것을 관두었다.

유민이 뛸 때마다 넘어진다는 것, 그리고 이제는 뛰지 않게 된 것에 대해 엄마도 알고 있었는데, 그건 유민이 체육수업에서 빠져야 한다는 것을 엄마가 직접 학교에 알려야 했기 때문이었다. 어쩔 수 없는 일이었다.

"잘 생각해 봐요 엄마, 내가 만약에 육상선수였거나 운동선수였으면 얼마나 우울했겠어. 근데 어차피 난 원래부터 잘 안 움직였잖아요? 그러니까 뛰지만 않으면 별 상관없어요."

그녀는 유민이 별것 아니라는 듯 긍정적으로 말하는 것이 견딜 수 없이 괴로웠다. 아직 어린 딸이 살아가기 위해 끊임없이 자기 자신을 위로하고 있는 것만 같았다.

그녀는 할 수만 있다면 자신의 무릎과 유민의 무릎을 바꿔주고 싶었다. 하지만 그녀가 할 수 있는 거라곤 매일 밤 딸을 위해 속절없이 기도하며 딸을 위해 자신이 무너져 내리지 않도록 하늘에 비는 것뿐이었다.

인생의 비극에도 실버라이닝은 있는 법이다.

그리고 유민은 불행 중 한 가닥 희망을 찾아내는 데 꽤 재능이 있는 편이었다. 사실 체육 시간에 혼자 빠지는 것이 꽤 나쁘지 않다고 생각했기 때문이다. 남들이 땡볕에서 뛰고 있을 동안 혼자 조용히 학교 도서관에 처박혀 마음에 드는 책을 조용히 읽을 수 있는 특권을 얻은 것이었다.

도서관에서 유민은 자신의 신체적 한계를 아랑곳하지 않고 자기 인생을 개척해 온 사람들의 이야기를 찾아내는 것을 좋아했다. 세상에는 신체적 아픔을 딛고 성공한 사람들의 유명한 이야기는 얼마든지 있었지만, 유민이 정말 좋아하는 일은 사람들이 모르는 위인들의 장애와 한계를 직접 찾아내고 알아내는 것이었다. 책 속에는 세상에 잘 알려져 있지 않을 정도로, 그 한계를 대수롭지 않다는 듯 이겨내고 자기가 할 일을 이뤄냈던 사람들의 이야기가 얼마든지 숨어 있었다.

유민은 책 속에 파묻혀 중국의 사마천이 거세의 아픔을 뒤로하고 역사가로 성장한 이야기, 그가 쓴 중국 역사를 급하게 읽어 내려갔다.

유민은 또 저 멀리 멕시코의 프리다 칼로에 매료됐다. 사실 프리다 칼로는 17살 때 교통사고로 몸이 완전히 망가지기 전에도 이미 다리에 장애가 있었다. 5살 때부터 시작된 장애로 이미 그녀의 왼쪽 다리는 오른쪽 다리보다 덜 성장해서, 항상 그녀는 다리를 가리고 살아야 했다.

그래도 그녀는 언제나 당당했고, 사랑에 진심이었으며, 자기 인생을 개척해냈다. 프리다 칼로를 마지막까지 지켰던 그의 동반자 디에고 리베라는 프리다 칼로가 세상을 떠나고 난 뒤 그녀에게 이렇게 편지를 썼다.

[5분 전에 당신과 사랑에 빠지기 시작한 것처럼, 지금도 그렇게 당신을 사랑해]

유민도 그렇게 살고 싶었다. 사랑하고, 사랑받고, 그리고 꿈을 좇아가는 것.

무릎이 분리되는 느낌은 꿈에서조차 몸을 부들부들 떨게 만드는 고통이었지만, 아픈 다리를 쳐다보며 늘 우울해하고 싶지는 않았다. 유민은 그래도 자신의 다리 모양이 다르지 않아 가리지 않아도 될 수 있음에 감사했다. 다리를 잘라내지 않아도 되고 원하는 만큼 걸을 수 있으니 그걸로도 감사했다.

남들과 현저히 다른 몸을 항상 긍정할 수는 없다.

하지만 삶이 우리를 궁지에 몰아넣을지라도, 우리가 다시 멀쩡한 몸으로 태어나지 못하는 것이 분명한 이상, 우리는 죽기 전까지는 최선을 다해 인생을 즐길 수밖에, 달리 할 수 있는 것이 없다.

그러니 나는 삶을 긍정할 것이다.

그것이 도서관 구석에 박혀 유민이 찾아낸 삶의 방향이었다.

* * *

육지로 나와 살기 시작한 이후 유민은 섬에서의 삶에 대해 떠올리지 않으려고 노력했다. 지호와의 연락도 끊긴 지 오래였다. 지호는 분명 유민의 연락을 기다리고 있을 것이다. 다만 지호는 유민이 먼저 연락할 때까지 언제까지고 기다릴 수 있는 그런 애였다.

섬에 살 때는 굳이 힘들여 연락할 필요조차 없었다. 학교에 가도, 마을 어디에 서 있든 지호는 거기에 있었다. 유민과 지호는 서로가 어디 있을지 손바닥 보듯 알고 있었다. 유민은 유민이 떠난 후 섬에서의 지호의 삶을 쉽게 떠올릴 수 있었다.

지호가 갈 만한 곳, 지호가 지금쯤 앉아있을 곳, 모두 유민과 함께하던 곳이었기 때문이다.

하지만 유민의 육지에서의 삶은 섬에서의 삶과 너무 달라서, 아마 지호는 유민이 어디에 있는지 전혀 상상하지 못할 것이다.

유민은 그런 지호를 생각할 때마다 마음 한 켠이 시큰해지곤 했다. 사는 게 힘들 때마다 유민은 또 "짧고도 긴 여행"을 떠올렸다. 병사 선생님이 말해줬던 것처럼 도시는 섬보다 훨씬 크고 많은 것들이 있었는데, 짧고도 긴 여행 같은 건 찾을 수가 없었다. 유민은 정작 마음이 울적하고 혼자 있고 싶을 때 어디를 가야 할지 도저히 알 수가 없었다. 육지 사람들은 고립된 무언가를 표현할 때 '섬처럼 갇혀있다'든가 '섬 같이 서 있다'든가 하는 표현을 즐겨 쓰곤 했는데, 유민이 느끼기에 도시 사람들은 자신들의 도시에 갇혀있는 것처럼 보였다.

고등학교를 졸업할 무렵 지호가 경찰대학에 합격했다는 소식이 들려왔다. 자신은 아직 대학을 확정 짓지 못한 상태였지만 유민은 소식을 듣자마자 너무 기쁜 나머지 자기도 모르게 손가락을 움켜쥐었다.

"오!! 그럼 지호도 이제 육지로 나오겠네요?"

"그렇지, 지호는 섬에서도 공부 열심히 하고 살았나 보다."

유민은 잠시 엄마를 흘겨보았다. 한참 대학입시로 엄청나게 스트레스 받고 있는 고3에게 다른 고3 얘기를 할 때는 이들이 뭐든 비꼬아 들을 수 있다는 사실을 명심해야 한다.

엄마도 실수한 듯 흠칫하는 표정을 짓더니 황급하게 대화를 이어 나갔다. 그렇지 않으면 당장이라도 유민이 도끼눈을 뜨고 '그거 지금 나한테 들으라고 하는 소리냐' 등의 시비를 걸어올 것이 분명했기 때문이다.

"그 집에서는 육군사관학교를 가라고 그렇게 설득했는데 지호가 꿈쩍도 안 했다더라. 처음부터 무조건 경찰대학이었대. 애가 조용한데 또 고집이 있어. 군인도 아니고 갑자기 웬 경찰?"

엄마가 이해할 수 없다는 듯 고개를 갸웃거렸다.

"걔가 순하게 생겨서 얼마나 똥고집인데. 놀랍지도 않아요. 멀쩡하게 놀다가도 갑자기 하기 싫다고 버티거나 해서 확 안 놀아 버릴까 한 적도 많으니까요."

유민은 앞에 놓인 소고기뭇국을 그대로 들어 마지막 국물까지 모두 들이켰다. 배가 기분 좋게 가득 찬 느낌이었다.

지호가 육지로 나온다. 드디어.

하지만 정작 유민은 지호에게 언젠가 연락해서 한번 만나겠다는 생각을 실행에 옮기지는 못했다. 대학에 입학하자마자 학생운동에 뛰어들어 매일이고 학생 학회 활동에 참여해 마르크스에 대해 공부하고 우파 대통령의 정책을 비판하는 시위에 나가느라 정신을 쏟고 있었기 때문이다.

그 무렵 대통령은 공공서비스 공급기관들을 민영화하고 많은 사람들이 반대하는 건설사업을 무리해서 추진하고 있었다. 그리고 꽤 많은 사람들이 그 건설사업들의 필요성과 불투명하게 이뤄지는 결정 과정에 대해 의문을 제기하고 있었는데, 그 의문을 거리에서 공론화하는 역할을 하는 것이 바로 대학생들이었다.

그들은 낮에는 마르크스에 대해 배우고, 시간이 허락할 때마다 동맹휴업이나 파업에 직접 참여하는 것이 자신들이 하는 공부에 대한 예의라고 믿었다.

유민은 그중에서도 꽤 강성에 속했다. 물론 몇몇 선배들의 해맑은 이상주의라든가, 더 심하게는 적화통일이 낫다고 믿는 극단적인 사상에는 전혀 동감하지 못했지만, 실제로 우리 사회가 좀 더 마르크스주의적일 필요는 있다고 믿었기 때문에, 유민은 매일같이 학회 모임에 참여하고 시위에 나갔다. 지호를 우연히 만난 것도 그런 시위 중 가장 큰 규모의 시위에서였다.

대통령에 대한 사람들의 불만이 점점 커지고 있어 실제로 일반 대중들까지 시위에 참여하기 시작한 무렵이었다. 시위는 날이 갈수록 그 규모가 점점 커지고 있었고, 주말이 되자 날씨가 좋아 주말 나들이를 나온 일반 사람들까지 시나브로 시위에 참여하면서 주변이 발 디딜 데 없이 붐비고 있었다.

대학연합 사람들과 함께 사람들에게 대통령에 대한 요구사항이 적힌 리플릿 따위를 나눠주고 있을 때, 고개를 돌리던 중 우연히 유민의 눈에 익숙한 실루엣이 들어왔다.

7년이 지났지만 아직까지 생생한 얼굴, 지호였다. 서로의 눈이 마주치자 유민과 지호 모두 한순간 놀라 말없이 서로를 바라보았다. 먼저 다가간 것은 유민이었다.

"너 혹시, 지호?"

지호의 옆에 있던 남자가 조용히 옆으로 사라지고, 지호는 살짝 남자를 의식한 듯 눈짓하다가 다시 유민에게 다가왔다.

"유민이 맞지?"

지호는 마지막으로 만났을 때보다 키가 더 훌쩍 커 있었고, 조금 더 각진 얼굴이 되어있었다. 피곤해 보이는 얼굴이라 소년 시절 지호와는 많이 달랐지만, 유민에게는 그저 어른이 된 지호일 뿐이었다. 유민은 자기도 모르게 더 다가가서 지호를 안았다.

"야, 정말 너무 반갑다."

지호도 순간 당황하는 듯했지만 이내 유민을 안았다.

"그러게 이게 몇 년 만이야!"

짧은 포옹 후 둘 사이에 살짝 어색한 정적이 흘렀다. 한때는 공기처럼 주변을 맴도는 사이였지만, 7년이라는 공백은 결코 짧은 것이 아니었다.

게다가 유민이 섬을 떠나는 마지막 순간에는 둘 사이에 거의 대화가 없었다.

"경찰대학 갔다는 얘기는 들었었어, 엄마한테."

"아, 나도. 너 서울대 갔다는 얘기 듣고 역시나 했었지."

"섬 출신들이 꽤 했다 그지?"

"육지 애들 별거 아니더라고."

유민이 키득거렸다. 지호도 따라 웃었다.

섬에서의 상실도, 도시의 삭막함도, 시위 현장의 곳곳에서 느껴지는 당장이라도 뭔가 터질 것 같은 긴장감도 둘의 웃음 속에서 잠시 모습을 감추고 사라진 것 같았다.

웃음을 멈추고 지호가 말했다.

"저, 지금 내가 일이 좀 있어서 가봐야 할 것 같은데. 우리 언제 커피라도 한잔하자."

"아, 어 그래."

유민 역시 어색하게 핸드폰을 빼 들었다.

"난 수업이랑 아르바이트만 빼면 시간 다 괜찮아. 연락줘."

"아 아르바이트하는구나, 어쨌든 다시 얘기하자. 만나서 진짜 반가웠어. 정말로."

지호가 살짝 손을 들었다 내린 후 눈인사를 하며 다시 인파 속으로 사라졌다.

유민이 지호가 사라진 쪽을 잠시 바라보고 있을 때 선배가 다가와 물었다.

"누구야?"

"아, 제 어릴 때 친구인데 방금 거의 7년 만에 우연히 마주친 거에요."

선배가 걱정스러운 표정을 지으며 말했다.

"저 사람들 경찰 같았는데, 아까부터 쭉 2인조로 몇몇이 주변을 돌길래 우리 쪽 사람들 채증하려는 사복경찰인 줄 알았거든."

"아 그래요?"

유민은 선배의 말에 별다른 대답을 하지 않았다. 선배 말이 맞을지도 모른다. 그렇다고 해도 어차피 달라지는 것은 없었다.

지호는 지호였다.

첫 만남 이후로 지호와는 꽤 자주 만났다.

지호는 그날 그 시위장소에 대해 아무 언급이 없었고, 유민 역시 마찬가지였기 때문에 두 사람 모두 그날의 시위에 대해서는 얘기를 꺼내지 않았다.

그저 섬을 나간 이후 유민의 무릎에 생긴 문제들, 유민이 친구들 사이에서 멀쩡하게 생겨서는 이유 없이 계속 넘어지는 애로 통한다는 얘기, 은퇴하신 지호의 아빠가 최근에 얼마나 기상천외한 프로젝트(고구마를 키우겠다며 갑자기 강화도에 땅을 산다든지 하는 것 등)를 벌이고 있는지, 그 때문에 엄마가 진지하게 황혼 이혼을 고민하고 있다는 따위의 얘기들을 나누었다.

처음 조우했을 때의 어색함은 어느 순간 모두 사라져 있었다.

유민에게 지호는 도시 생활에서의 짧고도 긴 여행같은 존재가 되어가고 있었다. 지호와 만나지 않을 때면 유민은 더 자주 동아리에 갔다. 반정부 시위는 점점 더 격해지고 있었고, 동아리 선배들은 각 학교와 기업에서 더 활발하게 조직 활동을 해야 한다고 주장하고 있었다.

학교들에서는 한참 총학생회 선거가 진행되고 있었다. 각 학교의 동아리 회원들은 운동권 학생회를 당선시키기 위해 갖은 방법을 동원하고 있었다. 각 학교들을 배후에서 지휘하는 것은 바로 유민의 학교 본부였는데, 본부장은 80년대 학번인 법대 출신의 OB였다.

"80년대에는 선배들이 공장으로 직접 들어가서 일하면서 노동단체를 조직했었지만, 기업에 들어가서 하나씩 조직화하는 건 너무 인력 낭비야. 그때만큼 우리 조직이 큰 것도 아니잖아? 이제 우리가 해야 하는 건 노동당을 더 키우는 거야. 지금 딱 여론도 긍정적이고."

"그다음은요?"

유민이 눈을 반짝이며 물었다. 본부장은 유민보다 한참 나이 많은 선배였지만, 언제나 본부장 주위를 맴돌며 얘기를 하고 싶어 하는 유민을 귀엽게 생각하고 있었다.

"그다음에는? 당의 저변을 넓히는 거지, 당선자도 많이 내고 의석을 차지하고 나면 그때부턴 우리 세상이지."

유민은 '우리 세상'이라는 표현이 어쩐지 배타적이라고 느꼈지만 아무 말 하지 않았다. 졸업하고도 이렇게 오랫동안 운동에 투신하고 있는 이 선배가, 학생운동을 한때의 치기로 생각하며 어느 순간이 되면 취업 준비를 한다고 사라져 버리는 다른 선배들보다는 더 진정성 있다고 믿었기 때문이다.

그리고 어느 날 학회 세미나가 끝났을 때 본부장이 유민에게 세미나가 마치고 잠시 얘기를 나누자며 불렀다. 유민은 다른 사람들이 모두 돌아갈 때까지 한쪽 구석 도서관을 뒤적거리며 시간을 죽였다. 모두 떠나고 어느새 창문 사이로 가로등 불빛이 들어오기 시작할 때, 유민은 본부장과 독대하고 앉았다.

"오늘 세미나는 어땠어?"

"뭐 여전히 좋긴 한데, 좀 더 새로운 사람들이 들어와서 새로운 의견을 주면 좋겠다는 생각도 들어요."

"역시 열정이 있네."

유민은 수줍게 웃었다.

"유민이 같은 친구들이 운동판에 더 많이 남아있어야 하는데, 그렇지? 그래서 말인데, 유민아. 동아리 간부로 일하지 않을래?"

"간부요?"

"응, 이제 노동당도 재정비되고 있고, 당에도 젊은 피가 필요해서 선배들이 당직자로 갈 것 같다. 그런데 학생조직이 약해지는 건 또 안될 일이잖아, 유민이 너 같은 훌륭한 인재를 키울 기회인데. 그래서 말인데, 유민이는 이제 동아리가 돌아가는 모습도 다 지켜봤고, 열정도 있어서 누구보다 잘 끌어갈 거고, 다른 선배들도 유민이를 간부로 앉히는 데 동의할 거야. 어때?"

유민은 숨이 턱 막히는 것 같았다.

이건 정말이지 생각조차 해보지 않은 것이었다. 엄청난 제안이었다. 하지만 그대로 덥석 받기에는 유민에게는 너무 큰 자리였다. 유민은 이 자리를 능력 부족으로 망치게 될까 봐 무서웠다. 유민은 아직 더 많이 배우고 성장할 때라고 생각했다.

"아 선배, 너무 감사한 제안인데, 저는 아직 제가 그 정도 그릇은 안된다고 생각합니다. 동아리를 이끌기에 나이도 너무 어리구요. 아직 회원으로 더 배울 게 많은 것 같습니다."

"아냐, 유민아, 나이는 중요한 게 아냐. 지난 2년간 봐 온 게 있는데 자기는 이미 경험이 충분해."

"아… 선배, 정말 저는 아직 아닌 것 같습니다… 회원으로 더 열심히 하겠습니다!"

유민은 선배의 눈치를 살폈다.

이럴 때 어떻게 행동해야 할지 잘 모르겠다고 생각했다. 이렇게 거절하는 것이 겸손함의 증표가 되어 더 점수를 따게 될지, 아니면 그릇이 작은 애라고 실망하게 될지 유민으로서는 가늠할 수가 없었다.

선배는 조금 실망한 눈치였지만, 이내 말을 이었다.

"그래, 너무 갑작스러운 제안이라 갑자기 받기도 그렇지? 좀 더 생각해보고 말해줘. 유민이 자리는 언제나 열려있으니까."

돌아가는 길에도, 그 이후에도 쭉 유민은 기쁨을 감출 수가 없었다. 이건 2년간 투신한 자신의 열정에 대한 찬사였다. 본부장도 인정해주는, 같은 또래 중 가장 유능한 운동가가 된 것이었다.

언젠가부터 지호와 유민은 적어도 일주일에 한 번씩은 만나 맛집을 찾아다니고 있었다. 도시에서나 느낄 수 있는 즐거움이었다.

"그래서? 그 제안 수락할 거야?"

유민이 흥분에 가득 찬 마음을 갈무리하며 조심스럽게 얘기를 시작했을 때부터 지호는 젓가락질을 멈추고 있었다.

"아니 수락은 못 하지. 어떻게 내가 감히. 난 좀 더 배워야 할 것 같아. 근데 내년쯤에는 진짜 하고 싶어. 그때도 내 자리가 남아있으면?"

유민이 멋쩍게 웃으며 지호를 흘끗 쳐다보았다.

"어쨌든 내 말은, 이만큼 내가 인정을 받고 있다는 뜻이지! 대단하지 않아? 나중엔 당에서 일하다가 정치도 하면 좋고."

지호는 여전히 말이 없었다.

"어이, 내가 자랑스럽지 않아?"

지호가 마침내 입을 열었다.

"유민아, 나는 니가 동아리 활동을 그만했으면 좋겠어. 그 동아리도 그렇고, 본부장이라는 사람도 그렇고, 좀 위험해 보여."

"뭐가?"

"그냥, 사상도 그렇고 위험해보여. 난 니가 그냥 위험해지지 않았으면 좋겠어."

"뭐가 위험해?"

"모르겠어. 너무 급진적이지 않나 싶어."

"나는 거기서 2년을 공부하고 일했는데, 그럼 내 사상도 이미 위험하지 않겠어? 그리고 마르크시즘에 대해서 공부하는 게 뭐가 그렇게 위험한데? 지금이 무슨 독재 정부 시절이야?"

지호는 입을 연 순간부터 유민의 눈을 제대로 쳐다보고 있지 않았다.

막연하게 아래를 바라보고 있을 뿐이었다. 이따금씩 눈빛이 유민의 방향으로 향했지만, 그뿐이었다.

유민은 마치 지호가 아빠를 잃고 육지에 나왔을 때의 엄마와 닮았다고 생각했다. 이제는 군 가족이 아닌데도, 군 연금을 받는 다는 이유로 엄마는 항상 몸을 조심하라고 일렀다. 엄마는 공산 단체나 그런 이적단체들일지도 모르니 거리에서 받는 서명도 절대 하지 말라고 주의를 주곤 했다.

지호는 여전히 아무 말이 없었다. 늘 이런 식이었다. 섬에서 도. 논쟁이 생기면 지호는 입을 닫아버렸다.

"지호야, 니가 날 얼마나 걱정하는지는 아는데, 걱정 마, 니가 생각하는 만큼 그렇게 위험한 일 아니야. 게다가 이제 내 친구가 경찰인데 나한테 뭔 일 생기면 구해주겠지 뭐."

유민은 지호를 향해 씨익 웃었다.

하지만 사실 유민은 여전히 선배에게 어떤 답변도 주지 못하고 있었다. 그리고 선배는 여전히 세미나나 시위장소에서 유민을 만날 때마다 유민을 끈질기게 설득하고 있었다. 유민은 자신을 이렇게까지 삼고초려하고 있는 데에 대해서 한편으로 놀라면서도 어쩐지 그 채근이 어쩐지 부담스러워져 선배를 피해 다니던 중이었다.

매주 금요일에는 선배를 피해 다니기가 조금 더 수월한 편이었다. 각 학교에서 합동으로 다 같이 광화문 이순신 동상 앞에서 시위를 하는 터라 시위대의 규모가 상당했기 때문이다. 금요일에는 대학생들뿐만 아니라 노동자 단체에서도 각자 깃발을 들고 함께 했다.

시위는 항상 같은 패턴이다. 시위는 밤늦게까지 계속되다가 어느 순간, 그러니까 밤 11시가 지나면 의경들이 점점 간격을 좁혀온다. 이때 시위대의 맨 앞줄에서는 전열이 무너지지 않도록 서로서로 팔을 얽매고 전진한다. 점점 다가오던 의경들이 시위대의 맨 앞줄과 마주하게 되면 그 때부터는 두 진영간에 긴장감이 고조된다.

이런 대치는 한동안 계속되다가, 어느 순간 약속이라도 한 듯 시위대 측에서 의경을 자극하기 시작하고, 의경이 방패를 앞세워 진열을 한 발 전진하면서 시위대의 대오를 무너뜨리는 것으로 고조되기 시작한다. 그러다가 의경들의 방패 뒤에서 갑자기 몇몇 의경들이 전진해 시위대의 약한 고리 몇몇을 끊어내 의경들의 방패막 뒤로 끌고 가버리기 시작하면 시위대의 대오가 무너지기 시작한다. 그 이후에는 와해된 시위대를 여러 무리의 의경들이 뒤쫓아가기 시작하는데, 이때부터는 의경들의 일방적인 연행이 시작된다.

여성 시위자들의 경우 보통은 인권적인 이유로 남자 의경이 결박해서 연행할 수 없다. 정말 폭력적인 현장에서야 그따위 것들은 가볍게 무시될 때도 있지만, 광화문 같은 열린 공간에서는 꽤 그 규칙이 제대로 지켜지는 편이었다. 그래서 적은 수의 여자 시위대도 전략적으로 소중한 자산이 되었다.

유민은 시위대의 선봉 바로 뒤, 두 번째 줄에 있었다.

[불법연행 타도!]

[불법연행 타도!]

[숨지말고 나와라!]

[숨지말고 나와라!]

[민영화는 죄악이다!]

[민영화는 죄악이다!]

선봉에서 외치는 구호에 함께 외치고 있을 때 슬슬 저 앞에서 의경들이 간격을 좁혀오는 것이 보였다.

"선배, 의경들 오는데요."

"이제 사냥하러들 나오시네, 야 걱정 마. 너는 못 잡아가."

"여경들 나오면 어떡해요."

"그럼 같이 철창에서 밤 좀 새야지, 뭐."

선배가 킥킥거렸다.

유민은 앞에 선, 검은 방패로 앞을 가리고 온몸을 시커먼 보호구로 가린 의경들을 바라보았다. 어쩌면 오늘은 지호도 저 무리에 껴 있을지도 모른다고 생각했다.

유민은 이런 시위 몇 번으로 세상이 달라질 거라고 생각하진 않았지만, 하지만 인류 진보의 역사에는 항상 도로 위의 군중들이 함께했다고 믿었다. 프랑스 혁명이 그랬고, 영국의 여성 참정권 운동이 그랬고, 우리의 독재 정권도 그렇게 변화시킨 것이 아니었던가.

이런 현장에는 그런 장밋빛 상상과 더 나은 세계에 대한 낭만 같은 것이 살아 숨 쉬고 있는 것처럼 느껴졌다.

그래도 오늘 시위는 평화롭게 마무리됐다. 이런 날은 방향이 같은 선배들과 몇 시간이고 쭉 함께 집으로 걸어들어왔다. 시위의 열기를 식히기에 밤공기가 적당히 선선하고 좋았기 때문이다.

선배가 떠나고 집에 들어가기 전 아파트 앞 편의점을 들렀다.

편의점 앞 좌판에서는 여전히 소주와 함께 편의점 안주를 나누며 떠들고 있는 사람들도, 혼자 앉아 담배를 피고 있는 사람도 보였다. 아이스크림이 든 봉지를 흔들며 편의점을 나서고 있을 때, 담배를 피던 남자가 입을 열었다.

"김유민 씨?"

옆의 지나치던 유민의 발걸음이 순간 멈췄다.

유민이 굳은 표정으로 고개를 돌렸다. 신경이 곤두서는 것 같은 느낌, 한순간에 공기가 싸늘해지는 것 같은 느낌이 엄습했다.

"김유민 씨 맞죠?"

"…네, 맞는데요."

"잠깐 얘기 좀 나누실까요?"

유민이 대답 없이 주변을 불안하게 살피자 남자가 다시 덧붙였다.

"이상한 사람 아니니까 걱정 마세요. 아버지가 고 김민석 중령님 되시죠? 아버지 옛 동료라고 생각하면 됩니다."

유민의 눈빛이 다시 흔들렸다. 아빠의 이름을 아는 사람, 하지만 그것만으로 덥석 믿을 수는 없는 노릇이었다.

유민이 잠자코 남자를 쳐다봤다.

남자는 날씨에 맞지 않는 두꺼운 점퍼를 입고 있었다. 남자는 중년에 접어든 모양새였지만 아빠의 동료였다기엔 젊은 나이였다. 무뎌지지 않은 날카로운 눈매 때문에 나이보다 더 젊게 보이는 걸지도 몰랐다.

아니면 아빠 배에 탔던 생존자일지도 모른다. 그 배에서 무슨 일이 일어났는지는 아무도 모른다. 복수를 하러 온 걸지도 모른다. 어느 쪽이든 유민이 차라리 편의점으로 들어가 도움을 요청해야겠다고 생각하고 있을 때 남자가 그럴 줄 알았다는 듯 미소를 지었다.

"경찰입니다. 이러면 잠깐 앉을 마음이 들까요?"

남자가 점퍼에서 경찰증을 꺼내 보였다.

유민은 남자와 경찰증을 조용히 번갈아 바라보다가 이내 결심한 듯 남자의 반대편에 앉았다.

"어떻게 아빠랑 아는 사이셨죠?"

"뭐, 서로 어떤 일을 하는지 아는 사이였다고 합시다."

"그런데 저한테는 무슨 일이신지."

유민이 여전히 탐색하는 표정으로 남자를 쳐다보며 물었다.

남자는 유민을 보며 다시 피식 웃었다.

"똑똑한 학생이니 시간 끌 거 없이 요점만 말하는 게 낫겠네요. 김유민 씨, 학생운동을 열심히 하고 있는 것 같은데 김유민 씨가 활동하는 단체가 점점 더 과격한 활동을 하고 있는 걸로 보여요. 너무 깊게 빠지면 위험할지도 모르니 조심하라는 말을 전하러 온 겁니다."

유민은 지호가 했던 말이 생각났다.

어째서 지호가 했던 말이랑 같은 말을 하는 걸까. 지호와 이 남자의 연결고리는 뭐고, 이 남자와 아빠의 연결고리는 뭘까. 이 밤에 단지 경고를 하러 유민을 찾아온 이유는 무엇일까.

"뭘 조심하라는 건가요?"

남자가 잠시 뜸을 들인 후 말했다.

"김유민 씨, 아빠가 살아계셨으면 지금 유민 씨가 하는 일을 지지해 주셨을까요?"

"하시는 말씀이 다 수수께끼 같아서 저도 계속 질문밖에 못

드리겠네요. 제가 하는 일이 뭐라고 생각하시는지부터 여쭙고 싶은데요."

"유민 씨 아버님은 나라를 지키다가 돌아가셨는데, 유민 씨가 나라를 불안정하게 만드는 일에 동조하고 있다는 걸 알면 아버님이 기뻐하셨을까를 묻는 겁니다."

남자는 유민의 눈빛이 다시 흔들리는 것을 힐끔 바라보며 말을 이었다.

"그리고 만약에 이 일로 인해서 유민 씨가 잘못되기라도 한다면, 유민 씨뿐만 아니라 아버지가 쌓아놓은 업적과 인생까지 다시 들춰질 수 있어요. 아버지의 이름이 다시 사람들 입에 오르내리는 건 본인도 원하지 않겠죠?"

유민은 더 이상 대꾸하지 않았다. 흔들리는 눈빛을 숨기려는 듯 남자의 시선을 피한 채 테이블을 바라보고 있었다.

더 이상의 설명이 필요 없다고 판단한 남자가 먼저 일어섰다.

"현명하게 행동하세요, 유민 씨. 유민 씨를 위해 하는 얘깁니다."

유민은 남자가 떠나고도 한참 동안 말없이 테이블을 바라보고 있었다.

한 달쯤 지났을까, 동아리 간부 선배들이 하나씩 잡혀들어가기 시작했다.

선배들은 예외 없이 모두 가택 수색을 당했다. 검찰은 동아리 세미나 자료 등을 쓸어갔다. 중간에 군대에 갔던 선배는 바로 영창으로 보내졌다는 소문까지 들렸다. 국가를 전복하고 적화통일을 조장하려고 했다는 죄목, 국가보안법 위반이었다.

동아리에서 무사했던 건 아무 직책을 맡지 않았던 어린 활동가들 뿐이었다. 동아리는 와해됐다. 소식을 들은 유민이 본부장에게 몇 번이고 연락을 했지만 어떤 답장도 받지 못했다. 본부장은 어느 순간부터 모두에게 연락이 두절되어 있었다. 후에 선배들로부터 전해 들은 것은, 그가 독일로 출국한 후 종적을 감췄다는 것뿐이었다.

본부장이 유민에게 파격적인 간부 자리를 제안했을 때 그는 이미 알고 있었던 걸까? 그렇다면 그 이후에 찾아온 경찰이라는 남자 역시 물밑에서 조사가 진행되고 있던 모든 걸 알고 있었던 걸까? 그런데 그는 유민이 연루될지도 모른다는 사실을 어떻게 알았던 걸까? 경찰들은 유민 같은 일반 학생들에 대한 정보까지 다 수집하고 있었던 것일까?

유민은 사라진 본부장에 대한 배신감보다도 유민을 찾아온 그 남자에 대한 생각을 더 멈출 수 없었다. 그 남자는 어떻게 유민을 알게 됐을까? 그리고 왜 유민을 지켜주려고 한 걸까?

하지만 유민은 더 이상 바깥세상에서 벌어지는 일들에 관심을 쏟을 수 없게 되었다.

동아리 해체 사건과 몇몇 선배들의 연행으로 어지럽던 시기가 한풀 꺾이고 있었을 무렵, 그러니까 처음 다리를 다치고 난 후 8년이 지난 어느 날 아침, 유민은 무릎에 극심한 고통을 느끼며 걷지 못하게 됐기 때문이다.

신은 인간에게 그 사람이 견딜 수 있을 만큼의 시련만 내린다고 한다. 유민은 생각했다. 그게 정말 사실이라면, 신은 나를 과대평가하고 있다. 아마도 신은 내가 얼마나 버틸 수 있는지 나를 시험하고 있는 것인지도 모른다.

그렇지 않다면 왜 인생이 계속 선 밖으로 밀어 내쳐지는 걸까.

"사연이 많은 무릎이네요. 그렇죠?"

흰머리가 희끗희끗 보이는 나이 지긋한 의사가 유민의 MRI 사진을 보며 말했다.

유민은 울고 싶은 마음을 참으며 힘없이 웃었다.

"오래전에 처음 다쳤을 거예요 그렇죠? 이게 최근에서야 발견된 병변이라 어린 시절 처음에 다쳤을 때는 원인을 제대로 발견을 못했을 거예요."

의사의 말은 정확했다.

"골반에서 무릎으로 이어지는 각이 큰 상태에서는 무릎 위로부터의 압력에 대한 반작용으로 무릎 뚜껑뼈, 그러니까 슬개골이 무릎 바깥으로 튀어 나가는 힘이 더 커져요. 그걸 튀어 나가지 못하게 잡아주는 게 바로 이 무릎 안쪽에 있는 내측인대고요.

그런데 10대 여성들은 골반이 남성에 비해 넓어 압력이 더 큰데, 반대로 슬개골이 튀어 나가지 않게 잡아주는 내측인대는 훨씬 약한 편이라 성장기 때 사고가 발생할 수 있는데 그 일이 유민 씨한테 벌어졌던 거라고 보시면 됩니다.

아마 그 이후로 계속 그런 사고가 났을 건데, 지금 사진 상태를 보니 왼쪽 무릎은 아예 내측인대가 남아있지 않네요. 이거는 인대를 새로 이식하는 근본적인 수술이 아니고서는 방법이 없어요. 이번에 갑자기 문제가 생긴 건, 그동안 계속 부서졌던 무릎 뼈 조각들이 무릎 안을 돌아다니다가 염증을 일으킨 거라고 보면 됩니다."

유민은 조용히 의사를 바라보며 듣고 있었다.

"네…."

"그런데…." 의사가 말을 이었다.

"그런데 그간 손상된 부분이 너무 심해서 지금 본인 무릎은 거의 60~70대 노인의 것이라고 생각하면 됩니다. 이런 건 수술로 해결할 수가 없어요, 받아들이는 수밖에. 그래서 임신을 한다든지, 살이 찐다거나 하면서 무릎의 압력이 높아지면 무릎에 치명적일 수 있어요. 수술을 해도 오래 건강하게 버티면서 다른 사람들처럼 살려면 수술 후에도 무릎을 최대한 아끼고 덜 쓰면서 재활이랑 운동을 열심히 해야 한다는 뜻이에요."

유민은 그대로 고개를 끄덕였다. 의사의 말이 무슨 의미인지 모르지 않았다.

"그런데… 오른쪽 무릎도 몇 번 빠진 적이 있죠? 여기는 인대가 좀 남아있긴 한데… 근데 문제는 여기도 마찬가지로 뼛조각들이 돌아다니고 있어서. 나중에 문제가 생기게 될 가능성이 큰데… 일단 왼쪽 다리를 먼저 수술해보고 그다음에 계속 상태를 봅시다."

유민은 더 생각할 것도 없었다. 아니, 선택권이 없었다. 어떻게 되든 이 왼쪽 무릎을 고치기만 한다면, 더 이상 무릎이 분리되는 느낌만 받지 않을 수 있다면 어떤 수술이든 받을 준비가 되어있었다. 지금으로서는 수술을 할 수 있다는 사실만으로도 모든 문제가 해결된 것만 같았다.

수술날은 빠르게 찾아왔다. 수술실은 냉장고 같았다. 아니, 수술실보다는 마치 이미 죽은 사람을 보관하는 영안실 같았다. 금속성의 기계들과 부산하게 움직이는 초록색 가운을 입은 사람들, 이가 부딪히는 추위 속에서 유민은 수면 가스를 들이켰다. 수면 가스를 들이키고도 한동안 유민은 눈을 깜박였다. 차가운 수술 침대에 누워 유민은 신을 생각했다. 그리고 속으로 되뇌었다.

이 지긋지긋한 무릎을 바꿀 수만 있다면 뭐든 할 수 있을 것 같다고. 하자 하시면 영혼이라도 팔겠다고. 하지만 더 이상의 시련은 저도 버틸 수 없을 것 같으니, 이제 그만하시자고.

수술 이후로도 유민의 다리는 한동안 움직여주지 않았다.

한 평도 되지 않는 침대의 프레임 바깥으로 나가지 못한 채 꼼짝없이 앉아있는 유민에게 늘 찾아와 주는 것은 그 누구도 아닌 지호였다.

"나 궁금한 게 있는데 말이야."

지호에게 업히다시피 온 고깃집에서 솥뚜껑만한 철판 위에 지글지글 구워지는 대창과 막창을 물끄러미 바라보며 소주를 털어 넣던 유민이 말했다.

"야 너는 아픈 애가 무슨 소주를… 근데 뭐?"

"너는 왜 경찰이 됐어?"

"그냥 다른 건 생각해본 적이 없어서." 지호가 대답했다.

"엄마가 그러더라, 니네 집에서 사관학교를 그렇게 밀었는데 너는 경찰대학 가겠다고 고집부렸다며. 왜 군인이 아니고 경찰이야?"

"그건, 소중한 사람들을 더 가까이서 지켜줄 수 있으니까. 군인이 되면 정작 내 사람이 필요한 순간에 내가 지켜줄 수가 없잖아."

지호는 조용하지만, 확신에 찬 목소리로 말했다.

"그럼 나도 지켜줄 거야?"

유민이 장난스럽게 물었다.

"응. 앞으로도 쭉."

두 사람은 서로의 눈을 바라보았다. 유민이 지호를 보며 빙긋
웃었다.

고기가 익어가는 소리가 두 사람의 주변을 채울 따름이었다.

4. viva la vida

"세계를 정복하든 그냥 집에서 편히 쉬든 무슨 차이가 생깁니까?"
- 프랑스의 철학자 시몬 드 보부아르가 쓴 <피로스와 키네아스>에서

재활을 위해 1년간 휴학 후 학교에 돌아갔을 때, 학교에는 유민이 알던 사람들도, 그 사건을 아는 사람들도 모두 사라져버리고 없었다. 마치 1년 전의 일들이 모두 신기루 같았다.

학교에 돌아온 이후에는 유민 역시 남들과 마찬가지로 뚜렷한 목적 없이 취업 준비에 전념하기 시작했다. 그중 지금 유민이 다니는 회사는 수많은 불합격을 뒤로하고 유민에게 합격 연락을 보내준 회사였다.

유민이 이 회사에 다닌 지도 5년째, 사회 초년생 때의 호기심

과 떨림, 그리고 밤샘 작업을 할 체력도 모두 사라졌지만 늘어나는 경력만큼 늘어난 요령으로 그럭저럭 살아나가고 있었다.

유민이 다니는 회사는 누구나 알만한 컨설팅 회사 중 하나였다. 회사는 클라이언트, 주로 다른 기업이나 정부 기관을 대상으로 사업에 관한 컨설팅을 진행하기도 하고, 고객 관리 차원이긴 하나 고객사들을 대상으로 경영 전략에 대한 상담과 교육도 진행하곤 했다. 웬만한 모든 업계보다 더 많은 액수가 통장으로 꽂혀 들어왔지만, 그만큼 노동법에 명시된 노동시간 따위는 코웃음을 치며 무시하곤 하는 바쁘디 바쁜 회사였다.

유민의 일상은 항상 아침 일찍부터 울리는 상사의 긴급한 메신저를 보며 약간 찡그리는 것으로부터 시작된다. 일어나 정신을 차릴 틈도 없이 나갈 준비를 한다. 최대한 회사와의 동선을 줄일 수 있는 오피스텔을 구했지만 그래도 만원 지하철은 피할 수 없다. 이 회사에서 그나마 용인되는 게 있다면, 그건 바로 출근 시간에 대해선 빡빡하게 굴지 않는다는 것이었다. 그저 정각에만, 물론 조금 더 늦게 출근해도 누구도 눈치 주지 않았는데, 그건 모두 그 전날 새벽 3시에 퇴근했기 때문일 뿐이다.

회사 건물은 밤 12시가 지나면 매시 정각마다 전체가 소등된다. 그렇다고 일이 끝난다는 의미는 아니다. 보통은 불이 꺼지자마자 바로 일어나 다시 본인이 있는 층의 불을 켠 후 다시 작업으로 돌아가기 때문이다.

하지만 유민은 가끔 바로 일어나지 않고 어둠 속에 한참 그대로 앉아있기도 했다. 갑자기 주변이 암흑으로 변했을 때, 유민은 자신과 백색 빛을 내고 있는 컴퓨터 모니터를 빼고는 세상이 모두 멈춘 느낌이 들었기 때문이다. 시간이 멈춰버린 느낌. 층 전체에, 파티션 너머에 아무도 있지 않고 그 세상에 나 혼자 오롯이 앉아있다는 사실이 왠지 모르게 위안이 됐다.

가끔은 그 어둠 속에 앉아 밥값의 대가는 어디까지인 걸까 하고 생각하곤 했다, 물론 그 생각은 쌓여있는 업무 앞에서 오래가지 못했다.

최근에는 또 살아남아 보겠다며 직장동료와 함께 구매한 프로폴리스, 오메가3, 종합비타민, 유산균 같은 영양제를 아침마다 한 움큼 입안에 털어 넣으며 하루를 시작하게 됐다. 이제는 약발로 하루하루를 버티는, 완벽한 서울의 평범한 직장인으로 거듭나게 된 것이다.

이미 일주일째 집에 새벽 3시에 들어가고 있었지만, 오늘 밤도 일찍 끝날 것 같지 않았다. 옆자리 팀원들은 이 정도면 차라리 동선을 줄이기 위해 진지하게 회사에 간이침대라도 하나 들여줘야 하는 것 아니냐며 힘겹게 툴툴대고 있었다.

이미 어두워진 창문 바깥으로 비가 내리고 있는 것 같았다.

유민은 이렇게 더 앉아있다간 어깨가 굽은 망부석이 될 것만 같은 생각에 고개를 들고 잠시 창문 밖을 바라보았다.

"왜? 뭐 봐?"

유민이 바라보는 쪽으로 같이 고개를 돌리며 선배가 물었다.

"그냥요. 비 오는 것 같길래 쳐다보고 있었어요."

"아 그래? 세차한 지 별로 안됐는데, 최악이네."

선배는 무심하게 다시 창문에 한번 눈길을 주고는 다시 고개를 모니터 쪽을 돌리며 말했다.

빗줄기가 더 거세지는 것이 보였다.

"그러게요. 되는 게 없네요. 이 고객사 리포트 건도 거지 같은데."

"내 말이. 이런 리포트는 도대체 왜 별도로 요청하는 거야? 자기들이 이미 낸 과제만으로도 벅차 죽겠는데. 과장님도 참, 이런건 좀 쳐내 주시지 왜 그걸 또 준 그대로 받아서 오냐고. 진짜 내가 분노를 안 할 수가 없다. 하⋯."

선배가 분통을 터뜨렸다.

유민 역시 다시 모니터로 시선을 옮기며 고개를 끄덕였다.

선배 말이 맞다. 할 일이 천지에 쌓였는데 또 세부 프로젝트라니, 오늘도 집에 가긴 글렀다. 유민은 차를 한잔 더 마시기 위해 자리에서 일어났다. 이게 벌써 4잔째였다.

카페인 든 차라도 흡수해주지 않으면 도저히 버틸 수 없을 것 같기 때문이다.

그다음 날 아침에도 팀원들은 늘 그렇듯 출근 시간인 9시가 다 되어서야 겨우겨우 하나씩 모습을 드러냈다. 어쨌든 고객사가 추가로 요구한 리포트의 초안은 어젯밤에 완성된 상태였다.

초안이 완성되고 나면 그 초안은 하룻밤 묵혀둬야 한다. 이후 다시 새로운 눈으로 읽어보면 보이지 않던 것들이 모습을 드러내기 때문이다. 물론 정확히 말해서 이번 건의 경우엔 새벽 4시에 초안을 작성한 후 이제 겨우 5시간 정도 지난 것에 불과하지만. 유민이 파일을 열고 어젯밤 몽롱한 상태에서 작성한 문서를 다시 정독하며 살피고 있을 때 누군가 유민을 불렀다.

"김유민. 바쁜가?"

고개를 들어 바라보니 과장이 사무실 문에 살짝 기댄 채 서 있었다.

"아, 추가 요구자료 초안을 좀 검토하고 있었습니다."

"지금까지 하고 있는 부분 좀 보지, 가지고 잠깐 들어와 봐."

유민은 맞은편에 과장을 등지고 앉은 선배가 살짝 고개를 들고 눈썹을 힐끔거리는 것을 뒤로하고 급히 수정 중인 자료를 출력해 들어갔다.

수정 중인 작업본을 중간 점검하는 건 흔히 있는 일이었다.

하지만 이렇게 빨리 초안을 찾으시다니?

"여기 초안이고, 어제 급히 작성해놓은 거라 아직 수정 전입니다."

유민은 이제 막 프린터기에서 나와 따끈한 느낌이 가시지 않은 종이 뭉치를 건넸다. 과장이 초안 자료를 받아들고 읽기 시작했다. 유민은 과장의 시선이 움직이는 것을 따라가며 조용히 작성본을 바라보았다.

"고생했네, 작성할 시간도 부족했을 텐데. 그건 그렇고, 요즘 일하기는 할 만해?"

"이제 프로젝트 관련 용어들도 좀 익숙해져서 좀 괜찮습니다."

과장은 잠시 유민을 바라보다가 말을 이었다.

"사실 고객사에서 컴플레인이 있었어. 얼마 전에 고객사 쪽 담당자랑 연락한 적이 있었나? 그때 김 컨설턴트의 태도가 뭔가 맘에 안 들었었나 본데. 기억나는 거 없어?"

"어제… 추가 자료 요청 건으로 전화 통화를 한 기억은 있습니다."

유민은 잠시 어제 어떤 부분이 문제였던 것인지를 찾느라 말을 잠시 멈춰야 했다. 분명 추가 자료가 너무 모호하게 적혀 있어서 정확히 어떤 부분을 원하는 건지 확실히 해야 했고, 다시 전화를 돌렸을 때 우리가 할 수 없는 부분에 대해서 설명을 한 정도였다고 생각했다.

[그런 자료는 추적하기가 어렵다니 그게 무슨 말이에요?]

그쪽 담당자가 따지듯이 물었다.

[아까 설명해 드렸지만, 요구자료 목록에 적혀있는 자료 중 일부는 어디서도 수집하고 있는 자료가 아니라서 취합이 어렵습니다.]

[그런 게 없다는 게 말이 돼요?]

[네, 없습니다.]

라고 했던 기억 정도는 있는데, 유민이 기억하지 못하는 다른 게 있는 걸까?

"그… 그쪽 담당자랑 전화통화를 잠시 하긴 했었는데요. 가공하기 어려운 자료들을 요구한 부분에 대해서 미리 말씀을 드려야 할 것 같아서 그 부분을 설명해 드렸는데… 말씀하신 컴플레인이 어디에서 온 건지는…."

과장은 고개를 잠시 끄덕인 후 말했다.

"김 컨설턴트도 알겠지만, 클라이언트사 담당자들한테는 기본적으로 우리가 맞춰주는 수밖에 없어. 나중에 없다고 하더라도 일단 앞에서는 그냥 따르는 것처럼 하고. 나중에 다른 자료들이랑 섞이면 어차피 하나하나 세세하게 확인하지도 않을 거 알잖아. 더 설명하지 않아도 알겠지. 일단 그 담당자한테 태도에 대해선 사과를 하고, 그러는 게 김 컨설턴트가 일하기에도 편하니까. 그리고 앞으로 괜히 트집 잡히지 않도록 조심해."

"…네 알겠습니다."

"그리고 지금 가지고 온 초안 부분은 나쁘지 않아. 일단 하고 나중에 선임들 취합 중인 자료랑 어떻게 정리할 건지는 다시 보자고."

"네."

유민이 종이를 다시 받아들고 살짝 고개를 숙인 후 방을 나왔다.

팀원들이 슬쩍 눈길을 주는 것이 느껴졌다.

유민은 별일 없었던 것처럼 조용히 자리에 앉았지만, 입술을 잘근잘근 깨물며 과장 방에서 들은 얘기를 곱씹었다.

자기가 찾는 자료가 말도 안 되는 자료라는 걸 그냥 일러줬을 뿐인데 좀 덜 친절하게 굴었다고, 그걸로 바로 회사에 컴플레인을 제기하다니, 정말이지, 욕지거리가 나오도록 비열하고 지겨운 인간 같으니라고.

클라이언트와의 관계는 항상 이랬다. 우리는 어떤 경우에서도 을이고, 그들은 갑이다. 컨설팅 프로젝트 중이라는 이유만으로 팀원들은 그들이 시시때때로 당연한 듯이 요구하는 업무와 관계없는 자료까지도 최대한 빠른 시간 내에 제공해야 할 의무가 있었다. 그것이 그들에게는 본인들의 권리처럼 이용되고 있었다.

유민은 화를 삼키기 위해 숨을 골랐다. 최대한 빨리 화가 삼켜지도록 최선을 다해야 했다. 그래야 아무렇지 않은 척 클라이언트에게 어제의 불경한 태도에 대해 사과를 할 수 있기 때문이다.

회사생활의 미덕 중 하나. 어쨌든 이런 일은 시간을 오래 끌지 않는 것이 좋다.

유민은 전화기를 바라보면서 해야 할 말들을 고르고 되뇌었다. 마른침이 목구멍을 타고 넘어가는 것을 느끼며 겨우 전화번호를 눌렀다.

[네, 컨설턴트님]

수화기 너머로 익숙하고 건조한 목소리가 들렸다.

"네 안녕하세요 대리님, 식사는 하셨어요?"

저쪽에서는 내 얼굴이 보이지도 않을 텐데, 나는 왜 얼굴을 한껏 친절하게 만들며 얘기를 하고 있는 걸까.

"아 대리님, 실은 어제 일부 자료에 대해서 제대로 설명을 불충분하게 드린 부분이 있는 것 같아서요. 일단 저희 쪽에서 준비할 자료들은 정리가 되고 있는 상태인데요, 다만 그 2번 자료와 3번 자료는 아무래도 찾기가 어려워서 그 부분은 준비된 자료들을 다시 보시면서 추가로 검토해보시는 게 어떨지 하고…"

회사생활에서의 미덕 두 번째. 할 수 있는 한 최선을 다해서 문제를 해결하되, 절대 '죄송하다'라든가, '내 잘못입니다'라는 말을 분명히 하지 않는 것.

다행히 대화는 싱겁게 끝났다. 상대 쪽에서도 유민이 사과인 듯 아닌 듯 다시 연락한 것에 만족한 듯 별다른 추가 요구 없이 대화를 마무리했다. 유민은 상대편에서 먼저 전화를 끊기를 기다린 후에야 수화기를 내려놓았다. 사회 초년생 때, 이런 일들이 있으면 씩씩거리곤 했지만, 이제는 이런 일들 정도는 일상적이다. 그만큼 단단해진 것인지 아니면 타격은 그대로이지만 무감각해져 버린 것인지는 알 수가 없다.

어제와 마찬가지로 일은 계속되어, 동틀 녘이 가까워 오는 시간 즈음까지 계속됐다. 건물을 나서는 유민을 처음으로 맞이한 것은 후덥지근한 새벽의 여름 공기였다. 건물 안에만 갇혀있으면 문득문득 창문을 통해 보이는 하늘만으로 계절감을 추측할 수 있을 뿐, 계절이 어떻게 지나가는지 알 턱이 없다.

하지만 새벽의 여름밤이라는 건 참 희한하다.

분명 무덥고 숨이 턱턱 막힐 것 같이 습기 찬 공기인 것인 분명한데, 어딘가 싸늘한 데가 있다. 낮의 뜨겁게 달궈진 아스팔트에서 나오는 열기와 도로의 경적 소리, 사람들의 소리가 사라진 밤은, 여름밤이라 해도 고요한 느낌을 준다.

가끔 유민은 저녁 7시에 일과를 마치는 사람들은 어떤 일을 하고 살까 궁금해졌다. 집이 가깝다면 집에 가서 저녁까지도 먹을 수 있을 것이다.

그럴 때면 유민은 그런 상상을 하곤 했다. 냉장고에 신선한 채소와 과일들이 가득 차 있는 상상. 집에 돌아오면 싱싱한 호박과 두부를 꺼내 자르고, 된장찌개를 만드는 상상을 한다.

아니면 한강변에서 친구를 만나는 것도 좋지 않을까? 가까운 편의점에서 캔맥주 몇 개랑 맥반석 오징어를 사는 거야. 이렇게 더운 여름밤에는 한강변에 저녁 마실을 나온 사람들로 가득할 것이다. 잔디밭에 돗자리를 깔고 누워 한강 다리 사이사이를 흐르는 바람을 맞고 있으면 더할 나위 없이 행복하지 않을까 생각했다.

마침 새벽 택시는 한강변을 지나고 있었다. 저녁 마실을 나왔던 사람들, 취한 사람들까지도 이제는 다 집으로 돌아가 잠들었을 시간이었다. 그리고 유민은 몇 시간 후 그 사람들과 함께 다시 이곳을 지나게 될 것이었다.

그다음 날도 고객사 담당자는 당연한 듯 전화를 걸어 내부 주주총회의 안건이 이 프로젝트 관련이라는 구실을 대며 유민의 팀에서 주주총회를 준비하도록 요청했다. 유민의 팀에서는 이를 위해 예상 질문지와 답변서까지 작성해야 했는데, 시간이 턱없이 부족했기 때문에 팀원 모두가 또다시 며칠 밤을 새워야 했다는 것은 물론이었다.

또 다른 날은 갑자기 관련 업계를 방문하겠다며 주주와 회장단의 방문일정을 잡아달라고 요청했다. 물론 그 요청에는 모든 일정 준비와 의전 따위가 포함되어 있었다.

계약사항은 아니었지만, 프로젝트 관련이라는 이유를 대면 요구하지 못할 것도 없었다. 유민의 팀은 관련 업체와 관계자들을 섭외하고, 고객사에서 원하는 수준의 의전을 준비하느라 다시 가외 업무를 피할 수 없었다.

책상 저편에서 친절하게 전화를 받던 막내가 전화가 끝나자마자 수화기를 집어 던지듯 내려놓는 것을 보며 유민이 물었다.

"또 김 대리?"

"네."

막내는 분노를 참아내는 듯 잠시 눈을 감고 입술을 질끈 깨물며 말을 이어갔다.

"저 요즘 집에 가서 30분간 명상을 해요. 새벽 2시에."

"그거 살인 충동에도 효과가 있어?"

"아뇨, 여전히 죽이고 싶은 걸 보니까 아직 수련이 부족한 듯해요. 자, 나는 살인 충동이 일어나지 않는다. 나는 성자다. 따라 해보세요, 선배. 손을 이렇게 모으고."

그때 유민과 후배의 대화를 지켜보던 팀원 한 명이 말했다.

"근데, 선배 최근까지 그 진상 이 대리랑 계속 상대하더니 요즘은 왜 뜸해요?"

"아 그래? 그러고 보니 요즘은 대화할 일이 별로 없었네, 야 다른 담당자들도 계속 밀려와서 그 진상 이 대리랑 요즘 연락 안한 것도 잊고 있었다."

유민이 대답하며 차를 한 모금 들이켰다.

막내는 여전히 눈을 감고 있었다.

하지만 그놈은 우리 대화를 도청하는 것이 분명했다. 얼마 지나지 않아 언제 연락이 뜸했냐는 듯 다시 고객사 이 대리에게서 연락이 왔기 때문이다.

"네, 대리님. 안녕하세요."

[네, 김 컨설턴트님, 오랜만에 다시 연락드리는 것 같네요?]

"아하하, 그러게요. 어쩐 일이세요?"

[저번에 보내주신 자료 봤는데, 김 컨설턴트님 자료 쪽인 것 같아서요. 자료 12번은 13번이랑 똑같은 자료 아닌가요? 왜 총합이 다르죠?]

"아, 그게요. 같은 용어처럼 보이지만 법적 용어에서는 구별을 하고 있거든요, 그래서 13번에서는 발생 연도가 지난해인 것은 총합에 들어가지 않아서요. 수치 차이가 있을 수 있습니다."

유민의 대답에 전화기 너머로 한숨 쉬는 소리가 들렸다.

[아니… 그러면 그런 것까지 다 표시를 해서 보내줘야 하는 거 아닌가요?]

"네?"

[이렇게 써서 보내면 우리 윗분들은 바로 이거 자료가 잘못된 거 아니냐는 소리 나온다고요. 누가 봐도 수치 오류인 것처럼 보이는데 그럼 설명을 좀 더 집어넣든가, 혼란을 줄 거면 아예 빼든가. 그렇게 해야 하는 거 아닌가요?]

'너희 윗분들 보실 자료는 처음부터 너희가 준비했어야 하는

것이 아닐까? 외부 기관 원자료를 그대로 보여드리려고 했냐?'

소리가 절로 나왔지만, 또 이 대리와 싸울 수는 없는 노릇이었다.

"아, 대리님 자료가 붙어있다 보니 오해의 소지가 있을 수는 있는 것 같습니다."

수화기 너머로 기가 찬다는 듯한 소리가 들려왔다.

[왜 처음부터 자료를 좀 잘 정리해서 주시면 될걸, 이렇게 하면 두 번 일하게 되잖아요?]

"아무래도 내부 자료 작성용이시면 저희는 원자료를 다 드리는 게 가공하시는데 더 편할 것 같아서….."

[휴, 김 컨설턴트님, 아시는 분이 왜 그러시는지 모르겠네. 저희가 지금 이 일만 하는 게 아니잖아요. 자료 요청을 할 때는 정리된 자료를 요청하는 거지 원자료 요청할 거면 우리 쪽에서 하지 왜 그쪽에 요청을 하겠어요?]

명상. 그래. 명상이 필요하다.

노예 부리듯 자기가 작성할 문서까지도 모두 떠넘겨도 된다고 생각하는 이 욕 나오는 인간에게 칼을 들고 쫓아가지 않을 마음의 평화가 필요하다.

유민은 잠시 할 말을 잃고 수화기를 들고 잠자코 있었다. 그리고 유민의 침묵은 이 대리를 더 자극한 것이 분명했다.

[김 컨설턴트님, 전화 끊으신 거 아니죠?]

"아, 예."

[휴… 정말 일하기 힘드네요. 일단 다시 연락드릴게요.]

말이 끝나기가 무섭게 전화가 끊겼다.

더러운 인간. 전화는 내가 먼저 끊고 싶었다고. 전화 먼저 끊을 권리까지 가진 듯 행동하는 개같은 인간.

유민은 분노를 삭이며 조용히 전화를 내려놓았다.

"휴 시발 진짜로 못 해 먹겠네."

"이 대리에요?" 후배가 걱정스러운 듯 보며 물었다.

유민은 조용히 끄덕였다. 분노도 잠시, 다시 고객사에서 다시 태도에 대해 컴플레인을 제기하는 게 아닌가 하는 걱정이 스멀스멀 고개를 들었지만 이내 고개를 저었다.

사무실은 정적에 휩싸였다. 각자 자기 자리에 앉아 최대한 빨리 집에 가기 위해 업무에 열중했다.

불똥은 엉뚱한 데로 튀었다. 이 대리가 그날 이후 유민에게 연락하는 것을 끊고 의도적으로 주변의 같은 팀원들에게 연락하기 시작한 것이다.

유민은 이 대리의 의도적인 패싱에 괜히 업무시간을 뺏기고 있는 동료들에게 미안할 뿐이었다. 방금도 또 이 대리의 호출을 받던 동료가 전화기를 내려놓고 한숨을 쉬었다.

"김 선배, 이 대리가 뭐래요?" 유민이 물었다.

"아냐. 아 진짜 오늘은 집에 가고 싶네."

김 선배는 한숨을 쉬고는 더 말을 이어갈 생각이 없는지 차를 리필하러 자리를 떴다. 유민 역시 불편한 표정으로 입술을 깨물었다. 모두 수면 부족으로 예민해진 상태에서 사무실 역시 불편한 공기가 커지고 있었다.

그때 마침 목요일에 예정되어있던 클라이언트 미팅이 다음 주 월요일로 미뤄진 것은 팀원들에게 간만의 희소식이었다. 그리고 짧은 휴식기를 이용하여 팀의 사기 향상을 위한 맥주 모임이 결성됐다.

회사 앞에는 항상 팀이 들르는 치킨집이 있었다. 간판은 치킨집인데 막상 들어가면 웬만한 메뉴는 다 있는 그런 다목적 호프에 가까웠다. 회식할 시간도 별로 없는 팀에겐 이 집 생맥주만으로도 감지덕지였다. 공짜로 내어주는 손가락에 끼우는 가락지 같은 강냉이와 케첩, 마요네즈가 범벅이 된 양배추 샐러드만으로도 쉽게 행복해지는 사람들이었다.

맥주 한 잔은 이미 안주가 나오기도 전에 비워졌고, 치킨과 골뱅이무침, 이 집의 숨겨진 시그니처 메뉴인 양념 곱창볶음이 모두 나왔을 무렵에는 모두 알딸딸하게 취해서 그놈의 클라이언트 갑질에 대해 공분을 표하고 있었다.

한참 각자 주변 사람들과 대화하고 있을 무렵, 김 선배가 맥주잔을 비우고는 유민을 보며 입을 열었다.

"김 컨설턴트, 그 이 대리 놈이 뭐라는 줄 알아?"

"뭐라는데요?"

"요 며칠 미친놈처럼 맨날 전화해서 사람 괴롭히더니, 오늘은 친한척하면서 그러더라. 김 컨설턴트 몇 살이냐고."

옆에 앉은 후배가 맥주잔을 내려놓고 되레 흥분하며 되물었다.

"몇 살이냐고? 그딴 건 왜 묻는데요?"

"아 몰라, 그래서 내가 물었지. 그건 왜 물으시냐고. 그랬더니 그 새끼가 그러데? 김 컨설턴트 뻣뻣하게 구는 게 목이 좀 굳으신 것 같은데 연세가 어떻게 되는지 궁금하다면서."

"워우. 선 넘네." 후배가 잠시 유민의 눈치를 살피며 말했다.

"그러게요. 진짜 선 넘네요." 유민도 맥주잔을 내려놓으며 말했다.

"그래서 선배님은 뭐라고 대답했는데요?"

"선 넘은 질문에 대답해 줄 필요도 없고, 그냥 나이는 우리도 서로 말 안 한다고 그러고 말았지."

유민의 표정이 자신도 모르게 살짝 굳어가자, 말을 시작했던 선배 컨설턴트도 잠시 유민의 눈치를 살필 때 옆자리 후배가 말했다.

"근데 김 선배가 뭐가 목이 뻣뻣하고 말고가 뭐 있어요? 지가 부당한 거 요구해서 아닌 건 아니라고 말해주는 것뿐이고. 그냥

지가 그거 듣기 싫으니까 그런 거 아녜요?"

"그건 맞지." 선배가 거들었다.

"나는 김 선배 그런 게 더 좋더라. 맨날 오냐오냐하면 우리가 무슨 지들 노예인 줄 알 거 아니에요. 당당하고 외국 사람 같잖아요. 기면 기고 아니면 아니고. 그렇게 해야 하는 게 맞는 거 아니에요?"

후배가 동의를 구하는 듯 유민을 힐끔 쳐다봤지만, 유민은 어색하게 웃음을 지을 수밖에 없었다. 외국 사람 같다는 건 한국 회사에선 칭찬거리가 아니었다.

"야, 근데 우리만 외국 사람처럼 굴면 뭐 하냐? 저쪽에서 건방지다 생각하면 그만이고, 먹히지도 않을 건데." 선배가 말했다.

"이 대리 치졸한 놈. 그걸 또 선배한테 굳이 말하는 건 또 뭐래요? 어쩌라고?"

"그러게 말이다. 괜히 김유민 패싱하고 우리한테 귀찮게 하면서 이간질이나 하는 그놈 수를 우리가 모를 줄 아나, 그놈 수준이 그 정도인 거지."

"아녜요. 저 때문에 괜히 귀찮아지신 거 알고 있어요. 이쯤 했으면 또 을인 제가 전화해서 풀어드려야죠 뭐. 내일 연락 한번 또 해서 구슬려야겠네요."

유민은 애써 아무렇지 않은 척 웃으며 맥주를 넘겼다. 다들 홍청망청 몇 번이고 새 맥주를 주문했다. 놀랍게도 아직 10시가 채 되지 않았다. 생각보다 많이 마시고 있었지만, 정신은 더 또렷해지는 것 같았다. 업무상으로 2~3번 얼굴을 마주했을 뿐인 타인이 이토록 미워질 수 있다는 것이 신기하다. 이 대리보다 더 나쁘고 악질인 놈들도 숱하게 겪어왔고, 유민은 적어도 항상 책잡히지 않도록 밤을 새워서라도 맡은 일은 최선을 다해 처리해왔다. 그런데, 가끔씩 이렇게, 이런 일들이 일어날 때면 마음잡기가 쉽지 않았다.

유민은 잠시 숨을 돌리기 위해 화장실에 들어왔다.

발갛게 된 눈을 하고 거울에 비친 자신을 유심히 살펴보았다. 뺨에 열이 오르는 것 같은 느낌이 들었다. 뺨을 어루만졌다. 거울 반대편의 유민도 뺨을 어루만지고 있었다.

집으로 돌아가는 길, 술에서 깨기 위해 한강 다리를 건너가고 있을 때 한순간 다리가 풀리면서 유민은 꿈에서조차 떠올리기 싫었던 그 고통과 함께 다시 넘어졌다.

무릎이 분리되는 고통.

이번에는 오른쪽 다리였다.

"하… 씨발…."

유민은 이 고통의 의미를 알고 있었다. 이제 오른쪽 다리의 시계가 흘러가기 시작했다는 뜻이었다. 오른쪽 무릎을 감싼 채 강렬한 고통에 땅바닥에 머리를 처박고 있을 때 주변 사람들이 놀라 달려오는 것이 보였다.

* * *

여름이 가고 있었다. 사무실에서는 어떤 계절 변화도 느낄 수 없겠지만 유민은 이제 어렴풋이 느낄 수 있었다. 건물과 건물 사이로 보이는 손바닥만 한 하늘의 색깔이 변하고 있었기 때문이다. 여름의 하늘이 에메랄드빛이라면 가을의 하늘색은 너무 맑아서 깊이를 알 수 없는 호수 같다.

새벽에 일을 마치고 건물을 나설 때 느껴지는 공기도 어느 날부턴가 확연히 차가워졌다. 이제 매미들도 모두 추위를 견디지 못하고 생명을 다해가고 있을 것이다.

물론 계절의 변화와 상관없이 사무실에서의 삶은 달라진 게 없었다. 지겨운 여름날의 더위처럼 이어지던 프로젝트는 슬슬 마무리가 되어가고 있었지만, 프로젝트가 마무리된다고 해서 달라지는 건 없었다.

팀원들은 프로젝트가 마무리되는 동시에 다시 쪼개져서 다른 프로젝트로 투입될 것이고, 냉장고에 신선한 채소와 과일을 채울 겨를도 없이, 유민은 또 다른 이 대리를 만나게 될 것이었다.

"이 후배, 이 후배는 왜 살아?"

짧은 휴식 시간에 햇빛을 만끽하며 아이스아메리카노를 마시던 후배가 놀란 얼굴로 유민을 쳐다봤다.

"웬 뚱딴지같은 소립니까?"

"그냥, 무슨 재미로 사는가 해서. 사실 나는 여기 지나다니는 모든 사람들이 왜 사는지 궁금해. 뭐가 재밌는지. 인생의 목표가 뭔가 특이한 게 있는지."

후배는 커피를 홀짝이며 잠시 생각하는 듯했다.

"잘 모르겠네요. 평일에는 회사 다니느라 바쁘고. 주말에는 책 읽고 운동하고, 가끔 영화 보고, 아 요즘은 외로워서 소개팅도 해요."

"연애하면 재밌어지나?"

"선배 연애하잖아요? 재미없어요? 전 새로운 사람 만나는 게 좋고, 소개팅하면서 썸타는 것도 좋던데. 그러다 정말 괜찮은 사람을 만나면 빨리 결혼하고 싶어요. 가족도 만들고 애기 보는 것도 너무 재밌을 것 같고."

유민은 고개를 끄덕였지만 별 의미는 없었다. 가족을 만들고 아이를 낳는 것 같은 것은 이미 7년 전 수술실에서 버린 지 오래였다. 평범하게 죽기도 어려운 삶에 더 많은 고난을 만들고 싶진 않았다.

"난 모르겠어. 재미없다. 일도 재미없고, 연애도 재미없고."

"일은 뭐 재미없는 거 인정. 우리 회사엔 일 좋아하는 괴물들도 있는 것 같지만 전 일찌감치 그 길은 아닌 건 알았고요. 근데 선배, 일 안 좋아한다는 사람이 뭘 그렇게 열심히 일해요? 사실은 즐기고 있는데 본인이 부정하고 있는 그런 변태적인 성향?"

"전혀 아냐. 재미없어."

"맞는 것 같은데요, 이렇게 살다가 우리 차장님처럼 되는 거라고요. 본인이 워커홀릭인지 모르는 워커홀릭 완벽주의자 되시는 거죠. 저는 선배님이 승승장구하시도록 항상 뒤에서 응원하고 있겠습니다."

후배는 키득거리며 아메리카노를 쪼로록 마셔댔다.

"운동을 좀 하면 나은가? 필라테스? 가까운 센터 등록해놓고 점심시간이나 저녁시간에 다녀오면 되지 않을까? 근데 또 운동하는 게 무슨 소용인가 싶기도 해. 벌써 인생이 너무 지겨운데 그냥 60살까지만 살고 죽을까 싶기도 하고."

후배는 말도 안 된다는 듯 웃었다.

"또 무슨 맘에도 없는 망상을 하시는 거예요. 선배!"

"망상 아니고, 진지하게 생각해본 건 아닌데 말야. 진짜 우리가 이렇게 젊은 것도 한순간이고 점점 고장 나고 아파질 텐데, 행복하고 아름답게 딱 30년만 살고 너무 아프기 전에 가는 게 더 행복하지 않을까?"

"막상 30년 살고 나면 또 살고 싶어지는 게 사람 아닐까요? 그리고 안 아프면 되죠, 그러니까 운동을 하면 됩니다."

"그런가?"

후배가 빈 커피컵을 휴지통에 던져 넣으며 채근했다.

"이제 들어가요 선배. 우리 여기서 이러고 있는 거 보면 또 널 널한 줄 알고 차장님이 일 더 몰아줄지도 몰라요."

"응응, 가자."

사실 세월 좋게 재미를 찾을 여유 따위는 없었다. 프로젝트가 마무리에 접어들면서 고객사 담당자들이 개별적으로 요청하는 가외 업무는 많이 줄었지만, 프로젝트 최종 결과물을 완성하느라 사람들은 다시 또 극도로 예민한 상태였기 때문이다.

팀에서 올린 초안들은 윗선을 거치면서 엄청나게 손질 당하고 있었다. 수정 버전은 100을 넘어가고 있었고, 오늘도 어느덧 새벽 2시가 넘어가고 있었다.

"일단 들어가자 다들. 내일도 갈 길이 머니까 무리하지 말고"

오늘도 팀원들과 함께 밤늦게까지 남아 검수를 하던 과장이 자리를 정리시켰다. 마침 드디어 눈이 침침해서 글자가 안 보이기 시작할 무렵이었다.

유민은 얼른 짐을 챙겨 들고 건물 밖으로 나왔다. 건물 현관의 큰 유리문을 열고 나가자, 한껏 차가워진 공기가 훅하고 얼굴을 스쳐 지나가는 것이 느껴졌다. 실내와는 다른 생경한 공기 냄새.

갓난아이들은 세상에 나오는 그 순간에 살갗에 닿는 외부의 생소한 공기에 놀라 울음을 터뜨린다고 한다. 방금 양수를 박차고 나와 외부의 공기와 냄새를 오감으로 느끼며 울부짖는 갓난아이처럼, 유민 역시 마치 숨 쉬는 법을 처음 배운 사람처럼 힘껏 숨을 들이쉬었다.

겨울이 되면 이 공기는 더 차가워질 것이다. 이렇게 겨울이 한 30번쯤 더 오고 나면, 아니 아마 그 이전에 회사는 유민을 거리로 내쫓으려 할 것이다.

점심시간에 했던 대화들이 계속 유민의 머릿속을 맴돌고 있었다. 유민은 이렇게 살다가 어느 날 심장박동 소리가 멈추게 되는 걸 상상했다. 그리고 그게 만약 밤새고 나오는 회사 현관문 앞이라면? 아니, 아마 본인의 경우엔 심장박동이 멈추는 것보다 두 다리를 못 쓰게 되는 날이 더 빨리 찾아올 듯싶었다. 이렇게 일하고 마침내 은퇴하는 날 드디어 두 다리를 모두 못 쓰게 된다면 인생은 얼마나 더 비극적일까.

그러니까 만약 유민이 진짜로 30년만 살고 죽기로 결심한다면? 대신 남겨진 시간만큼 반짝반짝 빛나고, 다리가 언제 다시 아프게 될지 걱정할 필요 없이 행복한 것들로만 가득 채우고 난 후에 네덜란드인가 어디선가 하는 것처럼 친구가 안락사를 시켜준다면, 이 남은 시한부 인생을 정말 후회 없이 살 수 있지 않을까?

그러면 이제 누굴 이렇게 미워할 필요도 없다. 마음껏 사랑하고 인생을 만끽할 시간도 부족한 데, 누군가를 미워할 만큼 시간이 많지 않기 때문이다. 누군가를 미워해야 하는 게 당연해지는 일을 하고 있다면 그 일은 남은 내 시간을 낭비하는 일일 것이다.

정말 남은 시간이 30년뿐이라는 사실을 알았을 때, 당신은 어떻게 할 생각이신지?

유민은 이 계획에 대해 조금 더 진지해질 필요가 있겠다고 생각했다. 먼저 안락사시켜줄 친구를 섭외해 놓을 필요가 있었다. 한 명 적임자가 생각났다. 이성적인 친구니 안락사뿐만 아니라 유민의 계획을 좀 더 보완해줄 것이 분명했다. 늦은 밤 친구에게 전화를 걸었다. 친구 역시 사건 판결문을 보며 혼자 위스키나 들이키던 중이었다.

"진지하게 아직 계획을 세운 건 아닌데, 골자는 이거야. 난 30년 후에 죽을 계획이고, 남은 30년간은 열심히 행복하게 살겠다는 뜻이야. 어때."

친구는 오랜 시간 유민을 봐온 탓인지 후배처럼 비웃지는 않았다.

"그래서, 어떻게 죽을라고. 자살아냐?"

잠시 생각한다. 자살은 유민이 생각하는 것보다는 좀 더 무겁고 부정적인 것이다.

유민이 생각하는 죽음은 인생을 완성한다는 의미에서의 긍정적인 죽음이었다. 게다가 남은 30년을 어떻게 살지 고민하는 와중인데 끝을 어떻게 낼지는 안락사가 좋겠다는 것 외엔 아직 진지하게 생각해보지 못했다.

"야 그건 큰 차이가 있어. 자살은 남은 인생을 포기하는 거잖아. 내 죽음 계획에는 삶의 희망이 들어있다고. 방점을 죽는데 찍지 말고 내 남은 30년에 찍어줘 봐. 난 정말 후회 없이 행복하게 살 거야. 그리고 정확히 30년 후에는 모두 다 이루었다 하면서 성공적으로 인생을 마무리하는 거지."

유민은 본인의 말에 스스로 설득되어 만족스럽게 히죽거렸다.

"그냥 일하기 싫은 게 아니고?"

"아 그것도 맞고. 뭘 위해 일하는지도 모르겠어. 처음부터 지금까지 쭉. 일하기 싫어. 근데 그것뿐만이 아니야, 생각해봐. 남은 인생이 이제 30년이라고 생각하면 말이야, 하루하루가 너무 소중하지 않을까? 지금 싸우고 서로 얼굴 붉힐 시간이 없는 거야. 그러니까 그냥 모두를 다 축복하고 이해할 수 있는 거고. 만약에 일의 의미를 찾을 수가 없고 매일 서로 싸울 수밖에 없는 곳에 있다면 지금 그런 곳에서 인생을 낭비하느니 홀가분하게 던지고 더 행복한 일을 찾아 나설 수 있고 말이야."

"그럴 순 있겠지."

친구의 심드렁한 질문에 답변하는 도중에도 유민은 생각해본다. 30년 후에는 조용히 인생을 마감하는 약도 개발되어있지 않을까 하고.

30년간 바뀔 세상을 상상해보자면 반드시 약이 개발될 거라는 확신도 든다. 이런 생각만으로도 기분이 한결 좋아졌다. 죽을 생각을 하는 사람치고는 지나치게 낙관적이라는 생각에 실소가 튀어나왔다.

프리다 칼로는 47세의 나이로 죽기 1년 전 오른쪽 다리를 절단한 후, 죽기 일주일 전 그린 마지막 그림에서 새빨갛게 속이 차오른 수박에 마지막 남은 힘을 다해 viva la vida(인생이여, 만세)를 그려 넣었다.

viva la vida, 인생이여 만세!

생각이 거기까지 이르자 회사에 다니는 게 무의미하게 느껴졌다. 회사에 다니는 한은 남은 30년을 후회 없이 행복하게 살 가능성은 없었다.

유민은 결심 끝에 회사를 나가기로 했다. 회사를 그만두고 떠나보기로. 앞으로 딱 30년간 행복하게 살다 죽을 수 있도록 행복한 일을 찾아 나서기로.

그래, 차라리 인류를 구하자. 나라를 구원하려는 시도는 한번 망해봤으니 이번엔 인류를 구원하자, 인류를 구원하다가 30년 후에 와인 한잔을 곁들이면서 멋지게 죽는 거야.

아님 말고.

Part 2

타인으로부터의
구원

1. 파리 18구

남자는 유민이 비행기에 탔을 때부터 자기 자리에 앉아있었다. 자연 곱슬인 듯 한 곱슬머리가 마치 그리스 조각상 같은 느낌을 주는 외국인 남자였다. 20대 중반쯤 됐을까? 어디 출신일까? 이탈리아인? 그러기엔 너무 하얗고 말간 느낌. 그리스인인가 생각했지만 당장 한국 인천국제공항에서 파리로 가는 그리스인은 뭔가 현실성이 없어 보인다.

유민이 자리를 확인하고 조용히 자리에 다가서자 남자는 놀란 듯 유민을 바라보며 말했다.

"Here?"

"아, Yes."

남자는 바로 일어나 유민이 창가 자리에 들어갈 수 있도록 공간을 마련해주었다. 자리를 비켜줬을 뿐이지만 왜인지 예의 바른 사람처럼 보였다.

"Thanks." 유민은 감사 인사를 건네고 힐끔 눈인사한 후 자리로 들어갔다.

유민이 자리에 잡고 앉자, 그 남자도 다시 자리에 앉아 읽고 있던 책을 다시 펴 들었다.

12시간의 비행을 마친 비행기가 샤를 드골 공항에 도착한 것은 새벽 6시였다. 여름이라 해가 길어졌다고는 하지만 아직 비행기에서 바라보는 하늘은 아직 분홍빛으로 물들고 있을 따름이었다. 저 멀리 보이는 하늘은 연한 분홍빛이었다가, 한순간 언뜻 주황색으로 변하는 듯했다가 점점 그 색깔을 점점 물들이면서 그 영역을 넓혀가고 있었다.

곧 해가 뜰 것이다. 이 해는 저 먼 동녘 땅에서부터 먼저 떠서 그곳 사람들에게 아침을 알리고, 사람들을 깨우면서 서쪽으로 서쪽으로, 비행기와 함께 여행을 해 온 터였을 것이다.

저 멀리 한국은 이미 오후로 접어들었을 것이라는 생각이 떠오르자 유민은 정말로 한국을 떠나 프랑스로 온 것이 실감났다. 다시 심장 한 켠이 무거워지는 것 같은 기분을 느꼈다. 착륙 시간이 점점 다가오자 유민은 한국에 두고 온 것에 대해 떠올렸다.

할머니, 아직 진해에 계신 할머니는 이제 90대에 접어드셨다. 점점 굽어가는 허리, 한때는 엄마보다도 더 거대해 보이고 강해 보였던 할머니는 점점 작아지고 계셨다. 마지막으로 할머니를 뵌 것은 저번 달, 7월이었다.

출국하기 전 마지막으로 손녀 얼굴이나 보여드리러 시골에 내려갔을 때 할머니는 마당에서 무화과를 따고 계셨다. 할머니 마당의 무화과나무는, 이맘때가 되면 통통하게 여기저기 살이 오르는 무화과 열매들의 무게를 버티지 못하고 지면 가까이로 한 치는 더 가지들을 드리운다. 그때가 되면 할머니는 가까이 있는 가지들에서 무화과를 한 아름 따서 소쿠리에 넣어 오셨다. 수확물 중 가장 빨간 무화과는 유민의 것이었다.

무화과를 받아들고 베어 물었다. 무화과의 하얀 속살과 잼 같은 식감을 가진 빨간 과육이 입안에서 톡톡 터졌다. 무화과는 할머니 집에서 맛볼 수 있는 여름의 맛이었다.

"그래, 아무리 통신이 발달 됐다고는 하지만 이제 한국과는 멀리 떨어져 있으니, 혼자서도 몸조심하고. 건강하게 돌아오너라."

할머니는 두 손으로 유민의 손을 어루만지시며 싱긋 웃으셨다.

"아 근데 돌아왔을 때 할매가 살아있을지는 모르겠다."

할머니가 씩 웃으시며 장난스레 덧붙이는 말에 유민은 웃어야 할지 울어야 할지 모르게 되었다.

"아이 할머니, 건강하게 계셔야죠. 저도 꼭 건강하게 돌아올게요."

유민은 확답이라도 받아야겠다는 듯 할머니의 손을 한번 꽉 잡았다 놓았다.

"외국에 가서 힘들겠지만, 신앙생활 하는 건 잊지 말고. 꼭 한 인교회라도 가도록 해라."

아 그건 좀. 유민은 생각했다. 한국에서도 안 가는 교회를 해 외라고 가겠나. 하지만 할머니가 특별히 주문하신거니 가끔씩 성당 구경이라도 가는 정도로 합의를 봐야겠다고 생각했다.

옆에서 과일을 깎고 있던 엄마는 유민을 힐끔 곁눈질하고 어 쩔 수 없다는 듯 화제를 돌렸다.

"근데 얘가 가는 도시는 커서 한인들도 꽤 많고 한인마트랑 식당도 꽤 많다네요. 웬만한 재료나 양념은 다 있대서 안 들려 보내기로 했어요."

유민도 슬쩍 엄마를 바라보았다. 화제전환을 해준 건 감사하 지만 또 둘이 남겨졌을 때 한바탕 잔소리를 할게 뻔했다. 다만 엄마와 할머니가 다른 점이 있다면 엄마는 이제 본인이 몇 마디 더 한다고 유민이 절대 따르지 않을 거란 걸 이미 정확히 인지하 고 있다는 정도일까.

유민은 엄마와 할머니가 프랑스에 대해 아는 것을 서로 나누 면서 손녀딸을 걱정하는 것을 들으며 무화과 소쿠리에서 다시 검붉은 무화과 하나를 집어 들었다. 잘 익다 못해 단내가 베어 물기 전에도 느껴지는, 잘 익은 무화과였다.

비행기가 점점 속도를 줄여가는 듯하더니 저 멀리 도시가 보이기 시작했다. 아직 잠에서 깨지 않은 듯한 도시에서는 밤새 밝혀둔 가로등 불빛, 건물의 불빛들만이 빛나고 있었다.

승객들의 잠을 깨우는 듯 기장이 나른하게 도착을 알려왔다.

유민이 창가를 바라보며 여태 펴놓았던 책을 덮었다. 옆자리에 앉아있던 남자도 슬슬 주변을 정리하기 시작했다. 덜컹하고 비행기가 강한 충격음을 내며 활주로에 내려앉았다. 비행기가 활주로를 미끄러지는 것을 창문 밖으로 바라보고 있을 때 남자가 말을 걸어왔다.

"드디어 파리네요."

"네, 근데 숙소를 잘 찾아야 해서 걱정이네요."

"아, 여행 왔어요?" 남자는 흥미롭다는 듯 눈을 반짝였는데, 진짜 흥미가 있어서인지 아니면 원래 눈이 반짝이는 건지는 알 수가 없었다. 검은 곱슬머리와 잘 어울리는 갈색 눈망울이었다.

"아뇨 파리에서 석사 할거에요, 9월부터."

"저도 학생이에요. 환영해요, 저는 여행을 하고 돌아가는 길이에요."

"아, 무슨 전공이에요?"

"비교문학이에요." 문학전공이라니, 너무나 프렌치스럽다고 생각했다.

"아, 저는 국제개발이에요. 반가워요."

"흥미로운 분야네요. 환영해요." 남자는 친근하게 웃었다.

곧 비행기가 멈췄다. 유민과 남자는 서로 예의 바르게 싱긋 웃어주고는 각자 짐을 챙겼다.

파리에 도착한 시간은 아침 6시 24분. 한국 시간으로 오후 3시 24분이다.

파리에 있는 동안 머물 첫 번째 숙소는 몽마르트르 언덕과 성당이 보이는 5층 건물이었다. 건물의 1층에는 동네 사람들이 즐겨 찾는 듯한 카페가 있다. 야외에는 사람들이 줄지어 앉아 지나가는 행인들을 바라볼 수 있고, 그 위에는 노란색 천으로 된 차광막 같은 것이 햇빛으로부터 사람들을 보호하고 있다. 카페는 항상 붐볐다.

카페를 빙 돌아 왼쪽에는 거주민들이 사는 곳으로 들어가는 큰 대문이 있다. 이 초록색의 대문을 통해 들어가면 건물에 사는 사람들을 위한 우체통이 있고, 바로 작은 중정이 나온다. 중정을 둘러싸고 ㅁ자로 된 건물에서 사람들이 살고 있었다.

중정은 건물들이 둘러싸고 있어 햇빛이 들어오지 않는다. 거리의 소음도 초록색 대문에 가로막혀 들어오지 않으니, 문이 닫히고 나면 항상 이곳은 적막이 흐르고 있었다. 중정을 가로질러 가면 나선형 계단이 보이는데, 오래된 건물이라 엘리베이터랄게 없어서 모두 이 적색의 나무로 만든 계단을 타고 올라가야 한다.

유민이 머무는 곳은 이 계단을 타고 올라가면 보이는 이층집.

가방을 뒤적여 열쇠를 꺼내 집 문을 열고 들어간다. 불이 모두 꺼져있는 것을 보니 오늘은 유민이 가장 먼저 집에 도착한 것이 분명했다.

집 안으로 들어와 다시 문을 잠그고 거실 불을 켠다. 거실이라기엔 작은 식탁과 초록색 소파침대, 그리고 작은 티 테이블이 전부다. 거실 옆에는 작은 부엌이 칸막이로 분리되어 있고, 그 반대편에는 방이 세 개.

가장 큰 방은 미국에서 온 앤이 살고 있다. 보통 앤은 집에서 머무는 시간이 긴데, 그 안에서 뭘 하고 있는지는 알 길이 없다. 다만 그녀의 방에 가득한 디즈니 포스터와 인형들을 보건대 취미 생활에 꽤 진지하다는 것만은 알 수 있었다.

파리에 도착한 날에는 집안에 앤이 있었다. 가파른 계단에, 유민의 몸보다 큰 캐리어 두 개를 죽을 힘을 다해 하나씩 들고 집으로 올라가서 초인종을 누르니 앤이 나왔다. 갈색 머리가 어깨까지 오는, 뿔테 안경을 낀 모습이었다.

"안녕? 새로 온 플랫메이트? 난 앤이야."

"응 반가워, 유민이야."

"들어와, 주인이 연락 와서 니가 오늘 도착한다길래 안 그래도 언제 오나 하고 있었어. 니 방을 보여줄게."

앤은 따라오라는 듯 손짓하며 거실을 지나 복도로 걸어갔다.

유민의 방은 가장 끝에 있었다. 육중한 캐리어 두 개를 힘겹게 밀며 복도를 지나쳐 앤이 열어준 문을 통해 방으로 들어갔다. 작은 침대가 한 편에 놓여있고 침대의 맞은편에는 거울이 붙어있는 문이 세 개 정도 되는 흰색 옷장. 그리고 창문 옆에는 나무 책상이 놓여있다.

창문에는 다행스럽게도 초록색으로 된, 햇빛이 새어 들어오는 하늘하늘한 커튼이 쳐져 있다. 한국에 있는 집들과 비교할 순 없겠지만 파리 생활을 시작하는 공간으로는 적절한 크기의, 필요한 모든 게 갖춰진 곳이었다.

한 발 더 딛고 들어서자 나무 바닥이 끼릭거렸다.

"오 아늑하고 좋네, 사진으로 봤던 것 보다 생각보다 훨씬 괜찮아!"

"응, 방 열쇠는 책상 위에 있고, 집을 구경시켜 줄게."

앤은 바로 몸을 돌려 복도로 나가자마자 바쁘게 떠들었다.

"부엌에서 쓰는 조리기구는 공용이야. 설거지는 요리 후 바로 하는 게 룰이고. 설거지 세제 같은 건 다 쓰는 대로 여기 블랙 보드에 적어놓고 장보는 사람이 사 오면 되는데, 미리 플랫메이트들한테 사 온다고 공지해서 괜히 더 사지 않게 해야 해. 사고 난 뒤엔 다 같이 정산하면 돼."

마침 블랙 보드에는 키친타월이 필요하다고 적혀있었다.

"우린 음식 냄새에 민감하진 않아. 근데 요리 후엔 창문을 반드시 열어서 환기를 시켜줘. 아 그리고 싱크대에 있는 스펀지는 각자 것을 사용해. 하나 사둬."

"어… 아 그리고 냉장고." 앤이 냉장고를 열었다.

"냉장고엔 각자 칸이 있어. 네 자리는 여기 왼쪽에 비워놨어. 그러니까 어느 칸이든 왼쪽에 두면 돼. 복잡하긴 한데 이게 공평하니까. 부엌은 이쯤 된 것 같고."

앤이 다시 부엌을 지나쳐 바로 흰색 문을 열었다.

"여기가 화장실이고, 바로 옆문을 열면 샤워실이야. 세탁기도 여기 있어. 항상 샤워 후에는 머리카락은 꼭 치워줘. 그리고 세탁기는 소음이 심하니까 오후 9시 이후엔 안 돌리는 거로, 아 참고로 건조기는 없어서 필요하면 건물 바깥 세탁소에 가면 돼. 1유로야."

집을 구할 때부터 이 플랫은 모두 프랑스인이 아니라는 얘기를 들었었다. 그러니까 유민은 이 플랫이 아마도 프랑스 생활과 프랑스어에 지친 하루에 위안이 되는 일종의 국제 쉘터같은 느낌이 될 거라고 기대했었다. 플랫메이트들 모두 집을 떠나 먼 곳에서 생활하니, 서로 자매같이 도와주며 살 수 있지 않을까 - 했던 건 지금 이 시점에서는 너무 큰 기대였던 것 같다는 생각을 하고 있을 무렵 앤이 화장실 문을 모두 닫았다.

"아 하나 더, 우린 모두 조용한 집을 선호해서. 서로 존중하며 살아줬으면 좋겠어. 친구를 데려오는 건 플랫메이트들한테 미리 공유해주고 모두 동의하면 가능해. 그래도 조용히 해줘야겠지 만."

유민은 자매 같은 플랫 생활도 물 건너 갔고, 이제 친구를 데려오는 것도 글러 먹었다는 걸 알았다.

다년간의 직장 경험으로 유민은 느낄 수 있었다. 이 규칙에서 하나라도 어긋남이 있으면 이 미국인 플랫메이트는 유민을 가만히 두지 않을 것임을.

"꽤 복잡하네, 규칙리스트 책자 같은 거라도 있어야겠는데." 유민이 장난스레 대답했다.

그리고 앤의 반응을 보며 앤이 이런 말장난도 싫어한다는 새로운 사실도 알 수 있었다.

이외에도 몇 가지 이제는 기억나지 않는 여러 규칙을 들은 후, 유민은 고맙다는 말을 건네고 방으로 들어왔다. 앤이 자기 방으로 들어가는 소리가 들렸다. 온 집안이 조용해졌다.

유민은 침대에 털썩 걸터앉아 방 가운데 덩그러니 놓여있는 가방들을 보았다. 저기 저 가방들에 한국에서 가져온 모든 것들이 담겨있다. 28인치 캐리어 두 개에 필요한 모든 게 들어있다는 게 한편으로는 웃기기도 했다. 계단으로 캐리어들을 옮기느라 무리를 해서인지 아직도 팔이 저렸다.

간절하게 씻고 싶었지만 먼저 짐 정리부터, 그리고 당장 필요한 것들을 사자. 여기서는 아무도 밥을 챙겨주지 않을 테니, 냉장고를 채워놓는 것도 내 몫이다. 텅 빈 방을 바라보며 침대에 누웠다. 이제부터 해야 할 일들을 생각하니 아득한 느낌이 들었다. 살짝 열린 창문 사이로 바람이 들어오고 있는지, 커튼이 조용히 흔들리고 있었다.

* * *

두 번째 룸메이트를 만난건 그로부터 며칠 후였다.

앤은 어딘가 나가고 집안에 없었다. 유민은 프랑스 마트에서 광활하게 펼쳐진 유제품 코너를 보고 눈이 돌아간 나머지 여기 있는 모든 요거트와 푸딩을 다 먹어보겠다는 원대한 계획을 세운 후였다. 거실 테이블에 앉아 요거트-꿀이 첨가된 그릭요거트였다-를 뜨고 있을 때 현관문 밖에서 뭔가 육중한 물건이 놓이는 소리와 혼잣말 소리가 나더니 현관에서 찰칵찰칵 자물쇠 돌리는 소리가 들려왔다. 앤의 목소리가 아닌 것을 보니 두 번째 룸메이트라는 사람일 것이다.

문이 열리고 녹초가 된 여자가 들어왔다. 눈처럼 새하얀 얼굴에 새까만 곱슬머리, 이국적으로 생긴 얼굴이었다. 여자는 자연스럽게 테이블에 앉아있는 유민을 보고 잠시 놀란 듯하더니 다시 짐을 끌고 집으로 들어왔다.

"안녕? 김유민이야. 며칠 전에 이사 왔어. 너는 저쪽 방에 사는?"

"아아, 잠시 물 좀."

여자는 잠깐 기다리라는 듯 검지손가락으로 가볍게 허공에
손짓하고는 바로 부엌으로 들어가 물을 마셨다. 땀을 닦으며 여
자가 말했다.

"후- 죽을뻔했네, 미안, 통성명하기도 전에 죽고 싶진 않았거
든." 여자는 한쪽 눈을 찡긋거리며 유쾌하게 말했다.

"얘기 많이 들었어, 난 야스민이야. 언제 도착했어?"

"한 4일 전쯤? 아직 시차 적응이 덜 됐어. 너는? 여행 갔었다
고 하던데."

"응 이탈리아 북부로 며칠 다녀왔어. 친구가 거기 있어서. 그
래서, 한국에서 왔다고 했지? 환영해! 난 레바논-벨기에 출신이
야!"

"어 그래 나도 반가워."

"앤은 이미 만났겠네? 앤 지금 방에 있어?"

"아니 어디 간 것 같은데."

"다행이야 이탈리아 가기 전에 창문을 열어놓고 가버려서 앤
이 화가 났었거든."

야스민은 또다시 한쪽 눈을 윙크하듯 찡긋거렸다.

"우리 언제 같이 저녁이나 먹자, 아님 맥주 한 잔 해도 좋고,
번호 알려줘."

"좋아." 듣던 중 반가운 소리, 야스민이 핸드폰을 내밀었다. 번호를 교환한 후에 할 말이 떨어진 유민이 야스민에게 요거트를 권했지만, 야스민은 사교적인 말투로 고맙지만 괜찮다는 말을 남기고 쉬어야겠다며 방 안으로 들어갔다.

유민은 한국에서 대학교를 다닐 때도 잠시 대학교 기숙사에서 동기들과 같이 산 적이 있었다. 지금 파리 집보다도 더 작은 기숙사에서 우연히 동갑내기들끼리 만나 광란의 대학 생활을 보냈었다. 하지만 이번 플랫메이트들은 문화권도, 언어도 다른 외국 친구들이다.

외국에서의 플랫 생활은 한국에서의 것과 상당히 다른 점이 많았다. 그중에서도 앤의 생활 방식은 조금 더 특별한 데가 있었다. 정식으로 들어가 볼 기회는 없었지만, 종종 앤과 마주칠 때 앤의 방안을 힐끗 볼 기회가 있었는데, 유민의 방보다 1.5배는 넓어 보이는 방에 디즈니 테마로 가득 찬 물품들. 심지어 이불에도 겨울왕국 엘사가 그려져 있었다.

"어, 앤은 완전 디즈니에 미쳐있어. 주말에 방안에서 안 나오고 있으면 무조건 디즈니 영화 다시 보기 중인 거야."

야스민이 치즈를 자르며 말했다.

"디즈니가 취향인 거야 뭐 개인 문제지만, 30대 여자가 매일 디즈니만 보고 있는 것도 좀 특이하긴 하지?"

유민은 대답 대신 어깨를 으쓱했다.

유민은 사실 이런 부류의 사람들이 부러울 때가 있었다. 마치 나는 이미 산타할아버지가 없다는 사실을 알아버려서 그 이전으로는 돌아갈 수가 없어져 버렸는데, 주변 몇몇 애들은 아직도 산타가 있다는 걸 믿고 있다는 사실을 알았을 때와 같은 기분.

생각해보면 차라리 산타와 썰매를 끄는 루돌프와 요정의 세계를 믿고 있었을 시기에 유민의 세계는 더 아름답고 풍부했었다.

아직 섬에서 살던 시절, 유민이 혼자 자는 것을 무서워할 때면 아빠는 가브리엘 천사의 이야기를 들려주곤 했다. 가브리엘 천사는 밤마다 찾아와 어린이들의 손을 잡고 귀신들로부터 지켜준다는 것이었다. 유민은 그 이후 항상 손을 반쯤 잡은 듯한 모양을 하고 잠을 청했다. 그러면 보이지 않는 가브리엘 천사가 정말로 유민의 손을 잡고 있는 것만 같았다. 그리고 유민은 가브리엘 천사와 함께 하늘을 나는 꿈을 꾸었다.

순진한 유년 시절이 끝나고 본격적으로 공부와 성적에 모든 관심들을 다 쏟아붓기 시작할 때까지도 유민의 환상의 세계는 마지막까지 열려있었다. 유민은 항상 길을 지나다닐 때마다 길바닥에 있기에는 뭔가 생소한 물품-이를테면 단추 같은 것-을 발견하면 꼭 허리를 굽혀 그 물품에 살짝 손을 대보곤 했다. 호그와트 초대장을 받기엔 이미 나이가 들어 입학은 어렵다는 걸 알지만, 아마 저런 생소한 물품들이 차원 이동문이 아닐까 하는 의심과 기대를 내려놓지 못했기 때문이었다.

엄마는 그 모습을 보며 땅에 있는 걸 아무렇게나 만지지 말라고 핀잔을 주곤 했다.

아빠가 사라지고 육지로 나오면서 그런 상상의 세계 같은 건 다 사라져 버렸지만, 유민은 가끔씩 그때의 자신이 그리웠다. 그러니 이 나이가 되어서도 디즈니랜드를 사랑하고 동경할 수 있다는 건 오히려 멋진 능력처럼 보일 따름이었다.

"근데 본 걸 계속 반복해서 보는 건 유아 발달기 특징이라던데." 유민이 심드렁하게 대답했다.

"현실이 각박하니 디즈니가 아름답고 좋은 거야 인정. 근데 아직도 치렁치렁한 드레스를 차려입고 현실감각 없이 백마 탄 왕자나 기다리는 순진한 공주들을 보는 게 그렇게 좋단 말이야? 그거야말로 이 시대 페미니스트의 적이지."

야스민은 앞에 놓인 와인잔을 들어 쭉 비우고는 식탁에 놓았다.

"그건 그렇고, 내 여권 구경할래?"

"왜?"

"두 개 거든." 야스민은 씨익 웃으며 잠시 방 안으로 들어가 여권 두 개를 가지고 나왔다.

야스민이 가지고 나온 여권은 짙은 초록색의 레바논 여권과 와인을 떠올리게 하는 붉은 벨기에 여권이었다. 벨기에 여권에는 독어, 프랑스어, 영어가 빼곡히 적혀있었다. 레바논 여권은 특이한 데가 있었다. 짙은 초록색에 생경한 모습의 나무가 그려져 있었는데, 올리브 나무 같기도 하고, 나무 기둥이 곧은 것을 보면 크리스마스트리 같기도 했다.

"이 나무는 뭐야?"

트리 같은 나무를 건드리며 물었다.

"Cedar tree, 레바논 삼나무야. 레바논 전역에 이 나무가 있어, 우리나라에선 행운의 나무로 통해. 그리고 이건 벨기에 EU 여권. 이 여권만 있으면 세계 어느 나라에서든 신변의 위협이 생겼을 때 EU 어느 국가든 대사관에 찾아가서 보호를 요청할 수 있대."

야스민은 두 여권을 모아 가지런히 놓았다.

"근데 레바논 여권에 왜 프랑스어가 적혀있어?"

"왜냐하면 20년간 레바논도 프랑스 식민지였으니까. 프랑스도 레바논 공용어야. 학교 다닐 땐 수학이랑 물리는 프랑스어로 배웠어. 그래서 벨기에로 간 거고."

유민은 여권에서 시선을 거두고 야스민을 살짝 바라보았다.

"근데 참 이상하지, 우리나라도 35년간 일본의 식민지였는데, 일본어를 공용어로 쓴다는 건 상상을 할 수가 없거든. 남아있는 일본어를 지워버리면 지워버렸지."

야스민은 고개를 끄덕였다.

"레바논은 주변에 이스라엘 팔레스타인도 있고, 아직 주변이 안정되지 않았잖아. 생존을 위해서라도 프랑스와의 끈을 놓을 수 없었던 거지 뭐."

앤보다 훨씬 편하고 가까워지기 쉬운 스타일이었지만, 지금까지 야스민에 대해서 유민이 알게 된 건 사실 별로 없었다. 18살 때 레바논에서 벨기에로 넘어간 후 벨기에에서 대학을 졸업했고, 얼마 전 혼자 파리로 넘어왔다는 것, 파리에서는 NGO에서 일하고 있다는 것 정도랄까. 그 연유를 자세히 듣진 못했지만 아마도 야스민의 부모님은 내전으로 어지러운 레바논을 피해 야스민을 안전한 벨기에로 보낸 듯했다. 그러니까 야스민은 레바논에서 태어나 갓 성인이 될 무렵부터 고국을 떠나 유럽에서 살면서 두 개의 국적을 가지게 된 것이다.

"그럼 만약에 벨기에랑 레바논이 전쟁이 나면 넌 누구 편을 들 거야?"

소설 <광장>에서처럼 포로로 잡힌 주인공에게 어느 나라로 갈 건지 정해야 하는 순간이 올지도 모르는데, 두 나라가 전쟁이 난다면 어쨌든 미리 선택해 놓는 게 좋지 않을까?

야스민은 웃음을 터트렸다.

"야 너도 꽤 엉뚱하구나, 레바논이랑 벨기에가 전쟁할 리가 없지."

[그건 모르는 일이지] 유민은 대답 대신 어깨를 으쓱했다. 아마

우리 70년 전 우리 할머니에게 나중에 남북이 나뉠 테니 하나 고르라고 하면 말도 안 되는 상상을 왜 하냐며 웃으셨을 테니까.

야스민은 다시 여권 두 개를 집어 들었다.

"이 벨기에 여권은 내 안전을 위한 보험증서고, 레바논 여권은 내 뿌리이자 정체성을 보여주는 거라고 하면 대답이 될까?"

우리나라에서는 선천적으로 복수국적이 되지 않는 이상 복수국적 취득이 애당초 불가능하다. 성인이 되어 다른 나라 국적을 선택하게 되면 더 이상 대한민국 국민으로는 살지 못하다가, 만 65세가 되면 그제서야 타국 국적을 다시 포기하는 조건으로 국적을 회복할 수 있다. 한 번 들어오게 되면 도망칠 수도 없고, 도망친 자에게는 다시는 돌아올 기회가 없는 것이다.

그런 말이 있다. 달리는 기차 위에 중립은 없다는 말. 마치 국적을 선택하는 것도 그와 같다. 충성스러운 대한민국의 시민으로 남을 것인지, 아니면 떠나버릴 것인지, 한 번 떠나버린 사람은 늙어서 인생의 황혼을 바라보고 있을 때나 다시 조국의 품으로 돌아올 수 있다. 그러니 유민으로선 한국 국적을 버리는 순간 죽는 그 순간까지도 다시 고국으로 돌아올 수 없다는 걸 뜻했다.

유민은 야스민이 사 온 치즈와 레바논에서 엄마가 보내주셨다는 올리브 소스를 올린 빵을 한 입 베어 물고는 마지막 남은 와인을 들이켰다.

"다음번엔 내가 한국 음식 해줄게. 그땐 앤도 집에 있으면 좋을 텐데."

"좋아." 야스민이 한쪽 눈을 다시 찡긋거렸다.

야스민과는 그 이후로도 꽤 많은 시간을 함께 보냈다. 물론 앤과도 한 번 한국식당에 함께 갈 기회가 있었지만, 비빔밥과 떡볶이를 앞에 두고 무언가 심연의 고뇌를 되뇌는 듯한 표정을 짓는 것을 본 이후로는 앤과 다시 뭔가를 먹으려 시도하는 일은 없었다.

어쨌거나 야스민과 유민 두 사람이 모두 앤을 달갑게 생각하지 않는다는 것을 확인한 이후로, 앤은 둘 사이의 우정을 돈독히 다지게 해주는 즐거운 대화 소재가 되곤 했다.

그리고 야스민과 유민이 우정을 나누기 시작한 지 얼마 지나지 않았을 때, 밤늦게 누군가 방문을 두드렸다. 문을 열자 문 앞에는 야스민이 서 있었다.

"뭐야, 무슨 일 있어?"

야스민은 입술을 꽉 깨물고 있었다.

"저녁에 친구 추모식에 갈 건데, 같이 갈래?"

"지금?"

유민이 놀라서 되물었다. 이미 저녁 10시가 넘어가고 있었다.

"응 지금 하거든. 가자. 소개해 주고 싶은 친구였는데, 이렇게 소개하게 돼서 슬프지만."

친구 추모식? 누구? 근데 이 밤에? 왜? 묻고 싶은 것이 한가득이었지만 아무래도 방문 앞에 마주 서서 대화를 나누고 있을 때는 아닌 것 같아 더 묻지 않고 바로 옷을 갈아입고 나오겠다고 한 뒤 문을 닫았다.

옷장을 뒤져 최대한 검은 옷을 찾아다녔다. 얇은 검은색 폴라티에 체크무늬 재킷을 챙겨입고 방을 나섰다. 식탁에 조용히 앉아있는 야스민에게 다가가 어깨에 손을 짚었다.

"가자."

그녀의 추모식이 열린 곳은 11구 바스티유역 근처, 그녀가 친구와 함께 운영하던 작업실-갤러리에서였다. 밤늦은 시간이었지만 사람들이 속속 모여들었다.

모든 이들이 주소에 의지해 주변으로 도착했지만 다들 혼란스러운 듯이 주변을 뱅뱅 돌다가 겨우 갤러리로 들어갔다. 시간이 조금 더 흐르자 꽤 많은 사람이 모였고, 도착한 사람들이 갤러리 앞에서 서성이는 미리 온 주변인들에게 인사를 하면서 자연스럽게 갤러리 주변을 채웠다.

갤러리 문을 열고 들어가면 꽤 넓은 공간이 나온다. 베이지색 벽 옆에는 중간중간 철근 콘크리트 같은 것들이 노출되어 있었는데, 따뜻한 벽색과 회색 콘크리트색 철근이 대조를 이루면서 특이한 분위기를 내고 있었다.

천장은 건물의 여러 층을 합친 것처럼 높고, 공간 한쪽에는 빨간색 철제 계단이 있어 중간층으로 올라갈 수 있었다. 계단이 끝나는 곳에는 작은 공간이 가려져 있었는데, 문 앞에 놓인 이젤과 작업 용품들, 고무장화 따위들이 놓여있어 그 위가 작업공간임을 알려주고 있었다.

갤러리로 들어온 사람들은 한쪽 벽에 전시된 일련의 작품과 습작을 보며 끌린 듯이 다가갔다. 무심하게 놓여 있는 작품들은 모두 그녀의 것이었다. 한때 그녀와 친구들의 공동 작업공간이자 갤러리이기도 했던 공간에는 이제 그녀가 남긴 작품들만이 자리를 지키고 있다.

이 추모식이 다른 장례식과 또 하나 다른 점이 있다면, 사람들의 차림이 화려하고 자유분방했다는 점이다. 사람들의 다소 굳은 표정들이 아니었다면 모두 저녁 파티에라도 참여하는 것처럼 보였다. 남자는 익숙하게 갤러리에 들어섰다. 그는 사람들과 인사를 하는 대신 바로 한쪽 구석에 있는 공간에 들어가 오토바이 헬멧을 놓은 후 밖으로 나와 그녀의 작품이 놓여있는 벽으로 갔다. 주변에는 익숙한 얼굴들이 이미 모여 이야기를 나누고 있었다.

"어, 제이미."

"어어, 루이."

무리 중에 있던 루이가 인사를 건넸다. 둘은 비쥬를 하는 대신 가볍게 포옹을 나눴다. 제이미는 무리에 있던 다른 사람들과도 인사를 나눈 후 자연스럽게 대화에 참여했다. 루이는 다시 사람들을 향해 말을 이어 나갔다.

"…그래서 우리 작업공간에 열쇠 복사본이 하나 있었거든, 그래서 내가 마틴한테 한번 들르라고 했었지."

"그래서 마틴이 제일 먼저 발견했구나, 그래서 마틴은 지금 어딨는 거야?"

"마틴이야 그 이후로 쭉 경찰서에 있다가 좀 전에 집으로 돌아갔어. 여긴 안 올거야."

"마틴이 충격이 컸겠네." 제이미는 루이의 말에 대답하고 나서 사람들 뒤에 늘어서 있는 그녀의 작품들을 힐끗 바라보았다. 그림 하나하나마다 강렬한 색깔들이 터져 나오고 있었다.

"어, 안 그래도 요즘 좀 힘들어하고 있었는데 괜히 또 이런 일까지 겪고… 아무래도 마틴도 신경을 써줘야 할 것 같다."

그때 제이미의 옆에 서 있던 엘자가 나섰다.

"근데 오늘 이 모임은 누가 주최한 거지?"

"파리에 있는 페멘 사람들. 마틴한테 소식 듣자마자 내가 세실한테 연락했어. 그리고는 파리랑 벨기에에 있던 페멘 사람들이 이쪽으로 오게 된 거고, 아마 좀 이따 누가 발언할 거야."

루이가 대답했다.

"파리에 페멘이 이렇게 많은 줄 몰랐는데."

제이미는 주변 사람들을 돌아보며 장난스럽게 말했다.

그때 갤러리 문으로 생소한 얼굴들이 들어오는 게 보였다.

동양 여자 두 명. 한 명은 중국계처럼 보였다. 제이미는 잠시 그들에게 시선을 빼앗겼다가 다시 고개를 돌려 무리를 바라보았다.

"그래서 유서 같은 건?"

누군가의 물음에 사람들이 루이를 쳐다봤다. 아무래도 지금 여기서 상황을 제일 많이 알고 있는 사람이 그인 것 같았다.

"몰라 경찰들이 조사하는 중이라던데."

"여기서는 누가 제일 마지막에 만났었지? 뭔가 최근에 달랐어?"

시몬이 불안한 모습으로 물었다. 아마 마리화나를 피고 싶은 것이 분명하다. 요즘 시몬은 마리화나를 지나치게 피는 경향이 있었다.

"난 이틀 전에 바에서 만났어." 제이미가 대답했다.

"혼자는 아니고 다른 친구들이랑 있는 걸 봤는데, 길게 대화를 못 해서 잘 모르겠지만 그날은 괜찮아 보였어. 근데 자살하기 전에 그렇게 티 나는 사람은 없잖아."

다시 그 동양계 여자들이 눈에 들어왔다. 그녀가 남긴 작품들 쪽으로 다가오고 있었다.

유민과 야스민이 갤러리에 들어섰을 때, 갤러리에는 이미 많은 사람들이 그룹을 지어 모여서 웅성거리고 있었다. 소리가 울리는 건 아니었지만 너무 많은 사람들이 여기저기서 프랑스어로 떠들고 있는 것을 듣고 있으니 유민은 살짝 머리가 어지러워지는 것을 느꼈다.

"장례식 분위기는 아닌 것 같지?"

유민은 야스민에게 말을 걸었다. 야스민도 고개를 끄덕였다.

"여기는 그 친구가 다른 예술가들이랑 작업하던 작업실이야. 가끔 여기서 전시회도 하고 파티도 하기도 하고. 오늘 그 친구가 아파트에서 자살했거든. 같이 활동하던 사람들이 소식 듣고 바로 다 모이자고 한 거지. 그래서 예술가들도 있고, 같이 일하던 사람들도 있고."

"그래서 너는? 어떻게 아는 사이였어?"

"나는 같이 일을 했었어. 우리 NGO 사람들이랑도 일할 기회가 있었거든. 그러다가 꽤 잘 맞아서 친하게 지냈지. 항상 같이 가는 바가 있었거든. 뭐, 같이 안 가더라도 밤에 거길 들르면 항상 거기 있었어. 그래서 다음엔 내가 널 데려가겠다고 얘기한 게 마지막이었는데 말야. 아 저기- 걔가 그린 그림 보러 갈래?"

야스민은 갤러리 한편으로 유민을 이끌었다.

유민은 그녀가 그렸다는 그림들을 바라보았다.

반라의 여성, 그리고 화관을 쓴 모습. 화관의 강렬한 색깔들과 붓 터치를 따라 그려진 여성들은 마치 민중을 이끄는 델라크루아 같은 강인한 모습이었다.

야스민도 유민과 같은 그림 앞에 섰다.

"페미니즘 운동가로 꽤 유명한 친구였는데, 그림도 꽤 강렬하지?"

"그래, 꽤 강경한 운동가였을 것 같은데."

야스민은 싱긋 웃으며 유민의 어깨에 손을 올렸다.

"난 지금 친구들을 좀 도와줘야 해서, 저쪽으로 잠깐 가볼게. 혼자 볼 수 있겠지?"

"어 그럼, 구경하고 있을게 걱정 마."

야스민은 고맙다는 말을 남기고 반대편으로 사라졌다.

유민은 그림을 하나씩 살펴보았지만 이내 구경을 마치고 갤러리와 사람들을 바라보았다. 여기 모인 다른 사람들은 모두 슬픔보다는 오늘 일어난 일에 대해 궁금한 마음이 더 큰 것처럼 보였다. 그들이 하는 말을 모두 알아들을 순 없었지만 각자 최근 그녀의 행동 변화가 어땠는지, 오늘 그녀의 집 주변이 어땠는지 하는 이야기 따위를 나누고 있는 것 같았다.

아니면 그녀의 죽음이 진짜 자살이 맞는지, 어느 안티 페미니스트의 습격 같은 건 아니었는지, 이 나라 표현의 자유는 다 죽었다든지 하는 불만을 내뱉고 있는 걸지도 몰랐다. 유민은 혼자 남아 그녀의 작품 곁에 조용히 서서 자리를 지키는 편이 나을 것 같다고 생각했다.

유민이 다시 그림으로 고개를 돌렸을 때, 누군가 유민의 어깨를 툭툭 쳤다.

검은 곱슬머리의 키가 큰 남자.

파리로 오는 비행기의 옆자리 남자였다.

"어? 당신은?"

"맞구나! 갤러리로 들어올 때부터 어디선가 봤다고 했지. 맞죠? 한국 비행기? 잘 지냈어요?"

"잘 지냈죠. 여기는 어쩐 일이에요?"

'여기는 어쩐 일이냐니, 무슨 말을 하는 거냐 너는…'

유민은 본인이 던진 질문이 너무 멍청한 나머지 바로 주워 담고 싶은 충동을 느꼈다.

"뭐, 그쪽이랑 같은 이유겠죠. 그녀랑 아는 사이였어요?"

"아, 아니요. 제 플랫메이트의 친한 친구였다고 해서. 같이 왔어요."

"저도 뭐. 엄청 가까운 사이는 아니었지만, 꽤 자주 만났던 사이라."

남자는 잠시 말을 끊고 생각난 듯 다시 말을 이었다.

"아, 그러고 보니 난 제이미라고 해요. 저번에 비행기에서 소개를 안 했던 것 같은데."

"김유민이에요. 유민이라고 부르면 돼요."

"아 유민, 아직 학교는 시작 안 했죠? 파리는 좋아요?"

"네 이제 겨우 집정리 하고, 동네 카페도 다니면서 적응하고 있어요."

"좋네요."

남자가 잠시 주변을 둘러보더니 유민에게 말했다.

"난 담배 피우러 나갈 건데, 같이 갈래요?"

유민은 야스민이 사라진 쪽을 흘끔 바라보았다. 야스민은 많은 사람들에 둘러싸여 대화하느라 정신이 없어 보였다.

"네, 가요."

갤러리 밖에서는 이미 많은 사람들이 담배를 피우며 얘기를 나누고 있었다. 유민과 남자도 한편에 자리를 잡고 섰다. 남자는 담배를 꺼내며 유민에게도 권했지만, 유민은 거절했다.

남자가 벽에 기대 담배에 불을 붙였다. 비행기 안에서는 남자의 얼굴을 길게 바라볼 기회가 없었지만, 이제는 그때 잠시 흘끔 보며 대화했을 때보다 긴 시간 그의 얼굴을 바라볼 수 있었다. 담배를 피우는 남자의 옆모습을 바라보며 유민은 남자의 긴 속눈썹을 바라보다. 회색 담배 연기가 속눈썹을 스쳐 올라가고 있었다.

"그녀는 내 친구의 여자친구였어요. 우크라이나에서 급진 페미니즘 운동을 하다가 프랑스로 망명한 이후부터 쭉 같이 만나고 있었는데, 개인적으로는 페미니즘 활동이나 프랑스에서 전시회를 하는 것까지 꽤 대단하다고 생각하고 있었어요.”

“난 사실 잘 몰라요.” 유민은 잠시 멈춘 후 다시 말을 이어갔다. “그냥 친구가 소개해주고 싶었는데 이제 기회가 없다면서 같이 오자고 해서 온 건데, 그쪽이 그렇게 얘기하는 걸 보니 못 만나게 된 게 더 아쉽네요.”

남자는 잠시 생각하는 것처럼 보였다. 남자는 담배 연기를 내뱉은 후 다시 연초를 입에 물었다.

“근데 궁금한 게 있었는데.”

“뭐요?”

남자는 입에 물었던 연초를 다시 손에 쥐고 고개를 돌렸다.

“남한이랑 북한은 진짜 절대 국경을 못 넘나?”

‘그건 갑자기 왜?’

유민은 뜬금없다는 표정으로 남자를 바라보며 대답했다.

“난 못 넘어봤으니까 아마 불가능하겠죠. 근데 왜요?”

“그럼 남북 연인들은 어디서 만나요?”

남자는 맑은 눈으로 유민을 다시 쳐다보았다. 남자의 얼굴에 웃음기라곤 없었다. 진심으로 궁금한 표정이었다.

유민은 남자의 질문에 잠시 말문을 잃었다. 어디서부터 설명을 해야 하는 걸까?

"남북한 사람들은 애초에 연인이 못돼요." 유민은 문득 자신이 기괴한 사실을 설명하고 있는 것처럼 느껴졌다.

"왜요?"

"우리는 절대 못 만나니까요."

"절대? 평생?"

"네, 평생. 우린 만날 방법이 없어요, 국경이 완전히 막혀있어서."

남자는 손가락으로 담배를 톡톡 쳐 담뱃재를 털어내면서 물었다.

"만약에 다른 나라에서라도 만나게 되면?"

"그럼 아마 각자 정부에 잡혀가겠죠."

"워, 그건 좀 슬프네."

유민은 잠시 파리에서 북한 남자를 마주치는 상상을 해보았다. 아마 만나자마자 바로 서로가 다른 한국에서 왔다는 사실을 알아채게 될 것이다.

"근데 진짜 왜요? 북한 사람 만나본 적 있어요? 파리에서?" 유민이 물었다.

"아뇨 한 번도 없는데, 그냥 궁금해서요. 사실 남한 사람도 몇 명 못 만나봤어요."

남자는 유민을 힐끔 쳐다봤다. "이번이 두 번째에요."

"영광이네요." 유민은 남자를 향해 싱긋 웃었다.

파리의 여름밤은 후덥지근했다. 여기저기서 담배 냄새, 그리고 가끔씩 지나다니는 사람들에게서 풍기는 향수 냄새들이 코를 자극하고 있었다.

두 사람은 한동안 말이 없었다. 유민은 말없이 바스티유 광장을 바라보고 있었다.

갤러리 앞 바스티유 광장에는 꽤 많은 사람들이 바삐 지나가거나, 모여 스케이트를 타거나, 아니면 맥주병을 들고 흥청망청 떠들고 있었다. 아마 광장을 지나가는 사람 중에 왠지 북한 사람도 한 명쯤은 있을 것 같았다. 그런 사람이 보인다면 왠지 오늘은 아무 거리낌 없이 다가가 말을 걸 수도 있을 것만 같은 기분이었다.

"사실 난 그녀가 하는 활동에 완전히 찬성하는 건 아니었어요."

갑자기 남자가 말을 꺼냈다.

"거리에서 나타나 상의를 벗어 던지고 화관을 쓰고 외치는 게, 사실 눈을 못 떼게 만들긴 하지만 지나고나면 가슴은 생각이 나는데 메시지는 생각이 안 나거든요."

유민은 코웃음을 쳤다.

"그거야말로 그 사람들의 활동을 폄훼하는 것 아닌가요? 그 사람들이 상의를 벗고 노출하는 건 여성의 성적 대상화를 극복하자는 의민데, 거기다 대고 가슴이 예쁘다 얘기하는 거야 말로 남성 우월주의자들이 가장 쉽게 대응하는 방법 아닌가요?"

남자는 반박하는 유민의 다음 말을 기다리며 진지하게 바라보고 있었다. 왜인지 남자의 눈빛은 호기심으로 가득했다.

"난 페미니즘은 지지해요. 페미니즘 활동들도 존중해요. 어떤 활동이든 지나치게 극단적으로 가는 걸 경계할 뿐이에요. 프랑스에서는 가끔 극단적인 페미니스트들이 남자를 물리치고 이 질서를 모두 전복하려고 하는듯한 사람들이 있거든요."

"남자들은 그렇게 말하면서 페미니스트들을 조종하려고 하겠죠. '좀 평화적으로 하면 될 텐데 말이야'라고 하면서. 사회의 문제가 쌓일 대로 쌓였을 때 결국 폭력이 발생하는 거 아닐까요. 물이 한 방울 한 방울씩 쌓이다가 컵이 가득 찼을 때 결국 컵밖으로 물이 흘러넘쳐 버리는 것처럼. 프랑스 혁명도 그렇고, 노예제도 마찬가지죠. 결국 갈등의 마지막에는 조금 극단적으로 보일 순 있어도 행동하는 사람들이 나타나기 마련이고. 그 사람들이 갈등을 고조시켜야 마지막엔 그나마 온건하게라도 변화가 일어나는 거 아니겠어요. 난 그렇게 인류가 변해갈 수 있다고 믿어요."

"대신 그 갈등은 피를 보기 마련이잖아요."

"평화롭게 한쪽의 피를 먹고 살아온 쪽이 꼭 그렇게 작은 생채기에 예민하더군요."

남자는 맞는 말이라는 듯 끄덕거리며 유민을 바라봤다.

"근데 하나 더 궁금한 게 있어요."

"궁금한 게 참 많네요." 유민이 대답하며 웃었다.

남자 역시 멋쩍은 듯이 바닥을 바라보며 웃었다. 대화와는 다르게 남자의 행동에는 이상하게 수줍은 데가 있었다.

"그래서 뭐요?"

"만약에 남자랑 여자가 나눠서 전쟁을 하게 되면 그 끝은 어떨 것 같아요?"

진지하게 전쟁을 한다면? 예전에 이스라엘에서 남녀가 나눠서 모의 전투를 한 적이 있었다고 한다. 여성으로만 구성된 팀은 제대로 힘도 써보지도 못하고 그대로 남성팀에게 전멸했다.

그런데 아마 여자가 갈등의 한 축이라면 그런 무식한 전쟁 같은 건 아예 시작조차 하지 않는다고 하는 게 맞지 않을까?

"아마 진짜 전쟁을 한다면 여자가 지겠죠, 근데 여자들이 그런 전쟁을 할 리가 없지 않을까요? 만약에 역사의 중심이 여자였다면 세계대전도 없었을 것 같은데."

남자는 이제 두 번째 담배에 불을 붙이고 있었다.

"내 생각은 좀 달라요." 남자가 말했다. "아마 남자랑 여자가 전쟁을 하는 날이 온다면 결국엔 남자가 질 거에요."

"왜요?"

남자는 잠시 생각에 잠긴 듯 말을 멈췄다. 담배 연기가 흘러나왔다.

"남자들 중에서 또 잠시 마주친 여자에게 동정심을 느끼는 사람이 생길 거고, 아니면 첫눈에 반해버릴 수도 있고. 그러다 보면 그냥 전투의지를 상실하게 될 테니까요."

"너무 순진한 상상 아닌가요?"

"분명히 그런 남자들이 생길 거에요. 여자에 눈이 멀어서 그냥 자기 인생을 버리든가 자기편을 배신하고 그 여자를 구하기 위해 정보를 바치든가. 결국에는 흐지부지되어 버릴 것 같지 않아요? 그러니까 남자와 여자의 전쟁은 애초에 성사되기도 어렵겠지만 지속되기도 어려울 거에요."

전쟁에 관해선 그의 말이 맞는 것 같았다. 적군이 아군보다 더 매력적인데, 전쟁은 아마 의미를 잃고 흐지부지돼버릴 것이다. 아마 반대로 사랑에 눈이 멀어버린 여자도 있을 것이다.

"그러니까 전쟁하는 마음으로 하지 않았으면 좋겠어요. 뭐든."

이제 남자와 유민은 눈을 똑바로 마주보고 있었다. 유민은 남자를 바라보며 이 남자는 지나치게 순진하거나, 아니면 지나치게 감성적인 사람이라고 생각했다.

"이 얘기 다른 사람들이랑도 해봤어요?"

유민이 웃음을 머금고 말했다.

"아뇨. 아무래도 이 얘기를 하면 전쟁이 날 것 같아서."

남자도 씩 웃으며 대답했다.

마침 갤러리 밖에 나와 있던 사람들을 향해 안에서 누군가가 뭔가 소리높여 안내하자 사람들이 실내로 들어가기 시작했다.

남자 역시 그 소리를 들었는지 담배를 땅에 버리고 신발로 밟아 담뱃불을 꺼뜨렸다.

"스피치를 한다는데, 들어갈까요?"

유민은 말없이 고개를 끄덕이고 남자를 따라 문으로 들어갔다. 갤러리 내부에는 이미 사람들이 가득 차 더 안쪽으로 들어갈 수가 없었다. 남자와 유민은 뒤편에 나란히 서서 단상을 바라보았다.

"그거 알아요?" 남자가 곁에 서서 말했다.

"안 그래도 친구들이랑 좀 떨어져 있고 싶었거든요. 고마워요."

남자는 여전히 앞을 바라보고 있었다.

유민은 남자를 힐끗 바라보고 사람들이 붐비는 곳으로 고개를 돌렸다. 야스민은 여전히 저 앞에서 많은 여자들에게 둘러싸여 있었다. 이윽고 누군가 앞편에 올라 소리를 높였다. 프랑스어가 부족해 모든 말을 다 알아들을 수는 없었지만, 그들은 분노하고 있었다.

"…그녀는 성 매수와 착취가 공공연하게 이뤄지는 고국에서 누구보다 강하게 저항했다. 생전 고국에서는 그를 조롱했고 프랑스는 그녀를 지켜내지 못했지만, 그녀의 숭고한 정신과 용기는 절대 퇴색되지 않을 것이다. 그녀의 죽음은 마지막으로 한번 더 사회에 충격과 깨달음을 줄 것이며, 그 뜻은 더 화려하게 꽃 피울 것이다."

주변의 사람들도 앞선 사람을 따라 목소리를 높였다.

유민은 여성을 구원하려고 했던 사람이 왜 이렇게 이른 시기에 모든 걸 그만둬 버린 걸까 궁금했다. 자신의 죽음을 통해 메시지라도 전달하고 싶었던 걸까?

하지만 죽은 이는 말이 없다. 죽은 이를 어떻게 이용할지는 남아있는 살아있는 사람들에게 달렸다. 유민은 아빠가 사라졌을 때 매일매일 들이닥치던 기자들과 카메라들, 그리고 그때의 혼란을 떠올리며 다시 진저리쳤다.

갑작스러운 죽음은 잠시 사회에 반향을 일으킬 수 있지만, 그 효과는 오래가지 않는다. 정말 사회에 반향을 일으키고 싶으면 자기 자신을 죽이기보단 다른 누군가를 죽이는 게 오히려 낫다.

문득 유민이 남자 쪽으로 다시 고개를 돌렸을 때, 남자는 어디론가 사라지고 없었다. 남자가 서 있던 자리는 다른 사람으로 채워지지 않은 채로 텅 비어있었다.

마치 처음부터 그 공간은 쭉 비어있었던 것처럼.

2. 낙원은 없다

계절이 변하고 있었다. 찌는 듯하던 파리의 햇빛은 점점 약해지다가, 이제는 따스함만 남은 햇빛이 거리를 걷는 유민을 조용히 따를 뿐이었다. 그리고 그것은 이제 학기가 시작될 무렵이라는 것을 의미했다.

유민이 에밀리와 약속을 잡게 된 것은 학기가 시작되기 바로 직전, 학교에서 며칠간 진행되는 사전 오리엔테이션 때였다.

학교에서 공지해 준 장소를 찾아가면서, 유민은 십여 년 전 육지로 처음 나와 도시의 학교에 갔을 때같은 긴장감을 느낄 수 있었다. 유민이 도착한 곳은 학교에서 최근에 지은 신축 빌딩의 큰 강의실로, 만찬이라도 열 수 있을 것처럼 넓은 공간이었다. 오늘은 오리엔테이션을 위해 큰 강단과 그 앞에 여러 개의 원형 테이블들이 놓여있었다. 미리 온 사람들 중에는 이미 자리를 잡고 앉아있는 사람들도 있었다. 문쪽 벽에는 학교가 준비해놓은 핑거 푸드들과 마실 만한 것들이 놓여 있었다. 다양한 국적의 학생들을 의식이라도 한 것인지 한 입 거리로 만들어 놓은 평범한 햄샌드위치 외에 파코라, 엠파나다 같은 음식들이 가지런히 놓여 있었다. 그 옆에는 찰랑거리는 검은색 커피가 끓고 있는 커피포트 몇 대와 여러 종류의 차 티백들이 준비되어 있었다. 유민은 진열된 음식들에 상당한 흥미를 느낀 사람처럼 트레이를 살펴보았지만, 이렇게 집중하고 있는 이유는 배가 고파서가 아니라 바로 자리에 앉기가 민망하기 때문이었다. 유민은 천천히 앞의 테이블들을 탐색하면서 조용히 커피를 내렸다.

테이블들은 듬성듬성 차 있었는데, 언뜻 보기에도 앉아있는 사람들의 머리색이 모두 다른 것처럼 느껴졌다. 한 테이블에는 중국인으로 보이는 여자 몇몇이 조용히 앉아 커피를 홀짝이고 있었지만, 그 테이블은 보류하기로 했다. 첫 오리엔테이션부터 동아시아인들끼리만 모여있는 건 아무래도 좋은 선택이 아닌 것처럼 느껴졌기 때문이다. 다른 테이블에는 이미 앉아있는 태도부터 자신감이 느껴지는 백인 남자 무리들, 이 테이블은 고려조차 하지 않았다. 그리하여 유민이 앉게 된 것은 착석률이 매우 높은 딱 한자리 남은 뒤편의 테이블이었다. 앉아있는 사람들이 모두 여자였고, 단상에서 멀찍이 떨어져 있어 덜 부담스러울 것 같았기 때문이다.

유민은 커피잔들 들고 조용히 그 테이블로 다가가 앉아있던 사람들에게 말을 걸었다.

"여기 앉아도 될까?"

테이블에 앉아있던 몇몇이 갑작스럽게 등장해 말을 거는 유민을 힐끔 보고는 고개를 끄덕였다. 유민의 등장을 그렇게 반기는 기운은 분명 아니었지만 별로 상관없었다. 오늘은 정말로 첫날이고, 여기 온 모두가 서로를 모르는 사이임이 분명하니 이런 시선은 문제 될 게 없었다.

"안녕? 난 유민 킴이야."

유민은 테이블에 앉은 여자들을 하나씩 눈으로 살피며 사람 좋은 웃음으로 소개를 했다.

"오, 안녕!"

"안녕!"

그리고 돌아온 것은 짧은 인사. 그것으로 끝이었다.

누구도 유민의 인사에 맞춰 자기소개를 하지 않았고, 마치 유민의 등장이 모든 것을 얼어붙게 한 것처럼 테이블의 그 누구도 입을 열지 않은 채 침묵이 지속됐다.

유민은 그때 깨달았다. 학교생활이 시작된 지 채 20분도 지나지 않았지만, 이미 이 테이블의 무리들은 그룹을 결정지었다는 것을.

유민은 그제서야 주변 테이블들을 찬찬히 둘러보았다. 정말 우연히 앉은 게 아니라면 모두들 각자 자기 인종에 맞게 테이블을 선택하고 있었다. 머리색이 모두 달라 미처 발견하지 못했지만 앉고 보니 이 테이블 역시 백인 여성들을 위한 테이블이며, 테이블의 순수성을 유민이 깨고 들어와 버린 것이다. 그제서야 유민은 자리에 앉아도 되겠냐고 물었을 때 그들의 눈에서 나타난 것이 호기심과 탐색의 눈빛이 아니라 거부의 눈빛이었다는 것을 깨달았다. 하지만 이미 뒤돌아나가 자리를 옮기기엔 늦었다.

유민의 실패는 불가피한 것이었다. 유민이 살던 세계에서는 인종으로 나뉘어서 어울려야 한다는 눈치는 배워본 적이 없었기 때문이다. 유민은 더 이상 할 말을 잃은 채 커피 품평회에 온 사람처럼 커피 맛에 이상한 집착을 보이며 홀짝이고 있었다. 하지만 테이블의 침묵은 정말이지 참을 수가 없는 것이었다. 한편으로는 이 배타적인 백인들과 한 시간도 허비하고 싶지 않아졌다. 앞으로 2년을 같이 보낼 사이에 시작부터 마음을 열 생각이 없는거 라면, 굳이 내 쪽에서 노력할 필요도, 소용도 없을 것이다. 그렇다면 과감히 내 살길을 찾아 나가는 편이 더 현명한 선택이다.

생각이 거기까지 미치자 유민은 남은 커피를 모두 들이키고 굳이 행선지를 옆자리에 앉은 이웃에게 알릴 필요도 없이 새 커피를 받기 위해 일어섰다. 유민은 자연스럽게 일어나 다시 다과와 커피가 있는 곳으로 향했다. 이번에는 핑거푸드도 종류별로 먹어볼 생각이었다. 샌드위치는 한참 전에 가져다 놓았는지 겉부분이 이미 말라 있었다. 유민은 샌드위치를 지나치고 파코라를 집어 들었다. 파코라를 작게 한입 물자 진한 커리향이 입안으로 퍼져나갔다. 그때 키 큰 단발의 갈색 머리 백인 여자가 다가왔다. 여자는 의심 없이 샌드위치를 집으려고 하고 있었다.

"그 샌드위치는 이미 너무 말랐더라." 유민이 말했다.

"오 그래? 니가 먹는 건 어때? 맛있어?"

여자는 활짝 웃으며 물었다. 방금 빠져나온 테이블에서 볼 수 없었던 웃음이었다.

"사실 이것도 그냥 그래, 배고프면 먹을 만하겠지만."

"그냥 커피나 마시는 게 낫겠다. 곧 오리엔테이션도 시작할 테니까. 반가워, 난 에밀리야!"

"난 유민이야, 유민 김. 한국에서 왔어."

"난 독일에서 왔어, 며칠 전에 넘어와서 행정 처리 하느라 정신이 없었어."

"오, 어디 사는데? 난 쥴조프랑, 18구 쪽에 있어."

"난 12구야. 독일에서 같이 온 친구랑 같이 플랫쉐어 해, 아 그래도 커피맛은 괜찮은데?"

에밀리는 커피를 홀짝이며 대답했다.

"응 나도 두 잔째야." 유민이 웃으며 대답했다.

그때 주최 측으로 보이는 담당자들과 교수들이 강의실로 들어섰다.

에밀리와 유민은 서로 쳐다보다가 자연스럽게 몇 자리가 더 비어있는 뒤쪽 테이블로 다가가 자리를 잡았다. 장난스럽게 보이는 흑인 남자 한 명, 동글뱅이 안경을 낀 조용한 인도 여자 한 명, 그리고 단상을 바라보며 말없이 앉아있는 백인 남자 한 명이 각자 한 자리씩 차지하고 있는 테이블이었다. 구성원을 보니 이쪽이야말로 어쩌다 보니 모여 앉게 된 무리 같았다.

에밀리와 유민이 테이블에 앉자 세 명 모두 잠시 새로운 멤버를 바라보았다.

"안녕? 난 유민 킴이야, 한국에서 왔어."

"안녕- 난 뉴욕에서 왔어, 케빈이야." 흑인 남자가 대답했다.

"난 아누슈카, 인도에서 왔어."

"난 영국, 마티아스야." 말없이 앉아있던 백인 남자도 반갑게 대답했다.

이 테이블에 앉은 셋은 조용히 자리를 지키고 있었을 뿐 제대로 된 대화를 시작하지 못한 건지 둘의 등장을 매우 반기는 눈치였지만 곧 오리엔테이션이 시작됐다.

오리엔테이션은 영어로 진행됐다. 행정직원들은 강한 프랑스어 악센트로 함께할 교수진들, 앞으로의 커리큘럼 등을 끝없이 설명하고 있었다. 석사 프로그램은 2년, 거의 대부분이 국제 학생으로 구성돼 있었다. 이제는 꽉 찬 강의실과 테이블을 쭉 둘러보았다. 인종도, 나라도 모두 다른 것이 분명하게 느껴진다.

유민은 오리엔테이션을 들으면서 지금 앉은 이 다양성 높은 테이블의 친구들과 그룹을 만드는 상상을 하고 있었다. 우리는 가끔 플랫에 서로를 초대하며 각자 나라의 음식을 요리해주기도 하고, 시험 기간이 되면 도서관에 나란히 앉아 밤새 불평불만을 내뱉고 있을 것이다. 방학이 되면 각자 집으로 돌아가지만 서로 끊임없이 연락하고, 어쩌면 서로에게 크리스마스 선물을 준비해 나누는 시간을 가질 수 있을지도 모른다.

테이블에 앉은 사람들과 뒤늦게 짧게 대화시간을 가지면서 모두 조금씩이라도 직장생활을 하다 왔다는 사실을 알 수 있었다. 모두들 NGO와 사기업에서 일하다가 본격적으로 공공조직과 국제개발에 몸담고 싶어 이 프로그램에 들어오게 된 것이다. 다니던 직장까지 그만두고 각자 자기가 하고 싶은 일을 위해 새로운 공부에 뛰어들게 된 것만으로도 이들에게는 이미 어떤 공감대가 있었다.

이곳에 적당한 마음으로 온 사람은 없다.

시행착오를 겪고 돌아 돌아 가기에는 이미 모두들 시간에 쫓기고 있는 것이었다. 유민 역시 지금까지는 파리에 적응하면서 여행자가 된 기분으로 살아왔지만, 이제는 정말 진지하게 임해야 할 때가 다가오고 있었다.

하지만 이왕에 학교에 온 김에 학교를 더 둘러보고 싶었다. 어차피 오늘은 앤도, 야스민도 집에 늦게 들어온다고 했고, 딱히 집에 돌아가도 할 일은 없을 것 같았다.

"에밀리, 오리엔테이션 끝나고 뭐해? 난 캠퍼스 좀 보고 돌아갈 건데, 혹시 별일 없으면 저녁에 커피라도 마실래? 12구 쪽에 평이 너무 좋아서 찍어놓은 카페가 있거든."

"그래 그러자 연락줘!" 에밀리는 흔쾌히 대답했다.

강의실 문을 나서자 모여 있는 학교 건물들이 보였다. 건물들은 붉은색 벽돌로 지어진 고풍스러운 건물들이었다. 학교 건물들의 꼭대기에는 뾰족한 지붕들이 있고 그 아래 뚫린 공간에는 색이 바랜 것 같은 청동 종이 달려있어 마치 중세의 어느 교회를 보는 것 같은 느낌을 주고 있었다. 아직 새 학기가 시작하지 않은 탓인지 캠퍼스 주변은 건물들만 우뚝 서서 스산할 정도로 비어있었다. 2주 후가 되면 캠퍼스에는 사람이 가득할 것이다.

모든 것이 새로 시작하는 싱그러움, 9월의 시원한 바람. 대학을 졸업한 이후로 5년간, 유민은 맘 편히 도서관에서 밤을 새우기도 하고, 시험공부를 하며 캠퍼스에 앉아 이따금씩 바람을 쐬는 그런 삶을 항상 그리워했다.

학교와 주변의 거리, 레스토랑들과 중고 서점까지 들러 책을 가볍게 뒤적이며 유민은 얼마 전의 추모 모임을 떠올렸다.

남자와 여자가 전쟁을 하면 누가 이길 것 같냐고?

그 프랑스 남자는 모험영화에 나오는 웬 저주받은 스핑크스 같은 데가 있었다. 난센스 같은 질문을 던지며 누군가를 공격하는 물음표 살인마랄까?

아니 어쩌면 그 남자는 소크라테스 같은 인물일지도 모른다. 굉장히 오랜 고심 끝에 질문을 던지며 사람들에게 뭔가 일깨워주는 사람일지도 모르지… 어쨌든 괴짜 같은 인물임은 분명했다.

이제 에밀리를 만날 시간이 다 되어가고 있었다. 유민은 에밀리의 집이 있다는 12구까지 걸었다. 크게 덥지만 않다면 파리에서 걷는 것은 그저 행복이었다. 걸을 때마다 나타나는 새로운 카페들과 센 강 주변의 탁 트인 풍경들이 마치 도도한 이 도시가 가는 발걸음마다 자기가 가진 것을 자랑하듯 하나씩 보여주는 것 같은 느낌이었다.

12구는 젊은 파리시민들이 사는 동네였다. 저녁이 될수록 거리는 더욱 붐비고, 활기를 찾고 있었다. 유민은 미리 알아두었던 카페의 야외테라스에 자리 잡고 에밀리에게 문자를 보냈다.

에밀리가 올 시간이 되었다.

유민은 갑자기 어쩐지 무서워졌다. 오리엔테이션 첫날부터 내가 너무 부담스럽게 한 것은 아닐까? 그런데 막상 만났는데 딱히 대화가 재미없으면 어쩌지?

웨이터가 가져다준 민트티를 조금씩 음미하며 지나가는 사람들을 바라보았다. 잠시 에밀리를 알아보지 못할지도 모르겠다는 생각이 들었다. 몇 시간 전이지만 벌써 에밀리의 얼굴과 머리색이 헷갈리는 것 같았다. 하지만 유민은 여기 유일한 동양인이니 내가 에밀리를 알아보지 못한다 해도 에밀리가 알아보고 다가온다면 문제 될 것은 없을 것 같았다.

다시 민트티를 홀짝였다.

그리고 30분쯤 지났을까, 유민은 주저하던 것을 멈추고 에밀리에게 직접 전화를 해야겠다고 결심했다. 전화 건너편으로 수화음은 끊이지 않고 울려대고 있었지만, 답변은 없다. 몇 번을 더 전화한 끝에 유민은 스토커처럼 보이지 않기 위해 전화와 문자 모두 그만두기로 했다.

언제 결국 기다리던 것을 멈추고 집으로 돌아갔는지는 기억이 나지 않지만, 다만 3시간이 지났을 때 에밀리로부터 짧은 답장이 왔다.

[집주인이랑 해결할 문제가 있어서 못 가게 됐어, 미안!]

유민이 답장을 보냈다.

[아 그래? 어쩔 수 없지, 그럼 학기 시작하고 다시 보자!]

그리고는 그 이후 어떤 답장도 받지 못했다.

돌아오는 길에 유민은 기묘했던 오리엔테이션을 다시 떠올렸다. 돌이켜보면 에밀리는 커피를 받은 후 유민이 떠나온 그 첫 번째 테이블의 마지막 자리로 가려고 했었던 것이 아닐까? 그런 데 어쩔 수 없이 나와 같은 테이블에 앉게 됐고, 그 이후엔 내 제안을 거절할 수 없었던 걸까, 아니면 서양인들의 방식으로 거절했으나 내가 그 거절을 눈치채지 못했던 걸까?

다만 확실한 것은, 그 이후 학기가 시작되었을 때 이미 에밀리는 그 테이블의 백인 여자애들과 같은 무리가 되어 다니고 있었고, 유민과는 이후 만난 어떤 수업에서도 서로 아는 체를 하지 않게 되었다는 것뿐이다.

* * *

이 전공에서 특이할 만한 점이 하나 있다면, 학과 인원이 마치 지구의 인구를 학과 인원 비율대로 줄여놓은 것 같은 모양새라는 것이다. 입학 지원 시 대륙 쿼터라도 뒀던 모양인지 전 세계의 인종을 비율대로 반영해 놓은 것 같은 구성 비율.

제일 많은 건 중국인과 인도인인데, 각각 열댓 명 씩으로 가장 높은 비율을 차지한다. 물론 둘의 다른 점이 있다면, 인도인들은 영어가 능숙한 탓에 두려움 없이 여기저기 끼곤 하지만 중국인들은 어딘가에 숨어 자기들끼리만 만나는지 도통 볼 수가 없었다는 점이다. 중국인들을 유일하게 볼 수 있는 날은, 모두 다 예외없이 참석해야만 하는 대형 강의 때뿐이었다.

그리고 그다음으로는 미국인들. 미국인들은 또 남다른 특징을 갖고 있다. 미국인들은 세 부류로 나뉜다. 제일 빈도가 높은 것은 백인이 아니면 취급해주지 않는 백인 중심 무리, 그게 아니라면 게이거나(또는 양성애자거나), 고독한 늑대형으로 혼자 자기만의 세계를 구축하고 있는 부류들.

백인끼리만 노는 미국인 무리는 애초에 말을 섞을 기회조차 얻기 힘들다. 그들 주변에는 같은 백인인 유럽인들(에밀리를 포함해서)이 서성이고 있다. 유민과 그 무리가 대화를 하는 건 아마 한 달에 한 번 정도, 그것도 여기 자리 비었냐든지, 그도 아니면 너무나 막다른 골목에서 둘이 눈이 마주쳐 버려서 여기서 아무 말도 하지 않으면 마치 엘리베이터에서 나란히 서서 자기 층까지 도착할 때까지 눈을 깔거나 올린 채 침묵을 지켜야 하는 그런 상황을 연출할 수밖에 없는 상황 정도까지 왔을 때 [안녕], [응, 안녕] 하고 인사를 주고받는 정도가 다였다. 훗날 이 무리가 왕따시키고 있는 우리 과 나머지 전체들은 그들을 'G7 여자애들'이라고 불렀다.

두 번째로 게이, 실제로 게이인 친구들은 언제나 밝은 모습이라 지켜보는 재미가 있었다. 미국 드라마를 많이 본 탓인지 왠지 게이 친구가 한 명쯤 있으면 재밌을 것 같다는 생각에 잠시 그들과 가까이 지내는 환상을 품어보았지만, 그뿐, 실제 한국에서도 익숙하지 않았던 게이 친구와 외국에 왔다고 갑자기 단짝이 된다는 것은 역시 환상에 불과했다.

마지막으로 고독한 늑대형의 미국인, 그들은 각자 가치관과 관심사가 매우 뚜렷하다. 어느 땐가 다소 상이한 정치적 입장을 가진 고독한 늑대형 미국인들 두 명이 총기 소유에 대해 논쟁을 벌이기 시작했을 때, 유민은 평화로운 점심시간이 끝났음을 직감적으로 깨달았다. 그리고 그 직감은 틀리지 않았다. [니들이 총기를 가지든 말든 난 관심없고 니네 나라에 돌아가서 싸우든지 말든지 해라] 라고 말리기에는 이미 둘 다 먹던 피자를 내려놓고 본격적으로 싸우기 시작한 탓에 주변인들은 그들이 그만 멈추고 피자에 집중했으면 하는 표정으로 그들을 지켜보곤 했다.

중국, 인도, 미국을 제외하면 다른 국가들은 모두 한두 명씩이었는데, 그러다 보니 자연스럽게 처음에는 모국 언어별로 뭉치거나, 같은 문화권끼리 뭉쳐 다니는 경우가 많았다.

그리하여 유민은 [중국을 제외한 아시아 무리]에 포함되게 되었다. 이 무리는 한국과 일본을 위시한 동아시아 무리를 주축으로 태국, 인도네시아의 동남아시아 출신들이 껴서 함께 다니는 범 동아시아 무리였다.

유민은 기본적으로 아시아 무리에 껴서 함께 수업을 듣고 과제를 같이하거나, 주말에 함께 놀러 다니곤 했는데, 'G7 여자애들' 무리나 그 자매품인 '일부 백인 남자애들' 무리를 제외한 나머지 무리와도 어쩌다 가끔 밥을 먹거나, 클럽에 가기도 했다.

물론 그 사이에서도 여러 가지 룰들이 있었다. 모든 대륙이 그렇듯 같은 문화권이라고 해서 항상 사이가 좋은 것만은 아니었기 때문에, 특히 주의해야 하는 요주의 관계들이 있었다.

예를 들어, 멕시코는 스페인어를 씀에도 불구하고 자신들을 남아메리카와 차별화하며 '북아메리카' 출신이라고 강조했다. 항상 멕시코인들은 기타 남아메리카 출신들과는 놀지 않고 스페인이나 미국 무리에 껴 있는 것이 종종 목격됐는데, 그래서인지 뒤에서 콜롬비아, 칠레 등등 출신들이 볼멘소리를 했다.

인도와 파키스탄. 이 관계는 인도인들 보다는 파키스탄인들 앞에서 조심해야 할 사항이다. 만약 파키스탄 출신에게 인도 출신이냐고 묻거나, '인도 커리'라고 잘못 말하는 날에는 성질 더러운 파키스탄 남자애가 불같이 화를 낼 수 있다. 비슷하게 인도네시아와 말레이시아도 서로 죽이지 못해 안달인 사이처럼 보였는데, 인도네시아 출신이 인도네시아와 말레이시아의 적대관계에 대해 열을 내고 설명하려고 할 때면 유민은 대충 한국과 일본의 관계쯤 되는가 보다 하고 이해했다.

그리고 마지막으로 한국과 일본. 우리는 생존을 위해, 또는 범동아시아 무리의 평화를 위해 그간 각자 사회에서 고도로 단련된 사회 스킬을 이용해 원만한 교우관계를 유지하고 있었지만, 유민 역시 주변 누군가가 괜히 유민과 접점을 찾아 친해지기 위해 갑자기 일본 얘기를 꺼내며 칭찬을 하기 시작하면 정색을 하며 한국과 일본이 얼마나 다른 나라인지를 열을 내며 설명하곤 했다. 꽤 많은 이들이 중국과 북한의 존재 때문인지 그 반대 입장에 선 한국과 일본이 엄청나게 친한 관계가 아닌가 하고 생각하는듯 하였으나, 알다시피 동아시아의 역사는 그리 단순하지 않은 것이었다.

파키스탄 남자애와의 작은 기 싸움도 그 때문에 일어났다.

그 애의 이름은 '카심'이었다.

학기 초에는 모두 서로의 이름과 얼굴을 익히느라 만날 때마다 열심히 인사를 하곤 했는데, 그놈과도 이미 네 번째쯤 자기소개를 한 후였다. 출생은 파키스탄이지만 어린 시절 캐나다로 넘어가서 살다가 파키스탄으로 돌아온 건지, 아니면 캐나다 출생이고 어린 시절까지 캐나다에서 지내다가 파키스탄으로 다시 넘어간 건지 제대로 설명해주지 않아 알 수는 없지만, 하여튼 네번의 자기소개 끝에 유민이 확실하게 이해한 것은 그놈이 어린 시절 캐나다에 살았고 캐나다 시민권을 갖고 있다는 사실과 그 사실을 엄청나게 자랑스러워한다는 정도였다.

카심은 모두에게 자기가 캐나다에서 유년 시절을 보냈다는 사실을 강조하곤 했다. 실제로 카심은 인도-파키스탄 출신 특유의 영어 악센트가 없는 편이긴 했지만, 그렇다고 해서 카심이 캐나다인으로 인정받을 수 있는 건 아니었다. 예의 그 미국인들이

나 유럽 백인들에게 카심은 영어를 매우 잘하는 아시아인에 불과했다. 그럼에도 카심은 처음부터 다른 아시안들과 자기를 차별화하며 서유럽 또는 북미 백인들에게 더 친한 척을 하곤 했다. 그 행동들, 그리고 다른 아시아인들과 자기를 차별하는 발언들은 아이러니해서 웃길 정도였는데, 아시아인이 같은 아시아인을, 그것도 민족도 언어도 같은 자기 인종을 차별하는 꼴이었기 때문이다.

그런데 어느 날부턴가 수업에서 놈은 들어오자마자 유민의 옆에 자리를 잡고 앉기 시작했다.

"안녕 유민? 유민 맞지?"

"응, 안녕 카심."

"니가 일본인이었던가?"

[니가 그러면 그렇지] 이번까지 합치면 벌써 다섯 번째 일본인이냐고 묻는 셈이었다.

유민은 눈을 똑바로 쳐다보고 비꼬듯이 물었다.

"야, 그러면 넌 어디 출신인데, 인도?"

그놈은 대번 어이없다는 듯한 표정으로 대답했다.

"너 지금 나보고 인도인이냐고 한 거야? 너 그게 얼마나 예민한 건지 아냐?"

"어. 왜? 그러는 너는? 너도 나한테 지금 다섯 번째로 일본인이냐고 묻지 않았냐?"

"그게 왜?"

유민은 이놈이 정말로 기억력이 붕어 수준인 건지, 놀리려는 건지 이제 점점 헷갈리기 시작했다.

"한국이라고 다섯 번째 말하는 건데, 기억 안 나?"

"아 그래? 미안." 그놈은 멋쩍게 웃으며 대답했다.

유민은 카심을 흘기며 [전혀 관심이 없으면 앞으로는 묻지를 마]라고 한번 더 쏘아댈까 했지만, 눈을 잠시 흘겨주는 것으로 마무리하고 고개를 돌렸다.

하지만 인도인이냐고 묻는 충격요법이 그의 기억력 향상에 좌우지간 도움이 됐던 것인지, 한동안 카심은 유민에게 다시 일본인이냐고 묻는 일은 없었다.

카심은 수업마다 친한 척을 하며 옆에 털썩 앉아 말을 걸었지만, 다시 속을 긁기 시작한 건 또 한참 후였다. 세미나 수업이 끝나고 문을 나서면서 날씨도 추운데 빨리 집에 가서 오뎅탕이나 끓여 먹고 싶다고 생각하고 있을 무렵 문 앞에 서서 다른 친구와 대화를 하고 있던 카심이 유민을 붙잡았다.

"유민, 내가 일본문화가 너무 좋다고 얘기했었던가?"

"뭐?"

"일본문화가 너무 좋다고" 카심은 유민의 반응을 살피는 듯 지켜보며 이죽거렸다. 이건 아주 멍청한 시도이거나, 아니면 명백한 도발이다.

"너 나랑 한 학기 내내 같이 있어 놓고 지금 또 일본 타령이냐?"

"왜?"

"나 한국 출신이라고. 모르나 본데 한국인한테 와서 일본 칭찬하는 건 대화에 전혀 도움이 안돼."

"그래?" 쏘아붙이는 유민과 다르게 카심은 여전히 싱글벙글이었다.

"너 지금 알고 그러는 거지, 장난 아니고 앞으로 이런 소리할 거면 나한테 말 걸지 마."

"장난이야 장난!"

카심은 옆에 함께 서 있던 프랑스인 친구와 함께 아무 일 아니라는 듯 호탕하게 웃었다.

유민은 고개를 내저으며 그 남자무리들을 지나쳤다. 유민이 다시 집에 가서 먹을 오뎅탕으로 정신을 돌리려 하고 있을 때, 다시 카심이 쫓아 왔다.

"유민, 어디가?"

"집."

"이제 수업 없어?"

"응 오늘 끝이야."

건물을 벗어나 오른쪽으로 틀었다. 카심은 왼쪽으로 가는 듯했다.

"아 그래? 잘 가."

"어 너도."

유민이 서둘러 대화를 마무리하고 고개를 돌려 걷기 시작할 때, 카심은 잠깐 망설이다 유민의 등에 대고 다시 말을 걸었다.

"그건 그렇고 다음 주나 다다음 주에 파키스탄 저녁에 몇 명 초대할 건데, 올래?"

카심이 황급히 덧붙였다.

"파키스탄 음식은 세계 최고야, 기대해도 좋아."

"…그래 알았어. 연락해, 그럼 잘 가!"

유민은 말을 마치자마자 최대한 빨리 방향을 틀어 자리를 떴다.

"어, 너도!" 뒤에서 카심의 목소리가 울렸다.

집으로 돌아오는 길에 유민은 카심과의 대화를 떠올렸다. 카심 같은 인종차별주의자가 왜 유민에게 굳이 관심 있는 척을 하는 것인지 이해할 수 없었다.

이성적으로 관심이 있어서? 아님 쉬워 보여서? 그놈이 말하던 '일본문화'가 일본 야동을 말하는 거라면 이 사태를 충분히 설명할 수 있겠다. 프랑스에 온 이후로 유민의 생김새만 보고 길거리에서 추파를 던지던 놈들은 많이 봐왔기 때문이다. 가끔은 유민이 들을 수 있도록 고양이 소리를 내며 시시덕거리는 놈들까지 만났지만, 귀가 먹은 척하며 최대한 빨리 자리를 피하는 것만이 최선이었다.

게다가 동아시아 여성이 순종적일 거라는 이상한 믿음 속에서 동아시아 여성이라는 이유만으로 뜬금없이 대쉬를 해오는 옐로 피버(Yellow fever)들도 숱하게 봐왔는데, 정말이지 겉모습은 너무나도 멀쩡한 놈들이 대부분이었다.

하지만 사실, 문제는 그렇게 간단한 것만은 아니었다.

사실은 모임에 옐로 피버라도 있으면 다행인 그런 날들이 태반이었기 때문이다. 어느 모임을 가든, 어떤 파티에 초대되든 백인들이 주류인 모임에 가면 유민은 자신이 투명하게 사라지고 있는 것이 아닌가 생각하곤 했다. 유민은 언제나 동양인 1인이었기 때문에, 동양인에게 정말로 관심이 없는 사람들은 아예 말을 섞을 기회조차 주지 않은 채 곁을 내주지 않기 때문이다. 개중에 자연스럽게 유민의 주변으로 다가와 즐겁게 대화를 나누거나, 유민에게 최소한의 질문을 던지며 귀 기울이는 사람들은 정말이지 십중팔구 아시아와 관련이 있는 사람들이었다. 어린 시절 부모님을 따라 홍콩에서 살았다든지, 아니면 여자친구나 아내가 아시아인이든지 하는 그런 연결고리들 말이다.

국제개발을 전공하는 이런 과에서도 백인들은 항상 본인들만의 무리를 만들곤 하니, 그 밖에서의 이런 공기 취급은 그다지 놀랄 일은 아니었다. 그리고 그렇게 수많은 군중이 모인 자리에서 고독감을 느끼고 있을 때면 유민은 이 자리에 옐로 피버라도 있어서, 이렇게 공기같이 서 있지 않게 사람 취급이라도 해줬으면, 하고 생각하곤 했다. 아니면 적어도 아시아에 대해 관심 갖는 사람이 한 명이라도 있기를 바랐다. 그런 사람이 있으면 그날은 그래도 너무 외롭지 않게 시간을 때울 수 있었기 때문이다.

그리고 그 속에서 살아남아야 할 외국인, 아시아 여성으로서, 유민은 기본적으로 나의 존재에 대해 관심이 없는 사람들에게 나의 가치를 증명하기 위해 더 많이 노력하거나, 어쩌다 마주치는 호의에 대해서는 이를 순수하게 받아들이지 못하고 이 사람이 옐로 피버가 아닌지, 나에게 뭔가 바라는 게 있는 것이 아닌지 의심하고 검증하기 위해 다시 또 노력을 쏟아야 하는 것이다.

동양인이라는 생소한 타이틀이 나의 첫 번째 인상과 정체성이 된다는 사실을 받아들여야 한다는 뜻이었다.

그러니까 이것은 국경을 넘기 전까지는 유민이 전혀 인지하지 못하고 살아왔던 것이었다.

이런 사실들은, 모든 사람이 비슷한 외형과 모습을 하고 같은 언어를 쓰는 한국에서 태어나 평범하게 한국인으로 살아온 유민이 처음 맞이하는 존재론적 위기였다.

유민은 주류사회의 인종으로 끼지 못하고 변방에 돌며, 다른 사람들의 관심과 호의를 계속해서 의심하다가 결국 나 자신을 망가뜨리게 되지 않을까 걱정되기 시작했다. 동양인으로서의 외형은 바뀌지 않을 것인데, 이렇게 평생 자신과 모두를 의심하며 살아간다면 그 인생은 참으로 고독한 것이다.

게다가 남은 30년을 주위 사람들을 사랑하고 생을 만끽하며 살기로 한 유민에게, 끊임없이 존재를 증명하며 살아간다는 것은 계획에 없던 것이었다.

어쩌면 카심은 그저 순수하게 유민에게 관심이 있는 걸지도 모른다. 일본 얘기를 계속 들먹이는 것도, 좋아하는 여자애를 괴롭히는 짓궂은 어린 남자애처럼 구는 걸지도 모른다.

유민이 카심의 호의 또는 찝쩍거림에 대해 긍정적으로 해석하려고 노력하고 있는 가운데, 학교에서는 여전히 국제정세의 축소판이라도 되는 것 같은 싸움이 계속되고 있었다.

한 수업에서 국가 부패의 해결을 주제로 인도네시아 반부패 방지위원회의 성공사례에 대해 배우고 있을 때였다. 한참 반부패 위원회가 생기기 전의 인도네시아 부패 수준과 그 이후의 변화를 살피던 중 백인 무리 중 하나인 영국 출신 여자애가 손을 들었다.

"코멘트할 것이 있나요?" 교수님이 물었다.

영국 여자애는 고개를 끄덕이며 말했다.

"네, 지금 우리 수업에 인도네시아 출신이 있으니, 직접 겪은 일에 대해서 질문을 좀 하고 싶은데요. 저렇게 일상적으로 부패가 지속되면 시민들은 어떻게 살아가야 하죠? 미라, 혹시 실례가 안 된다면 본인이 느꼈던 개인적인 경험을 들려줄 수 있어?"

시선이 모두 인도네시아 출신의 미라에게 쏠렸다.

미라는 당황한 듯 잠시 주춤거린 후 대답했다.

"말했듯이 최근에는 부패를 근절해야 한다는 공감대가 생겼던 것이 사실이고, 물론 아직 부패가 완전히 사라졌다고 생각하진 않지만 그래도 발전해오고 있다고 생각해."

전 세계 모든 나라에서 온 학생들이 자신의 입을 바라보고 있을 때, 왠지 나라를 대표해 발언해야 할 것 같은 압박감 속에서 할 수 있는 대답으로는 적절한 수준의 답변이었다.

그러자 영국애의 옆에 앉아있던, 백인 무리를 이끄는 인물 중 하나인 미국애가 질문을 이어받았다.

"이어서 코멘트할 게 있는데요, 모두 아는지 모르겠지만 미국에는 '아메리칸드림'이라는 게 있거든요."

이 대목에서는 무관심한 표정으로 각자 노트북을 바라보고 있던 카심을 포함한 몇몇도 고개를 들었다. 유민 역시 고개를 돌려 미국애를 쳐다보기 시작했다.

미국애는 따가운 시선을 전혀 인지하지 못하는 듯 그대로 말을 이어 나갔다.

"그건 출신 성분이 어떻든 열심히 노력하면 계층이동을 하고 성공할 수 있다는 희망이 있다는 건데, 만약 인도네시아나 다른 동남아시아 나라들처럼 부패가 사회에 만연해서 아무리 열심히 해도 잘 살 수 없는 게 확실하다면, 열심히 살 유인이 없어지지 않나요? 그럼 사회발전은 어떤 동력으로 이뤄지는 거죠?"

이 대목에서는 유민을 비롯한 몇몇이 불안한 눈빛으로 미라를 한번 바라보고, 또 불편한 표정으로 입을 다물고 있는 다른 동남아시아 출신 친구들을 차례로 바라보았다.

미라의 얼굴이 점점 굳어가고 있었다. 21세기를 지나는 이 와중에 1960년대에나 할 법한 '아메리칸드림'을 공개적으로 다른 나라 출신들 앞에서 사랑스레 언급하는 부분 때문일까, 아니면 부패라는 것이 인도네시아에만 존재하는 것처럼, 부패 속에서 사는 것이 어떠냐고 묻는, 위선인지 무지인지 알 수 없는 그 부분 때문일까.

묘하게 불편한 긴장감이 흐르는 가운데 유민은 정말이지 저백인들의 입을 꿰매고 싶은 심정이 들었다. 현실감각이 동떨어져서인지, 아니면 정말로 서양 우월주의에 눈이 멀어버린 것인지는 알 수 없지만 이건 중간에 낀 동아시아인으로서도 참아주기 어려운 것이었다.

유민이 손을 들고 말했다.

"부패라는 건 사실 어느 사회에서나 존재하는 거죠, 영국과 미국에서도 종종 크고 작은 스캔들이 계속 미디어를 장식하니까요. 미국 대통령도 지금 부패 문제로 한참 시끄럽지 않았나요?

저는 지도층의 부패를 당연하게 받아들이고 문제의식을 느끼지 않는 상황이 장기적으로는 더 건강하지 않다고 생각합니다. 시민들이 부패에 문제의식을 갖고 해결책을 마련하고 있는 인도네시아 반부패 사례가 사회의 역동성 회복에 오히려 더 좋을 것 같은데요."

몇몇이 뒤이어 줄지어 손을 들었다.

수업을 마칠 때까지 미라를 포함한 동남아 국가 출신들의 표정은 쭉 어두운 상태였지만, 그 누구도 한마디 하지 않았다. 동남아 출신 학생들은 더욱 이런 상황에 이골이 난 상태였다. 동남아 학생들이 이렇게 공개적으로 무시당하는 것은 수업 내에서만이 아니었기 때문이다. 몇몇 백인 그룹은 특히 동남아 국가 출신들에게는 그 태도가 조금 더 노골적이었다. 그룹으로 묶이게 되면 대놓고 한숨을 쉬거나, "미안한데, 니가 지금 하는 말 무슨 말인지 모르겠어." 하며 대화를 차단하기도 했다.

피해를 입는 쪽에서는 반격할 방법이 없었다.

"영어가 모국어가 아닌데 나보고 어떻게 하란 말이야?"

태국 친구가 눈물을 훔치며 말하곤 했다.

"야 넌 2개 국어를 하잖아. 쟤들은 우연히 영미권 국가에서 태어나 운이 좋은 거지."

친구를 달래기 위해 말했지만, 사실이었다. 알파벳도 없는 나라에서 이 정도까지 영어를 익힌 우리가 더 대단한 거라고, 유민은 항상 생각하곤 했다.

"내가 모르는 게 아니고, 부족한 게 아닌데 단지 쟤들보다 표현을 못 한다는 이유로 제대로 반격도 못 하니까 너무 답답하고 화가 나."

태국 친구는 훌쩍거리던 것을 진정시키며 말을 이어갔다. 태국 친구의 말에 유민 역시 입안이 씁쓸해지는 것을 느꼈다. 이 역시 사실이었다. 한참 열띤 토론이 진행되고 있을 때 답답한 마음에 순간 통역기라도 있었으면 좋겠다고 생각했던 것이 몇 번인지.

수업이 끝나고 세미나실을 나오면서 미라와 우연히 같이 나오게 됐을 때, 유민이 말했다.

"미라, 무시해. 남의 나라에 와서 국제학생들이랑 같이 공부하면서 저따위 태도인 게 더 부끄러운 거야. 부끄러운 줄 모르는 거지. 그리고 말야, 조상이 남의 나라 침략해서 수탈해서 쌓은 유산을 이어받아 살고 있으면서, 지금 당장 상대가 자기보다 조금 덜 발전했다고 무시하는 건 애초에 자기 역사에 대해서도 일말의 부끄러움도 없는 거야. 아니 오히려 그 반대지. 기회만 된다면 똑같이 돌아갈 준비가 된 거지."

미라는 조용히 피식 웃었다.

수탈하는 쪽의 유산을 물려받은 자들은 변화를 두려워한다.

오히려 자신이 당연한 듯 물려받은 것들에 대한 아주 작은 기득권이라도 타인과 나눠야 할 위기가 오면 더 길길이 날뛰며 저항한다. 그리고 그 저항을 정당화하는데, 이때 이들이 즐겨 사용하는 용어는 '역차별'이다.

상대편에서 반발이 나오는 경우에는 그래도 그들의 공고한 테이블에 균열이 생기기 시작했으며 단 한 발자국이라도 차별을 줄이는 방향으로 가고 있다는 뜻이므로, 이 경우에는 오히려 기뻐할 일이다. 바람은 세차더라도 그 방향으로 발걸음을 이어 나가면 되기 때문이다.

더 무서운 것은 기득권에서 만든 길이 너무나 공고해서 꿈쩍을 하지 않고, 여전히 그 세력이 모든 길을 장악하고 있을 때다. 학문의 세계도 마찬가지, 이곳에서 우리는 서구권 시각 중심의 학문을 배우며, 때때로 실패 사례로 내 나라가 언급되는 것에 씁쓸함을 삼키며, 그리고 교수님들과 자신들의 언어로 누구보다 편안하게 소통하며 자기 좋을 대로 행동하고 발언하는 서구권 학생들을 보며, 때로는 무관심과 때로는 시혜적인 태도를 어떻게든 참아내고 넘겨내며, 의기소침해지지 않기 위해 분투하며 이 낯선 땅에서 살아남기 위해 투쟁하고 있는 것이다. 그리고 유민 역시 딱히 하고 싶은 말을 참아가며 살 생각은 없었다.

그리하여 또 다른 수업에서, 여성의 국회 진출 쿼터를 늘리는 정치개혁에 대한 토론이 이뤄졌을 때도 마찬가지였다. 여성의 국회 진출 쿼터 확대가 상대적으로 능력 없는 여성들을 국회에 진출시키고 능력 있는 남성이 기회를 잃게 되어 의회의 수준을 떨어뜨리는 역효과가 발생할 수 있다는 카심의 견해에 대해서도 유민은 똑같이 대응했기 때문이다.

"현재 국회의원에 남자 비율이 높은 건, 오랜 시간 동안 남자들만 지도자가 될 교육의 기회를 독점하고 성장해 왔기 때문 아닌가요? 국회에 그렇게 정치 엘리트들만 가득하다면 지금 각 정치계에서 발생하는 스캔들과 실패는 어떻게 설명할 수 있나요? 그거야말로 지나치게 실력 없는 남자 정치인들까지도 정치인이 될 기회가 주어진다는 증거가 아닐까요?"

수업이 끝나고 나오는 길에 다른 친구와 얘기하고 있는 카심을 지나치며 유민이 살짝 눈인사를 했을 때, 카심이 살짝 한숨을 쉬며 말했다.

"유민, 너는 항상 좀 너무 논쟁적이라고 생각하지 않아?"

"내가 뭘?"

"아니 그냥, 넌 NGO에서 일하면 정말 잘 어울릴 것 같아서." 카심이 싸늘하게 웃었다.

유민도 입꼬리를 살짝 올려 싸늘하게 웃어주고는 건물을 떠났다.

집으로 가는 버스는 공사 구간을 지나는지 여러 번 크게 흔들렸다. 버스는 마치 시골길을 달리는 노아의 방주 같다. 버스에는 업무를 마치고 퇴근하는 것인 듯 피곤해 보이는 백인 남자, 언젠가 아프리카를 주제로 한 다큐멘터리에서 본 것 같은 화려한 두건을 쓴 흑인 여자, 장을 보고 온 듯 장바구니가 한가득한 중국인 여자, 자기들끼리 신나게 뭐라고 떠들고 있는 10대 후반의 아랍계 남자애들, 그 아래에서 털썩 주저앉아 조용히 버스에서 내리기만을 기다리고 있는 검은색 큰 개 한 마리가 함께 흔들리고 있다.

흔들거리는 버스에 앉아 각자 조용히 입을 다문 채 생각에 잠긴 사람들을 바라보며 유민도 그중 일부가 되어 조용히 침전했다.

한국에서 이유 없는 갑질에 지쳐있을 때와 마찬가지로, 이 바깥 세계는 그보다 더한 서로에 대한 차별과 무시로 복잡하게 얽혀 있었다. 카심이 나를 미워해도 상관없다. 유민은 그저 나중에 후회가 없도록, 자신이 옳다고 믿은 것을 말한 것뿐.

지금은 그저 좀 지쳤을 뿐이다.

3. 위로

유민이 사는 곳은 파리 18구의 작고 고풍스럽게 생긴 구청이 바로 앞에 자리 잡고 있는 Jules Joffrin역. 그중에서도 구청이 바로 보이는 건너편 건물이었다. 이곳은 관광객이라고는 찾을 수가 없는 역으로, 유민은 수업이 없거나 학교가 일찍 끝나고도 딱히 약속이 없으면 동네에 더 정붙이고 싶다는 핑계로 건물 1층 노란색 카페를 가곤 했다.

처음으로 유민이 이 동네 주민이라는 것을 인지한 사람도 물론 그 카페의 웨이터였다.

유민이 항상 시키는 것은 커피보다는 티.

티를 시키면 티백과 뜨거운 물이 담긴 작은 찻주전자가 함께 나왔는데, 그러면 2~3번쯤 나눠마실 수 있었다. 커피는 작은 잔에 한 번 나오고 말 뿐이라, 다 마셔버리면-게다가 식기라도 하면 그때부터는 왠지 계산을 하고 떠나거나 다른 잔을 시켜야 할 것 같은 압박을 느꼈기 때문이다.

그럴 때마다 유민은 한국의 카페를 떠올리곤 했다. 아이스아메리카노나 시켜놓고, 내가 나갈 때까지 아무도 주변에서 내 컵을 치우러 돌아다니지 않고 쓸데없는 관심을 주지 않는 한국 카페가 눈물 나게 그리울 때가 있었다. 이래저래 파리에서의 삶은, 바깥에서 보는 것만큼 로맨틱하지만은 않은 것이었다.

오늘도 역시 매일 앉는 그 자리에 자리 잡고 앉았다. 웨이터가 다가와 물었다.

"티?"

"네, 민트티로요." 유민도 미소를 지으며 주문했다. 허리에 흰색 앞치마 같은 것을 걸친 웨이터는 꽤 활력이 넘치는 사람이었다. 주문을 받고 나서 돌아서서 주방으로 가는 그의 발걸음은 경쾌하기까지 했다. 파리에서 이렇게 경쾌한 웨이터는 찾아보기 힘들었다. 웨이터가 멀어지는 것을 보면서 유민은 다시 고개를 돌려 역 주변을 왔다 갔다 거리는 행인들을 살펴보았다.

며칠만 건물 1층 카페에 앉아있다 보면 동네 사람들 중 특징적인 사람들을 특정할 수 있게 된다. 사실대로 말하자면 그 사람들이 특징이 있다기보다는 그들이 데리고 다니는 개들을 보다 보면 그 주인들을 기억하게 된다고 말하는 게 더 정확할 것이다.

저기 또 예의 그 모녀가 보였다. 70은 족히 되어 보이는 노모와 그의 딸처럼 보이는 빨간 머리의 여성, 이 둘은 매일 비글 한 마리와 같이 산책을 했는데, 이 비글을 왜인지 모르게 항상 구청 문 앞을 지나기만 하면 그 앞에 네 다리를 쭉 뻗고는 안가겠다고 반항을 하곤 했다. 그러면 딸은 그대로 줄을 잡아당겨 바닥에 배를 깔고 누운 비글을 질질 끌고 갔다. 그러니까 항상 이기는 쪽은 주인이었다. 한 5m를 끌려가고 나면, 비글은 다시 언제 그랬냐는 듯 멀쩡히 일어나 주인과 걸어갔는데, 그 장면을 보며 유민은 아마도 구청 문 앞 땅의 감촉이 좋아서 일부러 저러는 것일지도 모른다고 생각했다.

또 다른 개와 주인, 이 커플도 카페에서 관찰을 시작한 날부터 눈에 띄는 한 쌍이었다. 다리에 장애가 있는 이 개는 다른 개들과 달리 목줄을 하지 않았다. 주인이 한참 먼저 걷고 나서 저 멀리서 뒤돌아 쳐다보고 있으면, 개는 뒤뚱거리며 주인을 쫓아가곤 했다. 주인은 항상 10m 정도를 먼저 간 후 개가 자신이 있는 곳으로 올 때까지 인내심 있게 기다리고 있었다.

유민이 사는 맨션의 대문이 열리고 한 나이 든 여성과 갈색 개가 문밖으로 나오는 것이 보였다. 갈색의 슈나우저는 대문 밖으로 나오면 항상 새로운 장소를 보는 것 같은 흥분된 표정을 지으며 귀를 쫑긋거리곤 했다.

개는 대문 밖으로 나오자마자 이리저리 신나게 둘러보며 주인을 재촉하듯 연신 고개를 돌려 주인을 쳐다봤다. 주인인 여성은 하얗게 센 머리와 주름을 보아 꽤 나이를 많이 먹은 것처럼 보였지만, 꼿꼿한 태도와 과하지 않지만 흠잡을 데 없이 꾸민 모습으로 자기 나이보다 훨씬 더 어려 보이는 데가 있었다.

이 개의 주인, 엘레나와는 몇 번 말을 주고받은 적이 있다. 그녀의 개 재스퍼가 유난히 유민을 잘 따랐기 때문이다. 몇 번쯤 대문에서 마주칠 때마다 재스퍼는 유민에게 열광하곤 했는데, 유민의 어떤 점이 이 개를 열광하게 하는지는 알 수 없었지만, 주인으로선 개가 좋아하는 애착 인간에 대한 궁금증으로 말을 걸어왔던 것이다.

"여기 티에요, 마드모아젤."

웨이터가 어느새 다가와 티팟을 내려놓고 슈나우저의 주인에게 다가가 인사를 나눴다. 재스퍼는 주인 주변을 맴돌다가 다시 유민 쪽으로 다가와 유민을 바라보았다. 털이 길어 눈을 가리고 있지만 새까만 눈동자가 그 뒤에서 빛나고 있었다.

주인 역시 강아지가 어슬렁거리는 것을 지켜보다가 유민을 발견하고 다가왔다.

"안녕 스위티, 오늘도 차를 마시고 있구나."

"오늘은 수업이 없어서요. 재스퍼는 오늘도 신나 보이네요."

"늘 저런 상태지."

엘레나는 개 재스퍼를 바라보며 시니컬하게 말했다.

"어제는 또 지나가다가 이 동네 사는 포메라니안 형제랑 싸워서 나까지 그 주인이랑 싸울 뻔 했다니까? 그 여자는 왜 굳이 싸움을 붙이려고 오는 건지 이해를 할 수가 없어."

그 포메라니안 형제라면 유민도 알고 있다. 똑같이 생긴 검은색과 갈색의 포메라니안 두 마리.

"진짜 싸우기라도 하는 날엔 재스퍼가 이길 테니 걱정 마세요."

"오, 얘는 덩치만 컸지 할 줄 아는 게 없어. 포메라니안한테 물리지나 않으면 다행이지."

엘레나는 재스퍼의 목줄을 잡아당기며 말했다.

"재스퍼! 오늘은 저녁에 약속이 있어서 산책을 빨리 끝내야 해. 여기서 서성거리다가 그대로 집안에 바로 들어가고 싶은 건 아니겠지?"

"그래 재스퍼 안녕- 다음에 놀자."

유민도 재스퍼를 향해 손 인사를 했다. 엘레나 역시 단호한 태도로 재스퍼를 끌면서 잠시 뒤돌아 눈인사를 하고 사라졌다. 엘레나의 행동에는 늘 자신감이 넘치는, 거부할 수 없는 분위기가 있었다.

엘레나의 나이를 정확히 아는 사람은 이 동네에 아무도 없다. 다만 폴란드 출신의 엘레나가 프랑스로 넘어온 것은 그녀가 갓 20살을 넘겼을 때쯤이었다고 한다. 엘레나는 소련으로부터 독립운동을 하다가 정치적 목적으로 프랑스에 건너왔고, 비자 문제로 파리의 한 수학과 대학생과 계약 결혼을 했다. 처음에는 그저 비자 문제를 잠시 해결하기 위한 문서상의 결혼일 뿐이었지만 둘은 결국 사랑에 빠져 진짜 결혼생활을 하게 됐다. 그 사이 소련은 무너졌고, 남편이 되었던 그 수학과 학생은 행복하게 살다가 몇 년 전 세상을 떠났다고 한다. 이런 무성 영화 같은 러브 스토리만 무성한 가운데 모두 엘레나의 나이를 어림짐작만 하고 있을 따름이었다.

엘레나가 90살쯤 되었다고 해도 아마 유민은 절대 그 사실을 인지하지 못할 것이다. 엘레나에게는 그런 시들지 않는 당당함과 베일에 둘러싼 신비로움 같은 것이 있었다. 비자도 없이 넘어와 고국을 지키겠다는 마음으로 결혼문서에 사인만 하고 활동을 이어 나가던 강한 엘레나와 그녀를 그림자처럼 보살피며 사랑하던 프랑스 남자. 사랑하던 이는 이제 그녀를 떠났고 엘레나는 혈혈단신으로 프랑스에 넘어왔을 때처럼 다시 혼자가 되었지만, 재스퍼와 함께 여전히 당당하게 자신의 일을 하고 있었다.

파리 생활 반년이 지나가고 있는 지금, 유민에게는 아직 남은 인생의 해답을 찾는 건 고사하고 한국에서는 없었던 새로운 인생의 고달픔이 계속되고 있다. 어린 시절부터 배워온 많은 것들이 당연한 것으로 통용되지 않는 새로운 세상에 적응하는 일, 익숙한 것들-이를테면 언어든, 사람이든, 그 모든 것들-이 보이지 않는 삶에 적응하기란 쉬운 일이 아니기 때문이다.

파리 생활로 말하자면, 인생의 해답은 고사하고 황당해서 웃음도 안 나오는 프랑스 공무원들의 행정처리와 프랑스어를 못하면 듣는 척도 안 하는 웨이터들과 어디서 튀어나올지 모르는 소매치기 또는 인종 차별주의자들과의 보이지 않는 기 싸움으로 하루하루를 채우느라 단 하루도 맘 편히 지낸 적이 없었다.

인생이라는 놈이 그렇게 호락호락한 놈이 아니라는 사실은 이미 알고 있었다. 30년 시한부로 살기로 결정한 순간부터 하루하루가 의미 있게 흘러갈 것이라고 생각한 건 순진한 착각이었다. 그렇다면 인생이든 뭐든 거창한 이유가 아니라, 다만 나는 한국으로부터 잠깐 도망쳐있을 시간이 필요했던 것이 아닐까. 그저 고달프고 지겨운 회사생활에서 벗어날 좋은 변명거리가 필요했던 것이 아닐까.

그런 생각을 할 때마다 입맛이 씁쓸해지는 것 같다.

* * *

플랫 생활 역시 고달파지기만 했다. 플랫에는 유민이 오기 전부터 정해져 있던 룰들이 꽤 많았는데, 이상하게도 이 룰들은 화수분처럼 날이 갈수록 늘어나고 있었다. 게다가 유민은 앤이 얼마나 룰에 대해 엄격하게 구는지를 최근에 몸소 체험할 수 있었는데, 예를 들어 샤워실에서는 항상 샤워를 하고 난 후에 매번 다음 사람이 불쾌하지 않도록 머리카락을 정리해야 한다는 것. 유민은 검은 직모, 야스민은 검은 곱슬머리, 그리고 앤은 밝은 갈색머리였기 때문에 머리카락 정리는 거의 실명제였는데, 어느 날 유민이 샤워 후 머리카락을 치우고 나가는 것을 깜박했을 때 앤이 크게 분노하며 유민의 방을 찾아와 머리카락과 공동체 생활에 대한 일장 연설을 늘어놓았던 것이다.

그 이후 유민이 앤의 레이더망에 잡히지 않기 위해 살얼음판에서 살아가고 있을 무렵, 드디어 야스민도 앤과 제대로 충돌하기 시작했다.

날씨가 추워지면서 오래된 오스만식 건물인 플랫은 점점 왠지 바깥보다 더 추워지기 시작했다. 밤이 되면 전기장판을 틀고, 끓인 물을 넣은 물주머니를 준비한 후 수면 양말을 신어야 그제서야 침대에 누울 수 있을 정도였다.

물주머니에 넣을 물을 주전자로 끓이면서 멍하니 부엌 창문으로 바깥을 바라보고 있을 때, 부스럭거리며 야스민이 다가왔다.

"완전무장을 했네." 야스민이 이죽거리며 말했다.

"어, 방이 무슨 냉장고 같아."

"근데 이상하지 않아? 우리 집에도 중앙히터가 있는데, 히터 온도가 17도에서 더 이상 안 올라가."

"엥? 우리 집에 히터가 있었어?" 유민이 멍청하게 물었다.

"응, 사람 사는 집인데 당연히 히터가 있어야지, 근데 그게 제역할을 전혀 못 한단 말이지…."

"그 히터는 어딨는데?"

"저기, 벽 옆에 신발 칸 뒤에."

야스민이 가리킨 공간에는 신발장 뒤에서 삐죽 튀어나와 있는 흰색 금속 물체가 보였다. 안 보이는 것도 아닌데 그러고 보니 전혀 인지하지 못하고 있었다.

"저게 다는 아니고 방마다 있는데 말야, 제어판은 여기 화이트보드 옆에 있거든. 근데 문제는 이 제어판이 말을 안 듣는다는 거야."

화이트보드 쪽으로 고개를 돌렸다. 정말 그 옆에는 배전판 같은 게 있었다.

"충격적인데? 나 저게 저기 있는 것도 오늘 처음 알았어."

야스민은 생각하는 표정을 지었다.

"그러니까 너는 아예 히터에 대해 듣지도 못했고, 나는 처음 왔을 때 앤한테 히터는 중앙제어고 딱히 조작할 필요가 없다고만 들었거든. 근데 이건 지나치게 춥잖아? 그래서 내가 아까 이 제어판을 좀 만져보려고 했지!"

야스민은 제어판의 널따란 뚜껑을 열었다. 뚜껑이 열리자 그 안에는 여러 개의 버튼과 배전판의 화면 같은 것-17도가 표시되어있는-이 보였다.

"전혀 알 수 없네."

"그렇지? 아무래도 앤한테 이건 어떻게 조작하는 건지 직접
물어봐야겠어."

나란히 서서 진지하게 제어판을 쳐다보고 있을 때 뒤에서 마
침 물 끓는 소리가 들렸다. 유민은 주전자 쪽으로 돌아 물주머니
에 가득 물을 채웠다. 엄마가 어느 날 두 개를 세트로 시켰다며
안겨준 물주머니는 마치 왠지 산타할아버지가 선물을 나눠주고
다닐 때 옆에 끼고 다닐 것 같은, 새빨간 옷을 입은 물주머니였
다.

유민은 야스민에게 앤이랑 대화한 후 알려달라는 말을 남기
고 방으로 들어왔다. 침대에 가지런히 놓여있는 분홍색 수면양
말, 이것도 역시 한국에서 가져온 것이었다. 유민은 경건한 의식
이라도 치르는 양 물주머니를 잠시 내려놓고 양말을 신은 후 다
시 침대에 누웠다.

얼마 뒤 밖에서 뭔가 대화 소리가 들리는 듯했지만 이미 온몸
은 가래떡처럼 전기장판에 눌어붙어있었다.

'내일 물어보자….' 눈을 느리게 깜박이며 생각했다.

아침에 요거트를 먹으러 잠시 부엌으로 나갔을 때, 유민은 어
둠 속에서 식탁에 우두커니 앉아있는 야스민을 보고 깜짝 놀라

소리를 지를 뻔했다. 야스민은 기척도 없이 식탁에 앉아 예의 그 제어판을 바라보고 있었다.

"아무래도 뭔가 이상해." 야스민이 말했다.

"뭐가?"

"어젯밤에 앤이 왔길래 제어판은 어떻게 조작하는 건지 물어봤거든. 그랬더니 앤이 그건 왜 묻냐고 하더라고. 그래서 내가 그랬지. 제어판을 보니 17도로 되어있던데 왠지 어떤 버튼도 조작이 안 되는 걸 보니 제한이 걸려있는 것 같다. 근데 너무 추워서 온도를 좀 올려야 할 것 같은데 방법이 없겠냐고. 근데 앤이 그러더라고. 자긴 별로 안 추운데 추위를 좀 유난히 많이 타는 거 아니냐고."

야스민은 눈썹을 치켜뜨고 말을 이어 나갔다.

"전혀. 17도가 정상이 아닌 거지. 그래서 내가 그랬어. 17도면 누구라도 추워할 거라고. 그랬더니 앤이 자기나 유민 너는 전혀 문제가 없는 것 같은데 그렇게 추우면 개인용품으로 대체해야 하는 거 아니냐고 묻더라. 근데 난 이해가 안 돼. 히터가 뻔히 있는데 왜 개인용품을 사야 하는데? 그래서 내가 어쨌든 어떻게 히터 온도를 조정하는 건지 아냐고 물었더니, 조정하는 건 알지만 알려줄 순 없을 것 같대. 17도가 정 그렇게 추우면 19도 정도면 되겠냐는 거야?"

"무슨 말도 안 되는 소리야? 왜 가격 흥정하듯 온도가 올라가는 거야."

유민은 이 대화가 길어질 것을 예상하고 본격적으로 요거트를 들고 식탁에 앉았다.

"내 말이, 그럼 온도 조정을 자기는 할 수 있다는 뜻인데, 우리한텐 안 가르쳐주겠다는 거잖아? 그런 법이 어딨어? 그래서 내가 그랬어. 온도 조절 방법을 알려달라고. 그러니까 앤이, 자기가 온도 조절하는 법을 알려주면 내가 맘대로 온도를 올려버릴 테니까 그건 안되겠다는 거야. 서로 온도를 합의하면 자기가 대표로 조정하는 게 더 낫대. 개소리 아냐?"

야스민은 분노하고 있었다. 그래서 이 아침부터 조용히 부엌에서 온도조절기를 노려보며 이 문제를 타개할 방법을 생각하고 있었던 것이었다.

"내가 뻔히 히터가 있는걸 알면서도 새로 다른 전열기구를 사기라도 해야 해? 도대체 왜? 가스요금을 더 내기 싫어서 그런 거 아냐 지금?"

"그렇겠지."

프랑스의 가스요금은 꽤 비싼 편이었다. 전기든 가스든 펑펑 틀었다간 프랑스인들에게 '여기가 베르사유냐'('Versailles ici?') 라는 소리를 듣기 십상이었다. 그래도 플랫 메이트들이 히터를 펑펑 틀고 살까 봐 온도 조절법을 숨기는 건 말이 안 되는 일이었다.

"그래서 내가 말했지. 히터 놔두고 내가 왜 또 돈을 들여 개인 전열기구를 사야 하냐고 말이야. 그러니까 뭐라는 줄 알아? 자긴 가스비를 더 내고 싶지 않으니 그렇게 히터를 틀고 싶으면 돈을 더 내라더라. 그러고는 자기 지금 바쁘니까 다시 생각해보고 나중에 다시 얘기하재. 그러곤 아침에 바로 나갔어. 그래서 여기 앉아있는 거야. 딱 지키고 있다가 한판 더하게. 이건 끝장을 봐야겠어." 야스민은 작심한 듯 말했다.

야스민과 앤이 서로 대립하는 것은 몇 번이고 봐왔지만, 이번 싸움은 그렇게 쉽게 마무리될 것 같지 않았다. 게다가 야스민은 전혀 가스비를 따로 더 낼 생각이 없어 보이니, 이 싸움은 앤이 승복하지 않는 한 마무리 되기 어려울 것이다. 하지만 앤 역시 그렇게 쉽게 승복하고 따라줄 인물이 아니었다. 이제 이건 그냥 히터의 문제가 아니라 자존심의 문제로 바뀌고 있었다.

유민이 집으로 다시 돌아온 것은 오후 수업을 마치고 도서관에서 한창 곧 제출해야 할 에세이로 머리를 쥐어짜며 괴로워하다 포기한 후였다. 유럽은 한국보다 더 북쪽에 있어서인 것인지, 겨울이 되면 유난히 해가 빨리 지는 것 같았다. 여름만 해도 7~8시까지 바깥이 환했는데, 이제는 점점 해도 짧아져 3시가 되면 이미 거리가 어둑어둑했다. 도서관을 나왔을 때 이미 해는 지고 없었다. 다만 해가 지면서 남기고 간 붉고 거뭇거뭇한 흔적들만이 하늘에 남겨져 있었다.

유민은 집으로 가는 버스를 탔다. 보통 집에서 학교까지는 지하철로는 20분, 버스를 타면 여기저기 돌고 들어가는 탓에 넉넉잡아 40분이 걸렸다. 보통 학교로 갈 때면 수업에 늦지 않기 위해 항상 허겁지겁 지하철을 타고, 돌아오는 길에는 퇴근시간이 겹치지 않는다면 버스를 타고 돌아오곤 했는데, 돌아오는 길에 버스는 타는 건 바깥구경을 하기 위함도 있지만 집에 들어가는 시간을 조금 더 늦추고 싶기 때문이기도 했다.

한국에서는 완전히 반대였다. 퇴근을 하고 나면 집에 돌아오는 길이 그렇게도 길었는데, 도로는 언제까지 그래왔듯 별로 달라진 것이나 신기할 것도 없고, 최대한 빨리 집으로 돌아와 씻고 침대에 눕는 게 유일한 낙이었기 때문이다. 하지만 여기 프랑스에서는, 집에 돌아오고 나면 그나마 바깥세상과 연결되어있던 어떤 고리가 방문을 닫는 순간 끊어져 버리는 느낌이었다.

게다가 오늘은 특히 더 집에 일찍 들어가고 싶지 않았다. 야스민과 앤은 여전히 기 싸움 중일 거고, 결과가 어떻든 간에 결말이 해피엔딩일 것 같지는 않았는데, 프랑스 사회와 단절된 이 밀실에서 전운까지 흐른다면 정말이지 더더욱 재미가 없을 것 같다.

버스에서 내려 내키지 않는 발걸음으로 집에 도착했을 때 집안에는 아무도 없었다. 유민은 알 수 없는 안도감을 느끼며 방으로 들어갔다.

한참 후 누군가 현관문을 열고 들어오는 소리가 들렸다. 문이 열리고, 짧게 달칵하며 닫히는 소리, 빠른 걸음걸이, 앤이 분명했다. 앤이 방문을 닫고 들어가자 집에는 다시 적막이 찾아왔다.

야스민은 밤늦게 들어왔다. 야스민이 들어온 시간은 여느 때보다 더 늦은 시간이었다. 야스민이 현관문으로 들어오기 전부터 계단에서는 둔탁하게 올라오는 소리가 들렸다. 이윽고 현관문을 열리는 소리가 들리고, 야스민과 누군가가 함께 들어오는 엇박자의 발소리가 들렸다.

그것은 우리 플랫의 규칙 제1조, 누군가를 집으로 데려올 때는 사전에 플랫 메이트들에게 알려야 한다는 조항 위반이었다.

'멋진 공격이구만.'

유민은 야스민의 대응에 감탄하며 만족스럽게 잠들었다.

그다음 일어난 일은 전혀 놀랄 일이 아니었다. 부엌의 화이트보드에는 대문자로 [Rule no.1, NO VISITOR] 이라고 대문짝만하게 적혀있었으며, 야스민의 방문 앞에는 야스민의 행동을 비난하는 포스트잇이 붙어있었다. 앤은 당연하게도 엄청나게 화가 난 것이 분명했다. 앤이 씩씩거리며 화이트보드에 꾹꾹 눌러 쓰고 있는 모습을 상상하며 웃음이 나왔다. 아마 지금도 자기 분을 못 참고 어딘가에 야스민을 저주하는 말을 쓰고 있을지도 모른다. 이 싸움이 어디까지 갈지 궁금해 참을 수 없을 지경이었다.

[어젯밤에 누가 엄청 즐거운 시간을 보냈나 본데] 야스민에게 문

자를 보냈다.

답장이 왔다. 웃는 얼굴의 이모티콘.

그리고 그날 밤에도 야스민의 손님은 다시 찾아왔다. 그리고 두 번째 날은 조금 더 대담해졌는지 야스민의 방에서 나는 소리가 플랫 전체에 울릴 정도였다. 그리고 그다음날 잔뜩 기대하며 아침 일찍 복도로 나왔지만 기대하던 새로운 포스트잇은 붙어있지 않았다. 아마 너무 일찍 나온 것이 분명했다. 게다가 이제는 유민도 야스민의 손님이 누구인지 궁금해진 참이었다. 야스민과 마주치게 된다면 이 싸움의 경과와 앞으로의 계획까지 다 해서 모두 물어볼 예정이었다.

하지만 유민이 야스민을 만나 경과를 듣기도 전에 앤과 야스민이 먼저 마주치게 된 것은 안타까운 일이었다. 유민이 학교에서 돌아왔을 때 부엌에서는 야스민과 앤이 서로 대치 중이었다. 현관문을 열자마자 서로를 노려보고 있는 둘을 보고 유민은 잠시 놀라 우두커니 섰지만, 이내 현관문을 닫고 거실로 들어섰다.

"어, 안녕 얘들아."

"응 유민, 왔어?" 인사에 대답한 건 야스민이었다.

앤은 아무것도 보이지 않는다는 듯 계속 야스민을 노려보고만 있었다.

"니가 뭘 잘못했는지 진짜로 모르겠어?"

앤이 야스민을 보며 분노어린 목소리로 말했다.

"내가 뭘 잘못했는데?" 야스민 역시 싸늘한 눈이었다.

"집에 아무나 들이지 않는 거, 미리 우리한테 공지하고 사전에 동의를 구해야 하는 거 몰라?"

"아, 그런 룰이 있었어? 몰랐네." 야스민이 비꼬듯이 답했다.

"같이 사는 공간에서 룰을 무시하고 살 거면 나가서 혼자 살지그래?"

"여긴 내가 내 돈 주고 사는 플랫인데, 니가 무슨 권리로 나가 살라 말라야? 아, 내 돈 주고 사는 플랫 얘기가 나와서 말인데, 나도 내 룰대로 살까 하고 말이야. 정 힘들면 니가 나가도 말리지 않을게."

앤의 눈에서 잠시 불꽃이 튀는 것 같았다. 하지만 한동안 앤은 야스민을 노려보기만 할 뿐 아무 말도 하지 않았다.

야스민이 다시 말했다. "유민, 지금까지 니가 여기 와서 들은 룰이 몇 개지? 그중에서 니가 만든 룰은 몇 개고?"

"그건 모르겠지만, 내가 만든 룰은 없지."

"우리는 같이 이 집에서 살 권리를 나눠 갖고 있는데, 앤이 강요하는 룰을 따를 필요가 있어? 지금까지 난 그 룰들이 우리 셋 모두를 위한 거라고 생각하고 따랐을 뿐이야. 그런데 앤 너는 니가 필요할 때만 룰을 만들어가며 우리한테 강요하고 정작 우리가 필요한 건 숨기고 있어. 이제 니가 만든 모든 룰들을 신뢰할 수 없어."

"뭐?" 앤이 분노했다. 앤의 주먹 쥔 손에 더 힘이 들어가는 것이 보였다.

이건 쿠데타이자 혁명이다. 방금 야스민은 우리 플랫에 흐르고 있던 사회적 협약을 무너뜨린 셈이었다. 보통 이렇게 되면 그 사회에는 대혼란과 혼돈이 찾아오는 게 역사의 진리인데, 이제 이 시점이 되면 사회가 완전히 무너지지 않도록 중재자가 등장할 필요가 있었다.

"야 잠깐, 우리 다시 얘기 좀 해보자. 나도 상황은 대충 들어 알고 있어. 히터 온도 말인데, 그건 같이 얘길 좀 할 필요가 있는 것 같은데."

앤이 고개를 돌렸다.

"야스민이 지금까지 보인 행동이 신뢰가 가는 행동이었으면 내가 그렇게 막지 않았겠지!"

"무슨 행동?" 야스민이 분노하는 목소리로 물었다.

"지나가면서 니 방을 보면 넌 항상 창문을 열어놓고 있더라? 그러면서 춥다고 하는 걸 내가 어떻게 믿겠어?"

"너 매일 내 방을 훔쳐보면서 다녔냐?"

"창문뿐만 아니라 방문도 활짝 열어놓고 있으면 지나가면서 안보기도 힘들지 않겠어?"

"그리고 창문을 내가 열든 말든 무슨 상관이야? 내 추위까지 니가 관리하고 싶어? 아주 훌륭한 경비원 나셨어?"

"이번에 남자를 아무렇게나 집에 데려온 것도 마찬가지야. 넌 언제든 룰이고 뭐고 개나 줘버릴 준비가 돼 있는 애잖아? 그런데 내가 뭘 믿고 니가 하고 싶은 대로 다하게 둬야 하는데?"

"그래서 너 혼자 틀어막고 있냐? 그리고 다시 한번 말하지만 그건 니 룰이지. 집에 데려올 사람도 없으니 이것도 틀어막고 남의 생활에 간섭이나 하고 있는거 아냐?"

앤이 야스민을 보며 쏘아붙였다.

"걸레같이 사는 게 자랑인가 보지?"

"앤!!" 야스민이 미처 대답하기 전에 유민이 먼저 앤에게 소리를 질렀다. 야스민은 거의 앤을 때리기 직전이었다.

유민은 둘 사이로 들어가 둘을 갈라놓고 앤에게 다시 소리쳤다.

"앤 너 진짜 선을 넘는구나? 말조심해. 제일 먼저 이 플랫에 들어왔으니까 나도 니 규칙은 존중했지만 이런 식이면 너도 후회하게 될 거야. 그리고 니들 다 아무렇게나 지껄이고 있는 것 같으니까 진정하고 각자 방으로들 가!"

야스민도 앤은 미동도 없이 서로를 노려보고 있었다.

"너 오늘 발언을 후회하게 될 거다."

야스민은 앤에게 쏘아붙인 후 방문을 쾅 닫고 들어갔다.

앤 역시 야스민이 들어가는 것을 노려보고 있었다.

다행히도 그날 이후로 야스민과 앤이 다시 부딪히는 일은 목격되지 않았다. 세 사람 모두 서로 마주치지 않기 위해 조금 더 주의를 기울이고 있었다.

하지만 플랫 안의 공기는 한층 더 싸늘해졌기 때문에 유민은 앤에게 찾아가 혹시 히터를 아예 잠갔냐고 물어볼 뻔했다. 이 빌어먹을 오스만식 건물은 200년 전 파리사람들에게 했던 것처럼 현대인들에게 거리의 추위를 그대로 집안으로 전달하고 있었다.

* * *

학교는 여전히 차갑고, 플랫에는 여전히 찬바람이 불지만 그나마 다행인 것은 거리의 카페들만은 이제 온열기를 틀어주기 시작했다는 점이었다.

찬바람이 견디기 힘들면 내부로 들어갈 법도 한데 프랑스인들의 테라스 사랑은 끝이 없었다. 날씨가 추워지니 카페들은 일제히 테라스에 있는 온열기를 틀고 손님을 유혹하고 있었는데, 빨간빛을 내는 온열기들이 천장에서 켜지면 모든 카페가 다 빨갛게 보였다. 사람들은 그 앞에 앉아 노곤하게 녹아내리면서 늘 그렇듯 에스프레소를 홀짝이며 지나다니는 행인들을 바라보고 있었다.

역 앞에서는 가끔 누군가 비스듬히 걸터앉아 기타를 치기도 하고, 아니면 파리지앙들이 나란히 앉아 담배 연기를 내뿜으며 누군가를 기다리고 있기도 했다.

유민은 여느 때와 마찬가지로 동네 작은 서점에서 산 소설책을 하나 들고 카페의 한쪽 구석에 앉아 녹차를 시켰다. 바로 옆테이블에는 카키색 체크 베레모를 쓴 노신사가 수첩에 무엇인가를 끄적이고 있었는데, 얼마 지나지 않아 그 신사는 다 마신 커피값을 계산하고 자리를 떠났다. 그 뒤편에는 어째선지 익숙한 얼굴형과 스타일의 동양 여자가 커피를 마시고 있었다. 그 여자역시 핸드폰을 바라보며 뭔가 집중하고 있는 얼굴이었는데, 유민의 느낌이 틀린 것이 아니라면 그 여성은 한국인이 분명했다.

이 현지인 가득한 동네에서 처음 만나는 한국인이었다.

유민은 다른 한국인이 있다는 사실에 속으로 반가워하며, 이웃 주민인 한국인이 방해받지 않고 커피를 즐길 수 있도록 관심의 눈빛을 거두기로 했지만, 계속 그쪽으로 눈이 가는 것을 막을수가 없다.

여자는 이제 노트북으로 무언가를 쓰고 있다. 학생인지 직장인인지, 프랑스에 온 지는 몇 년째인지, 직장인이라면 언어문제는 어떻게 해결하고 취직까지 성공할 수 있었는지, 이 집값 높은파리에서 이 사람도 누군가와 집을 나눠 살고 있는지, 나 같은문제가 생기면 어찌 해야 하는 건지, 이 사람은 답을 가지고 있을까?

녹차를 한 모금 들이켰다.

하지만 지난 몇 개월간 유민이 느낀 것이 하나 있다면, 그 누가 말해준다 한들 결국 가로질러 가는 길 같은 건 없다는 것이다. 언어의 장벽, 인종차별, 새로운 환경에서 직장을 갖는 것, 내 한 몸 누일 곳을 찾는 것은 누군가 자기 경험을 나눠줄 수 있을 뿐, 결국 직접 부딪히지 않고 해결하는 법은 없기 때문이다.

다시 또 녹차를 한 모금 마신다.

아니면 타국 생활의 어려움과 외로움을 공유하며 서로 한국 음식을 해 먹는 것도 좋을 것 같다. 생각해보니 누군가와 한식을 먹은 것도 까마득한 일이다. 안동찜닭. 안동찜닭이 먹고 싶다. 두꺼운 당면을 넣으면 더 맛있을 텐데.

아니면 대창이 먹고 싶다. 기름이 가득해서 매일 먹었다간 고지혈증으로 바로 죽을 수 있을 테니 대창을 먹을 땐 감자와 부추를 같이 구워 먹어야 한다. 하지만 여기선 먹기 힘들겠지.

엄마가 만들어준 봄동 무침과 도토리묵, 달래 된장국이 먹고 싶다. 사실 지금 제일 먹고 싶은 건 김치수제비국밥이다. 엄마의 특제 요리이자 할머니의 특제 요리이기도 했다.

아쉬운 대로 녹차를 마신다. 쌉쌀한 녹차 맛에 감칠맛 나는 국물맛이 더 그리워진다.

그런데 김치수제비국밥을 여기서 못할 이유가 뭔가. 고추장찌개도 액젓이 없어서 어디선가 산 베트남 생선 소스를 넣고 만들어 먹지 않았던가 (물론 앤이 냄새가 난다고 지적할까 봐 두려워하며 만들면서 온 방 안의 창문을 열어놓고 환기를 시키곤 했다.)

뒤편에 앉은, 한국인이 분명한 여자분께 혹시 한국 음식이 그립지 않냐고 물어본다면 어떨까? 같은 동네에 산다면 가끔 한국어로 떠들면서 서로 위안이 될 수도 있지 않을까?

그래, 여자분께 물어나 보자. 남자들은 모르는 여자에게 아무렇지 않게 데이트를 신청하기도 하니까. 못할 것도 없지.

하지만 여자분이 이제는 뭘 하고 있는지 확인하기 위해 뒤편으로 고개를 돌렸을 때, 그분은 이미 사라지고 없었다. 혹시나 하는 마음에 고개를 돌려 주변을 확인했지만, 그 여자분이 앉았던 자리에 남겨진 커피잔 외에는 아무것도 남아있지 않았다.

안타깝지만 괜히 처음 본 사이에 통성명하면서 다짜고짜 같이 밥을 먹자고 하는 게 미친 생각이었을지도 모른다. 어쩌면 그 여자분은 뜬금없이 밥을 먹자는 제안을 거절했을지도 모른다. 그럼 이웃 주민 사이에 서로 더더욱 불편해졌겠지.

유민이 쓴웃음을 삼키고 있을 때 산책을 마친 엘레나와 재스퍼가 나타났다. 우아하게 옆자리에 앉은 엘레나와 대화를 나누고 있을 때, 웨이터가 나와 남겨진 커피잔을 정리하기 시작했다. 유민은 웨이터에게 짧게 눈을 맞춘 후 영수증을 달라고 부탁했다.

웨이터가 미소를 지으며 말했다.

"오, 걱정하지 마요 마드모아젤, 아까 계시던 손님이 손님 찻값까지 계산을 하고 가지 뭐에요?"

"손님? 누가요?" 유민이 깜짝 놀라 물었다.

"아까 그… 뒤편에 앉아계시던 여성분이었는데, 서로 모르는 사이에요? 난 서로 아는 사이인가 했는데. 어쨌든 그분이 카운터로 직접 와 계산하면서 손님 것까지 계산해달라고 말하더군요."

"혹시 동양인?"

"네, 아름답고 고운 머릿결을 가진 분이셨는데." 웨이터가 다정하게 웃으며 덧붙였다. "모르는 사이였으면 그것도 로맨틱하네요, 그렇죠?"

"아… 그러네요."

유민의 흔들리는 눈동자를 보기라도 한 듯 재스퍼가 다시 볼을 내밀며 유민을 까만 눈동자로 바라보았다.

"사랑받고 있구나, 달링." 엘레나가 연기가 타오르는 담배를 한쪽으로 치우며 나른한 눈동자로 유민을 향해 찡긋거렸다. 유민은 눈물이 날 것 같은 마음을 누르며 웃었다.

그분도 유민을 보며 반가워하고 있었던 것이다. 다만 그분은 더 우아하게 친근감을 표시할 줄 아는 분이었다. 유민은 이름을 알 수 없는 낯선 한국 여성의 호의에 지난 한동안의 외로움과 향수가 씻겨져 나가는, 아니 그렇지 않더라도 최소한 위로받은 느낌이 들었다.

유민은 누가 볼 새라 고개를 돌려 재빨리 눈물을 닦아냈다.

고국에서 9,000km 떨어진 곳, 생김새도, 쓰는 언어도, 먹는 음식도, 생활 습관도 모두 다른 이곳에서 외로움을 느끼지 않는다면 그건 거짓말이다. 그리고 이렇게 힘들고 지치게 될 거라는 사실을 몰랐던 것도 더욱 아니다. 이미 떠나오기 전부터 알고 있었다.

이런 모험을 하려고 호기롭게 모든 것을 한국에 남겨두고 이곳으로 떠나온 것이 아닌가. 그저 이제는 직접 부딪히면서 이겨 나가야 할 뿐이다.

외로움은 자연스러운 일이다. 그걸 그대로 받아들이고 너무 자기연민에 빠지거나 동굴로 파고 들어가지 말자. 지금 이 순간 나뿐만 아니라 다른 이들도 각자의 마음을 다지며 살아가고 있다. 그리고 보이지 않지만 서로 응원해주고 있는 것이다. 그것만으로도 위안이 된다.

야스민도, 앤도 모두 가족도 친구도 없는 이곳에서 각자 고군

분투하고 있을 따름이다.

서로 공격하고 피해 다니는 건 우리가 이곳에서 기대한 삶이 아니지 않은가. 나도 이름 모를 한국 여성분에게 위로받았으니, 이번에는 내가 역시 플랫 친구들을 위로하자.

저녁에 초대하는 거야. 그리고 와인 한잔하면서 응어리를 풀도록 내가 중재해보자. 어쩌면 이 자존심 강한 두 애들은 마지못해 화해할 기회를 기다리고 있는 걸지도 모른다.

유민은 바로 야스민과 앤에게 각각 문자를 보냈다.

[오늘 저녁에 시간 돼? 내가 요리할 건데, 같이 먹지 않을래?]

문자를 보내놓고 발걸음을 옮겼다. 마침 오늘은 역 주변에서 주말 마켓이 서는 날이었다. 거기에서 뭔가 요리할 만한 재료와 와인을 살 수 있을 것이다.

점점 발걸음이 빨라지는 것을 느꼈다.

굉장히 오랜만에, 즐거움에 심장이 뛰는 것이 느껴졌다.

* * *

역 앞 시장은 일주일에 한 번씩 매주 토요일마다 차려졌다. 아침부터 사람들이 천막을 펼치고 그 아래에 부스를 차렸다. 천막은 역 앞 작은 거리가 시작되는 꽃집에서부터 한참 동안 이어져 있었는데, 그 아래에는 치즈를 파는 부스, 정육점같이 차려놓은 부스, 와인을 파는 부스, 과일 부스들이 다채롭게 자리하고 있었다.

게다가 중간중간에는 직접 조리한 음식-이를테면 케밥이나 작은 피자 같은 것을 즉석에서 주는 스낵코너도 있었는데, 그곳에서 흘러나오는 음식 냄새를 맡고 있자면 자신도 모르게 점점 더 발걸음이 느려지곤 했다. 치즈나 정육점, 타프나드(식전주에 곁들이는, 빵에 발라먹는 올리브로 만든 다양한 맛의 페이스트) 전문점들은 그 속에서도 몇 개나 있기 때문에, 정신을 차리지 않으면 길을 잃는 수도 있었는데, 다채로운 치즈와 식재료들을 보고 있자면 황홀해서 정신을 똑바로 붙잡고 있기가 쉽지 않았다.

오늘은 처음으로 정육 코너에 들를 생각이었다. 언젠가 레스토랑에서 오리 가슴살 스테이크(magret de canard)를 먹은 적이 있었는데, 단순한 양념이지만 그 풍부한 맛과 육즙에 놀란적이 있었다. 잘 구울 수만 있다면 오늘 저녁으로 너무 부담스럽지 않게 요리할 수 있을 것 같았다. 케밥과 피자들의 유혹을 이겨내며 손님이 많이 몰려있는 듯한 정육점 앞에 섰다.

앞에 놓인 진열장에는 닭고기, 소고기, 돼지고기뿐만 아니라 염소고기와 토끼고기까지 다양하게 전시돼 있었다. 먼저 와 있던 손님들은 차례로 필요한 고기들을 말하거나 손가락으로 가리키며 집으로 가져갈 고기들을 고르고 있었다.

무슨 얘기들을 하는 건지, 고기를 하나 고르는데도 손님들은 직원들과 한참 동안이나 대화를 나누며 토론하고 있었다.

"안녕, 필요한 게 있나요?"

차례를 기다리며 진열장을 바라보고 있을 때 그 앞으로 다가온 직원 하나가 말을 걸었다.

"아, 어… 오리 가슴살을 찾고 있는데요."

유민이 보이지 않는 오리 가슴살 푯말을 찾으며 말했다. 그리고 고개를 들어 직원을 바라보았다. 직원은 유민을 보며 환하게 웃고 있었다. 어딘가 낯이 익은 얼굴이었다.

"어, 당신은?"

오늘은 가죽 잠바가 아니라 가죽으로 된 앞치마를 두르고 있었지만, 그때 그 추모 행사에서 만났던, 그리고 그전에는 한국에서 파리로 오는 비행기에서 만났던 남자였다.

"안녕 아가씨, 오랜만이네."

남자가 진열장에 기대서서 팔을 올리고 유민을 바라보았다.

"잘 지냈어요? 그때 그 추모식에서 보고 처음이네요."

"네, 잘 지냈어요. 그쪽은요?" 유민이 대답했다.

남자가 싱긋 웃었다. "보시다시피. 잘 지내고 있죠. 여긴 어쩐 일이에요? 이 동네 살아요?"

"네 가끔 시장에 들렀는데, 여기서 일하는지는 몰랐네요."

"아 일주일에 이틀 파트타임으로 일하거든요, 이 회사는 다른 구에서도 점포가 있어서 로테이션을 돌다 보니 이 지역은 오랜 만에 오네요."

"아, 학교 다니면서 파트타임까지 하니 바쁘겠어요."

"그런 편이죠. 근데 재밌어서 괜찮아요." 남자가 어깨를 으쓱했다.

마지막으로 남자와 대화했던 건 그 추모식에서였다. 다른 대화는 기억나지 않지만 순진하게 국경으로 나뉘어 있으면 남북 연인들은 어디서 만나냐고 물었던 기억이 떠올랐다. 그리고 담배 연기를 내뿜으며 눈을 내리깔고 있을 때의 그 퇴폐적인 느낌. 그때의 그 분위기도.

오늘 만난 모습은 담배 연기와는 거리가 먼 앞치마 차림이었지만 그런대로 귀여운 데가 있었다.

"그래서, 오늘은 무슨 일로? 저녁 만찬이라도 만들 예정이에요? 미리 말해주는데, 이 앞에 있는 푯말들은 100g당 가격이니까 너무 많이 골랐다가 나중에 놀라지 말라구요."

남자는 살짝 윙크를 한 후 익숙한 몸짓으로 고기들을 가리키며 말했다.

"여기는 칠면조고, 돼지도 있고, 닭은 직접 농장에서 키우는 닭이에요. 키우는 것부터 도축해서 손질까지 다 여기서 직접 하는 거고. 오리도 있고."

"이건 뭔데요?" 유민이 작은 생닭을 가리켰다. 생닭처럼 껍질을 모두 벗겨 뽀얀 속살을 드러낸 모습, 그런데 다른 점이 있다면 얇은 나무 노끈으로 단단히 둘러싸여 있다는 점이었다.

"이건 푸아그라로 속을 채운 거세된 어린 닭이에요. 육질이 부드럽고 오븐에서 그대로 구우면 푸아그라에서 육즙이 새어 나와서 따로 양념을 할 필요가 없어요. 프랑스에선 고급요리로 통하는 건데, 만들기도 쉬워요."

"오븐에선 얼마나 오래 조리해야 하는데요?"

"한 40분? 그리고 내부를 꼬챙이로 찔러봐서 푸아그라가 다 익었는지를 체크해야 하는데, 한 번도 안 먹어본 거라면 그 부분은 좀 힘들겠네요."

남자는 다른 대용품을 찾기 위해 고민하는 듯 앞에 놓인 고기들을 이리저리 살폈다. 앞에 서 있던 손님들이 그토록 오래 대화를 하던 이유가 바로 이런 것이었는지도 모른다.

"사실 오리 가슴살 스테이크를 할까 했어요."

"오, 그것도 꽤 인기 많고 쉬운 요리 중 하나죠. 그것도 괜찮겠네요. 직접 요리할 거죠?"

"네."

"이 요리는 내부까지 다 익힐 필요는 없고 겉만 바싹 익히고 미디움 레어 정도로 익히면 충분해요. 보통은 그런데, 불편하면 웰던으로 구워도 상관없구요. 구울 때 소금을 살짝 뿌려줘요. 그리고 감자와 당근을 작은 조각으로 잘라 구워서 곁들여 먹어도 좋아요. 그리고 마무리로 생파슬리를 잘게 잘라 스테이크에 뿌려서 먹어도 아주 좋아요."

남자는 어떻게 요리하는지 설명하는 것 자체를 즐기는 듯했다.

"전문가네요. 손님이 궁금해하면 여기 있는 모든 고기를 어떻게 조리하는지도 다 설명할 수 있는 거에요?"

"여기 있는 고기들은 모두 다 설명 가능하죠."

남자가 싱긋 웃었다. 누구라도 이렇게 귀여운 남자가 열정적으로 설명해주면 아무리 비싼 고기라도 홀랑 사버리게 되지 않을까.

"사실은, 플랫 메이트들한테 요리를 해줄까 하거든요. 오리 가슴살 스테이크가 만들기도 쉽고 맛있어 보여서. 저까지 3명인데 어느 정도 사야 할지도 추천해줄 수 있어요?"

"한 사람당 한 덩이 정도면 충분하고도 남아요. 오늘 무슨 날이에요?"

"그냥요. 요즘 분위기가 좀 냉랭해서, 와인 한잔 먹으면서 풀어볼까 하구요."

그 말에 남자가 웃었다.

"파리사람 다 됐네요. 플랫 메이트들이랑은 안 싸우는 게 다행이에요. 특히 여기 애들은 동양이랑 달라서 다들 자기 멋대로 하고 사니까요."

"그러게 말이에요."

유민은 남자의 말에 동의하며 씁쓸하게 웃었다.

남자는 잠시 말을 끊고 유민을 바라보다가 다시 명랑하게 말했다.

"그래서 세 덩이 필요해요? 포장해줄까요?"

"네, 조언해 준 대로 요리해보고 다음에 맛있었는지도 말해줄게요."

유민이 씩 웃자 남자도 가볍게 눈을 맞추며 웃고 진열장에서 오리고기를 꺼내 반질거리는 종이에 오리를 포장했다.

남자가 포장된 오리고기를 건네며 다시 말했다.

"근데 비행기에서 한번, 추모식에서 한번, 그리고 오늘까지 우연히 세 번이나 마주친 건 좀 신기하지 않아요?"

"그러게요, 안 그래도 아까 처음 봤을 때 그 생각을 하긴 했죠."

"아무리 파리가 좁은 동네라지만 이렇게 계속 마주치기도 쉽지 않은데."

"그런가요?" 유민이 웃으며 남자에게 대답했다.

남자가 물었다.

"우리 언제 다시 만날 것 같아요?"

"글쎄요, 여름에 비행기에서 만나고, 지금 세 번째 만남에 벌써 겨울이 지나가고 있으니까, 운 좋으면 내년 봄? 게다가 만나는 장소도 매번 기상천외하니, 다음번 만남은 어디일지 상상도 안 되네요."

"이렇게 하는 건 어때요? 이렇게 세 번 만난 것도 인연인데, 우리 세 번째 만난 기념은 해야 하지 않겠어요? 안 그래도 저번에 뭔가 보고 그쪽 생각이 난 적이 있었는데, 직접 보여줄게요. 시간 많이 빼앗지 않을게요."

평소 같았다면 다음을 기약하자고 했을지도 모른다. 하지만 오늘 다른 한국인 여성분께 거절당할 뻔까지 했으니, 그런 슬픔을 이 귀여운 곱슬머리 프랑스 남자에게 똑같이 느끼게 해줄 필요는 없을 것 같았다.

"지금 방금 지어낸 거 아니구요?"

"아니 진짜라니까요? 그래서, 확인해볼래요?"

"좋아요, 그럼."

유민의 승낙에 남자가 활짝 웃었다.

"저녁 준비하기 전까지는 시간 있죠? 안 그래도 곧 시프트가 끝나거든요. 잠시만 기다려줄래요? 그리고는 같이 확인하러 가요."

"뭐, 좋아요. 안 그래도 와인도 한 병 사와야 하니까 시장 구경 마치고 있을게요."

"그럼 20분 후에, 길 초입 꽃집 앞에서 봐요."

"좋아요."

남자는 다시 보자는 말을 남긴 후 다시 기다리고 있는 다른 손님에게로 멀어졌다.

한 손에 종이로 잘 포장한 오리 가슴살을 가지고, 여기에 잘 어울리는 레드와인을 사러 와인샵으로 갔다. 와인샵에서도 역시 한참 동안 오늘 저녁 메뉴와 와인 취향에 대해 떠들어야 했음은 물론이다. 그 후에는 남자가 추천한 대로 감자와 작은 당근, 파슬리 한 단을 사고 돌아왔다. 20분은 금방 지나갔다.

4. 인생은 강물 같은 것

꽃집 앞에서 지나다니는 사람들을 바라보며 핸드폰을 확인했지만, 아직 야스민이나 앤에게서 연락은 없었다. 이 초조한 마음은 남자를 기다리면서 드는 마음일까, 아니면 답변이 없는 플랫메이트들 때문일까. 알 수 없는 일이었다.

핸드폰 시계가 3시를 알려주고 있었다. 적어도 6시에는 요리를 시작해야 할 테니까, 늦어도 3시간 내에는 다시 돌아와야 했다.

멀리서 남자가 다가왔다. 앞치마가 사라진 남자는 두꺼운 곤색의 긴 점퍼와 검은색 워커를 신고 있었는데, 그의 아무렇게나 헝클어진 곱슬머리와 어쩐지 잘 어울리는 것 같다.

남자는 다가와서 살짝 부끄러운 듯 미소를 지었다.

"와인은 샀어요?"

"네, 주인분이 오리와 잘 어울릴 거라고 추천해 줬어요."

"프렌치들은 와인 추천하는 걸 좋아하니까요, 갈까요? 근데 사실 아까 미리 안 물어봤는데, 고백할 게 있어요."

"뭐요?"

"내 오토바이 타고 갈 건데 괜찮아요? 혹시 오토바이 공포증이나 그런 게 있는 건 아니죠? 아니면 거부감이 있다든가. 아 헬멧은 두 개 있어요." 남자가 황급히 덧붙였다.

그러고 보니 두 번째 만났던 그 추도식에서도 남자가 곁에 헬멧을 두고 있던 것이 떠올랐다.

"아… 오토바이는 딱 한 번 타봤는데, 뭐 못 탈 것도 없죠. 운전만 조심해준다면야."

"아, 그건 걱정 마요. 10년 무사고니까. 게다가 손님까지 모시는 데 최대한 안전하게 탈게요."

유민은 이 남자가 도대체 오토바이를 몇 살부터 탄 건지 잠시 계산을 시작할 뻔했지만 그냥 모른 척 하기로 했다. 대신 미심쩍다는 표정을 하며 남자를 살짝 흘겨보았다.

"그건 그렇고 어디 가는데요?"

남자는 잠시 장난기 어린 표정을 지으며 말해줄지 말지를 잠시 고민했다.

"생뚜앙 시장이요. 근데 오늘 같은 그런 시장이 아니라, 좀 특별한 시장이에요. 파리 최대의 골동품 시장이거든요. 멀지 않아요. 여기서 한 10분?"

두 사람은 오토바이가 줄지어 서 있는 곳에서 멈춰섰다. 그의 오토바이는 검은색 베스파였다. 남자가 오토바이 바퀴에 걸어놓은 자물쇠를 풀면서 말을 이어 나갔다.

"얼마나 크냐 하면, 오늘 안에는 다 못 봐요. 그리고 전 세계 골동품 수집가들이 보물을 발견하러 오는 곳이라고 하면 상상이 되나요?"

"여기, 마드모아젤." 오토바이 뒤편의 수납공간에서 꺼낸 헬멧을 건네며 남자가 말했다.

"이 헬멧을 쓰고 턱 아래 끈을 잠그면 되는데, 할 수 있겠어요? 도와줄까요?"

유민은 말없이 헬멧을 받아들고 어색한 몸짓으로 머리에 쓰기 시작했다. 생각보다 꽤 내부가 꽉 조여서 헬멧이 양옆에서 볼살을 밀어내고 있는 것 같았다.

"끈… 끈이….."

헬멧 주변으로 손을 더듬거리고 있자, 남자가 가까이 다가와 직접 끈을 연결해주었다. 유민의 바로 앞에 서서 유민를 내려다보는 남자의 손이 유민의 턱에 와닿았다. 괜히 숨을 참아본다. 유민은 눈을 내리깔고 남자가 헬멧을 채울 때까지 잠자코 기다렸다.

"고글은 내려도 되고, 춥지 않으면 올리고 가도 괜찮아요."

남자는 헬멧을 뒤집어쓴 채 어색한 모양새로 서 있는 유민을 잠시 쳐다보며 웃다가 본인의 헬멧을 꺼내 썼다.

　"자 이제 올라타는 건데, 뒤에 있는 이 오른쪽 발판을 오른발로 딛고 올라서면서 반대편 다리를 넘겨 올려요, 그리고 손은 내 어깨를 짚고, 하나도 안 무거우니까 나한테 완전히 체중을 다 실어서 짚어도 괜찮아요."

　남자가 미리 말한 대로 어쩔 수 없이 거의 남자의 어깨를 있는 힘껏 지지하면서 오토바이에 올라탄다. 아주 잠시 남자를 따라오기로 한 것을 후회할 뻔했지만, 이미 늦었다.

　"잘했어요. 이제 내가 운전하는 동안 두 발을 그 발판들 위에 편안히 놓고 있으면 돼요. 그리고 떨어지기 싫으면 내 허리나 코트 꼭 잡아요."

　남자는 유민이 안정적으로 앉아있는 것을 확인하고 시동을 켰다. 오토바이가 경쾌하고 가벼운 엔진소리를 내며 앞으로 나갔다.

　파리 북쪽, 파리와 외곽도시의 경계가 되는 바로 그곳에 생뚜앙 시장이 있었다. 파리를 벗어나는 듯한 느낌이 들더니, 곧바로 동네의 분위기가 바뀌었다. 인도에 좌판을 늘어놓고 물건을 팔고 있는 사람들과 그 주변을 서성거리는 수많은 인파는 순진한 이방인을 무리에 끼워 주지 않을 것만 같은 분위기를 내뿜고 있었다.

"이 거리는 도둑 시장이에요. 걱정하지 마요. 여기 가는 거 아니니까."

유민의 침묵을 이해하기라도 한 듯 남자가 살짝 고개를 돌려 말했다. 왠지 위화감이 드는 거리를 지나치자, 새로운 거리가 나왔다.

첫 번째 거리에는 좁은 골목길 양옆으로 온갖 밀리터리 용품들이 가득한 상점들이 줄지어 있었다. 국방색의 군복부터 시작해서, 검은 군화, 어깨에 다는 패치들과 방한용품들까지 질서정연하게 정리되어 있고, 주변 사람들은 상점 안팎을 서성이며 필요한 것을 고르고 있었다.

밀리터리 거리를 지나니 온갖 조각상들이 가득한 상점들이 나왔다. 왠지 트레비 분수에서 볼 수 있는 것 같은 유럽스러운 조각상들부터, 어디서 가져온 건지 알 수 없는 불상들이 상점 내부를 차지하다 못해 바깥에까지 뒤섞인 채 놓여있었다. 남자는 불상으로 가득한 상점 옆의 작은 공터에 오토바이를 댔다.

"여기 오토바이를 대고 걸어갈 거예요. 이제 느낌이 와요? 이 안에서는 각자 섹션이 있어서 필요한 게 있으면 그 섹션으로 찾아가면 돼요."

"아 특이하네요." 유민은 편안한 표정으로 옆으로 누워있는 불상(크기가 3m는 족히 넘어 보이는)에 시선을 빼앗긴 채 말했다.

"오늘은 음악 섹션으로 갈 거예요. 이리 와요." 남자가 방향을 정한 듯 성큼 걸으며 손짓했다. 남자의 발걸음에 맞춰 걸으며 물었다.

"근데 여긴 자주 와요?"

"네 재밌잖아요. 가끔 신기한 게 들어왔나 구경하러 오기도 하고, 가끔 익숙한 디스플레이들 사이에 낯선 물건이 새로 들어올 때가 있어요. 그럼 이게 어디서 온 건지 주인들한테 물어보기도 하고. 근데 사실 저도 다 돌아본 건 아니에요. 그런 거 있잖아요. 이건 보물찾기 같은 건데, 보물찾기를 하면서 미지의 구역은 남겨두고 싶은 마음 같은. 그래서 조금씩 아껴두면서 점점 영역을 넓혀가고 있는 거죠." 남자는 신나게 말했다.

"그럼 지금까지는 어디어디 가봤어요?"

"아까 지나친 거리들이랑 가끔 아프리카 전통물품 섹션에 가기도 하고, 오늘 갈 음악 섹션으로 가기도 해요. 아, 고서적 코너도 자주 가고. 사실 무슨 섹션이 있는지 다 아는 것도 아니에요. 그것도 미지의 영역으로 남겨두면 새로 발견하는 즐거움이 있죠."

방금 막 두 사람은 기념주화 섹션을 지나고 있던 참이었다. 특이하게 생긴 코인을 하나 집어 들었다. '마리 퀴리 방사선 발견 기념주화', 1980년대 만들어진 주화였다. 마리 퀴리 부인을 기리는 집단이나 전문가들이라면 열광할 물건인 걸까? 이걸 사놓으면 나중에 어딘가 경매에 붙여질 수도 있지 않을까?

둘은 다시 나란히 걷기 시작했다.

"시장 중간중간에는 카페들도 있거든요. 가끔 주말 아침에 여기 카페에 와서 커피를 마시기도 하는데, 시장에 찾아온 사람들 구경도 재밌어요."

유민을 보며 웃는 남자의 오른쪽 뺨에 작은 보조개가 생겼다.

주변 풍경은 다시 바뀌고 있었다. 상점들의 유리 진열장 사이로 음악가들의 포스터와 거대한 축음기, 라디오 같은 것이 보이기 시작했다. 어떤 상점은 모든 벽면이 LP판으로 뒤덮여 있었다. 문 바로 옆 유리 진열장에는 오래된 LP 기구들이 진열되어 있었다. 그 아래는 짙은 빨강색의 벨벳이 깔려있었다. 벨벳 위에 조심스럽게 놓인 음향기기들에서 상점 주인의 애정이 느껴지는 듯했다. 상점 외부에는 온갖 기상천외한 음악용품들도 전시되어 있는데, 누군가 두들기다 버리고 간 듯한 캐스터네츠부터 하나로는 아무 음악도 연주하지 못할 차임벨 하나가 덩그러니 놓여 있는 경우도 있었다. 음악 섹션으로 들어온 것이 분명했다.

남자가 두리번거리며 말했다.

"그게 아직 팔려버리지 않았어야 할 텐데, 저기! 저기 아직 있네요! 이리 와요."

남자를 따라간 곳에는 상점 바깥에 놓인 피아노 한 대가 있었다. 이미 한 남자가 와서 피아노를 튕겨보고 있는 중이었다. 눈처럼 흰 가정용 피아노, 남자의 손가락을 따라 피아노가 음악을 연주해내고 있었다. 두 사람이 뒤편에 서서 남자와 피아노를 바라보고 있을 때 유민의 눈에 익숙한 표시가 보였다.

[YOUNG CHANG] 영창 피아노였다. 어렸을 때 유민의 집에도 피아노가 있었는데, 이 영창 피아노는 어떻게 저 멀리 파리 외곽의 골동품 시장까지 흘러들어오게 된 걸까. 이 피아노가 자기 운명을 미리 볼 수 있었다면 생뚜앙 시장에 있는 모습을 보고 깜짝 놀랐을지도 모른다. 그 긴 여정 동안 또 얼마나 다양한 사람들을 만나 온 것일까.

"한국에서 온 피아노에요."

유민이 피아노에 시선을 고정한 채 말했다.

"그럴 줄 알았어요."

"그걸 어떻게 알았어요? 한국에서 온걸?"

유민이 놀라 남자에게 물었다.

"나는 다른 걸 발견했거든요."

그때 피아노 소리가 멈췄다. 피아노 치던 남자는 만족한 듯 피아노를 마지막으로 한 번 더 튕기고는 옆에 놓여있던 악보 묶음을 집어 들고 떠났다. 홀로 남겨져 침묵하고 있는 피아노에 남자가 다가갔다.

"이거 봐요." 남자가 피아노 뒤편을 가리켰다. 남자가 가리킨 곳에는 펜으로 여러 번 두껍게 쓴 것 같은 글자가 적혀 있었다.

[유민에게] 한국어였다.

"이 글자를 발견했는데, 왠지 한국어처럼 보이길래 찍어서 확인해봤어요. 이거 그쪽 이름이죠?"

"내 이름인건 또 어떻게 알았어요?"

"저번에 이름 가르쳐 줬잖아요."

남자는 당연하다는 듯 대답하며 되물었다.

"그래서? 이 피아노 본인 거에요? 어린 시절 잃어버린 가문의 유산 같은 것에요?" 남자가 유민을 보며 웃었다.

"아뇨. 어린 시절에 집에 피아노가 있긴 했지만 다른 피아노 였어요. 갈색이기도 했고. 이 피아노가 여기 있는 걸 보니, 제 피아노도 아마 지금쯤 어디 칠레에 가 있을지도 모르겠네요."

순간 유민은 피아노가 진짜로 칠레 어느 골동품 시장에 가 있을지도 모른다고 생각했다.

어린 시절 바깥에 나가 지호와 놀지 않을 때면 유민은 피아노를 꽤 열심히 연습하곤 했다. 초등학교 4학년 무렵인가, 서울의 콩쿠르에 나가기 위해 손가락에서 피가 나도록 연습하던 때, 유민과 함께 밤새 함께 고생하던 피아노였다. 콩쿠르에 가까스로 입상하긴 했지만, 유민은 그때 처음으로 깨달았다. 내가 아무리 노력해도 안되는 게 있다는 것을. 노력 이상의 재능이 필요할 때가 있다는 것과 날 때부터 인생은 공평하지 않다는 것을 처음으로 뼈저리게 깨달은 때였다.

그래도 아빠는 오랜만에 집에 돌아올 때면 항상 유민에게 피아노를 연주해달라고 했었다. 곡을 마치고 돌아보면 아빠는 거실 소파에 비스듬히 앉아 유민을 바라보며 박수갈채를 보내곤 했다. 그러니까 피아노를 치는 것은 순전히 아빠를 기쁘게 해주기 위해서였다.

아빠가 사라진 후 피아노를 치는 것도 멈췄다. 피아노 건반은 항상 그 빨간색 벨벳에 덮여 육중한 나무문으로 오랫동안 닫혀 있었다. 마지막으로 피아노를 본 것은 고등학교 2학년 때였다. 이미 피아노를 끊은 지 오래됐지만 유민의 미련인지, 엄마의 미련인지, 아무튼 지금은 기억나지 않는 누군가의 미련 때문에 피아노는 계속 방 한쪽에 놓여있었다.

고등학교 2학년, 한참 공부하다가 주말에 정말로 오랜만에 피아노 문을 다시 열었을 때, 중간 건반의 '미' 부분의 소리가 나간 것을 발견했다. '미' 부분은 다른 건반들보다 손톱 하나만큼 아래로 푹 꺼져있었다. 너무 오랫동안 조율도 없이 그대로 놔뒀기 때문이었다. 그건 마치 이빨이 하나 나간 것 같은 모양새였다. 피아노는 늙고 병들어 버렸다.

그리고 어느 날 피아노는 그냥 사라져 버렸다. 엄마는 그저 골동품 업자가 피아노를 사 갔는데, 오래되고 관리가 안 돼서 싼값에 가져가 버렸다고만 말해주었다.

피아노는 어디에 갔을까? 만약 유민의 피아노가 칠레에 가 있다면, 정말 축하할 일이다. 정말로 활용 가치가 없어져서 불쏘시개로 생을 마감하는 것보다는 칠레에서 누군가의 손길을 기다리며 새 삶을 준비하는 것도 나쁘지 않겠지.

유민은 앞에 놓인 피아노를 튕겨보았다. 청량한 소리가 났다.

"피아노를 아예 안친지도 10년이 넘어서, 아무것도 기억이 안 나네요."

유민은 잘 움직여지지 않는 손가락, 퇴화되어 버린 피아노 근육을 여실히 느끼며 말했다.

"이 피아노 주인이 아니라니 안타깝네요. 잃어버린 피아노를 찾아주는 편이 더 극적이었을 텐데."

유민은 남자를 바라보며 웃었다. 남자가 피아노의 뒤편에 적힌 한국어를 발견하고는 마치 고대 상형문자를 발견한 듯한 기분으로 해석하고 있었을 모습을 생각하니 자기도 모르게 웃음이 났다. 이 남자는 정말이지 특이한 사람이었다.

남자는 유민이 피아노를 어색하게 튕길 때부터, 아직까지도 드문드문 기억하고 있는 어떤 곡조를 연주할 때까지 옆에 서서 기다려주었다. 마지막에는 유민 역시 아까 피아노 치던 남자와 마찬가지로 만족스러운 표정을 지으며 피아노에서 손을 거뒀다.

"취미가 뭐예요?" 남자가 물었다.

"글쎄요. 드라이브하기, 여행하기? 영화 보기…?"

"그림을 그리거나 글을 쓰는 거나, 악기를 연주하는 건?"

"그림은 완전히 젬병이고, 악기는 피아노를 마지막으로 그만뒀어요. 그냥 그림을 보고 연주를 듣는 게 좋아요."

"그럼 뭔가 표현하고 싶을 때는 어떻게 하죠?"

상점과 상점 사이의 빈 공간으로 들어섰다. 남자는 조용히 담배에 불을 붙였다.

"표현이라니 뭘요?"

"누구나 자기가 생각하는 삶의 방향이랄지, 일상에서 자기가 느끼는 감상 같은게 있잖아요. 그 감상을 자기식대로 표현하고 싶을 때는 그럼 어떻게 해요?"

"꼭 표현을 해야 하나요?"

"표현하지 않아도 괜찮아요?" 남자는 의아하게 물었다.

일상의 감상을 어떻게 표현하냐고? 일상으로 따진다면 지금까지의 일상은 퇴근과 출근을 반복하기에 급급했고, 어떤 감상 같은 게 있을 겨를 따위가 없었었다. 그런 일상에서는 별로 떠오를 감상 같은 것도 없었다. 한국의 직장인에게 그런 표현과 발산의 기회와 정력이 남아있을 리가.

"나를 즐겁게 하는 일을 취미라고 부를 수 있다면, 굳이 발산하지 않아도 되는 거잖아요. 사실 한국에서 회사를 다닐 때는 평일에는 일하느라 바쁘고, 주말엔 지쳐서 누워있기만 해도 충분했어요. 너무 지쳐서 그 시간을 또 쪼개서 내가 뭘 더 창조하고 발산한다는 건 상상을 할 수가 없거든요. 그저 누군가 만들어 놓은 걸 보는 것만으로 충분했어요."

"근데 돈을 벌기 위한 활동만으로 지쳐버려 아무것도 할 수 없다면 그런 삶이 의미가 있을까요?"

남자는 담배 연기를 뱉으며 말했다.

유민은 남자의 말을 기다리며 남자를 바라보았다. 남자도 유민의 시선에 맞춰 유민을 바라보았다.

"어렸을 때부터 생활비는 항상 내 손으로 벌어 썼거든요. 여러 가지 일을 해봤지만 다 새로운 경험이었고 많이 배웠어요. 그런데 그 일이라는 것이 내 삶을 옥죈다고 생각하면 그 일이 정도 가치가 있는 일인지 고민해 봐야 하지 않을까요? 세상에는 얼마나 많은 일들이 있는데, 인생을 희생하면서까지 그걸 참아내고 버틸 필요가 없잖아요."

남자가 말했다.

"그럼 그쪽은 무슨 일 하고 싶은데요? 나중에?" 유민이 물었다.

"나는 인생이 강물 같은 거라고 믿어요. 강물은 높은 곳에서부터 시작해서 특이한 지형이나 방해물을 만날 때마다 행로를 조금씩 바꿔가면서도 결국 바다가 있는 아래로 흘러 내려가잖아요. 누구도 강물이 바다를 향해 직선으로 흐르지 않는다고 뭐라고 하는 법도 없고, 그렇게 강물의 흐름을 일부러 바꾸는 것도 쉽지 않죠. 우리는 그저 가는 방향에 대한 확신을 가지고 중간에 멈추지 않으면서 내가 할 수 있는 것을 하면서 살면 돼요."

"바다가 최종 목적지인가요?"

"그런 셈이죠. 결국 바다에서 모두 만나게 되겠죠? 어차피 모든 사람의 인생은 다 다르게 흘러가는데, 흘러가면서 주변의 자연도 구경하고, 중간에 놀러 온 짐승들이랑 대화도 좀 하고, 더 많이 굽이굽이 구경다니면서 흘러가는 게 급하게 달려 제일 먼저 바다에 도착하는 것보다 낫지 않을까요?."

유민은 가만히 생각에 잠겨있었다. 너무 일찍 바다로 가버린 아빠가 생각났다. 그리고 60살에 죽기로 한 자신의 계획을 떠올렸다. 그렇다면 유민의 마지막은 절벽을 만나 바다로 떨어져 내리는 폭포 같은 것일까?

"당장 미래에 뭐 할건지 정하지는 않은 거라면, 그럼 그쪽의 인생의 방향은 뭔데요? 방향은 있어야 하잖아요."

"나는 글을 쓰고 싶어요. 글을 쓰는 게 내 열정이라고 느꼈거든요. 사람들을 감동시킬 수 있는 글을 쓰는 게 내 목표고, 그 길로 가다 보면 뭔가 할 일도 연결되지 않을까요?"

목재 책상에 앉아 글을 쓰고 있는 그의 모습을 상상하니 퍽 잘 어울렸다.

상념에 잠긴 턱과 그 옆으로 내려오는 곱슬머리와 담배를 쥐고 있는 얇고 하얀 손이 그랬다. 역시 남자는 시장의 가죽으로 된 앞치마보다 햇볕이 내리쬐는 창가에 앉아 사각거리며 글을 쓰는 모습이 더 잘 어울리는 듯 보이는 사람이었다.

"당신은요?"

"저는, 글쎄요. 인생이 강물이라면 난 언제 바다로 가야겠다는 생각만 있을 뿐인데요. 근데 이것도 이것 나름대로 괜찮아요. 더 무모하게, 더 크게 생각할 수 있거든요. 가다가 물이 말라버리거나 이상한 골짜기로 빠지지 않을까 걱정하지 않아도 되구요."

남자가 조용히 담뱃불을 껐다.

"집을 벗어나서 먼 곳까지 와서 열심히 적응하고 사는 것만으로도 유민 씨의 강물은 잘 흘러가고 있다는 것 아닐까요? 여기서 사람들을 만나고 경험하다 보면 그다음은 또 자연스럽게 흘러가게 될 거에요."

남자는 다정한 표정으로 조용히 유민을 바라보았다. 그의 눈빛에는 따뜻함이 있었다.

이상한 하루였다.

이름도 모르는 한국인에게 받은 무언의 위로, 새 삶을 기다리는 고국에서 온 피아노, 그리고 한국에서부터 유민을 따라 들어온 것만 같은 프랑스 남자의 격려까지.

그러나 안타깝게도 플랫 메이트들의 밤은 성사되지 않았다.

유민이 남자의 눈을 바라보며 이미 플랫 메이트들의 평화협상은 뒤로 조금 미뤄도 괜찮지 않을까 하는 생각을 하고 있을 때 야스민에게서 연락이 왔다.

[난 오늘 저녁 약속이 있어서, 다른 날 꼭 잡아보자!]

그리고 곧 앤 역시 다음에 보자는 거절의 문자를 보내왔다.

"아, 오늘 플랫 메이트들이 다 선약이 있나 봐요. 오리 스테이크를 괜히 넉넉하게 샀나 봐요."

"그래도 우리한텐 다행이네요, 급하게 들어갈 필요가 없어졌으니까요." 남자가 덧붙였다.

둘의 눈이 마주쳤다. 둘은 아무 말 없이 자연스럽게 대화를 멈추고 서로를 바라보고 있었다. 시장 한가운데, 사람들은 분주하게 둘을 지나치고 있었지만, 그 한 가운데는 묘한 긴장감이 흐르고 있었다.

당장이라도 빨려들 것 같은 눈으로 남자가 유민을 바라보고 있었다. 조용하지만 격정적인 침묵을 깬 것은 남자였다.

"저녁 일정도 비어버렸는데, 나랑 더 있어 줄래요?"

남자의 웃음을 보고 유민은 자신도 모르게 따라 웃었다.

"이제 어디 갈 건데요?"

"어디 가고 싶은데요?"

"어디든!"

둘은 광활한 바다에서 보물을 찾으러 다니는 해적들처럼 생 뚱앙 시장을 휘젓고 다녔다.

고서적이 내뿜는 오래된 종이 냄새로 가득한, 1800년대에 출 판된, 나무로 된 책 커버가 세월을 따라 이리저리 해진 책도 발 견했다. 책은 다른 100년도 더 된 책들 사이에서 아무렇게나 꽂 혀있었다. 우연히 집어 든 어떤 책은 남아메리카부터 아이슬란 드, 그리고 히말라야까지 이어지는 200년 전 어느 영국 귀족의 여행기였다. 상점 주인은 여기 있는 책들만큼이나 오래된 것 같 은 먼지떨이로 책장들의 먼지를 털어내면서 둘을 이따금씩 힐끔 쳐다보곤 했다.

책들로 가득한 거리를 지나치자 영화에서나 본 것 같은, 프랑 스 제국의 궁중 의상 같은 화려한 드레스들과 깃털 달린 모자들 이 전시되어 있는 의복 거리가 나왔다. 남자는 의상에 관해 아 는 바를 설명해 주려고 노력했지만, 유민이 화려한 의상들에 완 전히 매료되어 듣는 둥 마는 둥 하자 이내 설명을 포기하고 같이 구경이나 다니고 있었다.

어느덧 하늘은 서쪽에서부터 붉게 물들어가고 있었다. 붉게 물든 불빛이 상점가의 유리에 반사되어 주위를 온통 물들이고 있었다.

"제안할 게 있는데요, 아니. 부탁인가?" 유민이 입을 뗐다.

"뭐요?"

유민은 아주 짧은 시간이지만 잠시 주저하다 말을 이어 나갔다.

"내 오리 스테이크, 그쪽이 요리해주면 안 돼요?"

* * *

남자는 능숙하게 팬을 데우고 오리 스테이크를 요리했다. 오리 스테이크 위에 고체 기름을 붓자 지글거리는 소리가 집안에 가득 퍼졌다. 둘은 남자가 요리한 오리 스테이크에 구운 감자와 당근, 파슬리를 곁들여 먹었다.

둘은 저녁 식사가 끝난 후에도 그대로 앉아 수많은 이야기를 나누며 와인 한 병을 다 비웠다. 살짝 취기가 오른 것을 느끼며 마지막 와인잔을 비워냈다.

"그래서, 아시아 여행은 왜 한 거에요?"

남자가 와인을 홀짝이곤 말했다.

"그냥요. 여기서 제일 멀고 제일 이질적인 곳으로 가보고 싶었어요. 그래서 한중일 3국으로 가보기로 한 거죠."

"그래서 여행해보니 어땠어요?"

"처음에는 중국 우한으로 갔어요. 파리에서 친해진 중국 친구 하나가 거기 출신이었거든요. 중국은 특이하게 도시를 갈 때마다 파리에서 만난 중국인 친구들의 지인이 맞이해줬는데, 그 친구들이 거의 도시 가이드처럼 챙겨줘서 정말 행복하게 여행했어요."

"그리고는 일본?"

"그리고 일본. 딱 그때 삼촌이랑 사촌 동생이 일본으로 오기로 돼 있어서 도쿄에서 만났어요. 도쿄와 오사카, 교토까지 돌고 왔는데, 정말이지 정갈하고 아름다운 곳이었어요. 한국에선 친구 몇 명이 교환학생 중이었거든요. 그래서 그 친구들을 만날 겸 일본에서 건너갔어요. 서울이랑 서남부 지방의 어느 어촌에도 들러서 어부의 집에서 머물기도 했는데. 그런데 3개국 중에 한국이 제일 좋았어요."

"왜요?"

"자연경관도 아름답고, 친근하고, 역동적인 느낌이 들어서요. 그리고 사람들이 강하고 똑똑한 게 느껴져서요."

남자가 유민을 살짝 쳐다보곤 덧붙였다.

"생각해보니까 이건 유민 씨 영향이 살짝 있었는지도 모르겠네요. 유민 씨를 처음 비행기에서 봤을 때부터 느껴졌거든요. 뭔가 강하고 결연한 느낌. 근데 이상하죠? 무슨 사연이 있는지, 어떤 배경이 있는지 전혀 모르는 사람인데, 이 사람에게서 첫눈에 강한 의지가 느껴진다는 게. 그래서 나도 이상하다고 생각했어요. 그래서 뭔가 특이하다고 생각하고 말았는데, 두 번째로 그 추모식에서 만나게 된 거죠."

"아, 거기에 간 것도 우연이었는데."

"그래서 다시 본 순간 말을 걸어야겠다고 생각하고 다가간 거에요. 사실 번호를 물어볼까 했었는데, 그때는 그럴 분위기가 아닌 것 같아 관뒀거든요. 그리고 이상하게 또 만나게 될 것 같다는 생각이 들어서. 그러다 나중에 생뚜앙 시장에서 그 피아노를 발견하곤 그냥 그때 물어볼 걸 엄청 후회했어요."

남자가 씩 웃었다.

"근데 오늘은 꽤 적극적이었네요."

"시장에서 유민 씨를 본 순간 오늘은 그냥 헤어지지 말아야겠다고 생각했어요. 그거 알아요? 사실 오늘 근무 시간이 더 남아 있었는데 보스한테 말해서 그냥 일찍 종료했어요. 그런데 플랫메이트들까지 도와줬으니 오늘은 운이 좋았죠."

남자는 이런 이야기를 전혀 개의치 않는다는 듯 줄줄 설명하고 있었다.

"원래 이렇게 거리낌 없이 막 자기 감정을 공개하고 그래요?"

유민의 물음에 남자가 피식 웃었다.

"감정을 마음껏 표현하고 살기에도 인생은 너무 짧으니까요."

유민은 빈 와인잔의 기둥을 괜스레 만지작거리고 있었다.

"그래서, 그쪽은요? 나한테 관심 없었어요?"

고개를 들어 남자를 바라보았다. 여전히 유민을 바라보고 있었다.

관심이야 많았다. 두 번째 만남 이후로 유민 역시 우연히 마주치기를 바란 적이 있었다.

"관심이… 없었다고 할 순 없죠."

"그럼 그쪽도 내가 보고 싶었단 뜻이네요."

"그게 그렇게 되는 건가요?"

남자의 손이 와인잔 주변을 방황하고 있는 유민의 손에 닿았다.

"난 많이 궁금했거든요." 남자가 말을 이었다.

"유민 씨도 같은 생각이었다니 다행이네요."

남자의 손을 느끼며 유민이 갈팡질팡하는 마음으로 말했다.

"아, 오리 스테이크 맛있었어요. 이제 밤도 늦었으니 가봐야겠어요."

유민이 남자의 손과 닿은 손을 스르륵 빼고 자리에서 일어나자 남자도 따라 일어났다.

자리에서 일어나서 코트를 찾고 있을 때 남자가 말했다.

"가야 해요?"

남자는 어느새 가까이 다가와 있었다.

유민보다 머리 하나는 더 큰 남자가 가까이에서 유민을 내려다보며, 손가락으로 유민의 턱을 받치고 자기 쪽으로 부드럽게 올렸다.

"나랑 같이 있어요."

남자는 천천히 더욱 가까이 다가왔다.

남자의 입술이 유민의 입술에 닿았다. 이제는 남자의 숨결이 유민의 숨결과 섞이고 있었다.

"프렌치 키스해봤어요?"

유민은 시선을 내려 남자의 입술을 바라보았다가 다시 남자를 바라보았다. 입술과 입술이 닿았다가, 남자의 혀가 조심스럽게 들어왔다. 유민 역시 거부하지 않았다.

남자의 큰 손이 유민의 목덜미를 움켜잡는 것이 느껴졌다. 남자의 손가락이 스르륵 움직여 유민의 머리칼을 만지는 것이 느껴졌다. 키스는 부드럽게 시작해서 점점 거칠어졌다.

유민은 잠시 입을 떼고 물었다.

"내가 당신이랑 키스한 몇 번째 한국인이에요?"

남자가 피식 웃었다. "쉿!"

남자가 다시 거칠게 키스했다. 남자와의 키 차이 때문에 유민이 고개를 들고 있자 남자는 유민이 힘들지 않게 몸을 돌려 들어왔다. 유민은 어느새 남자의 팔 안에 안겨있었다.

손에 닿는 남자의 등 근육이 느껴졌다. 남자의 손이 유민의 등과 허리를 타고 내려가기 시작했다. 남자는 키스를 하면서 유민을 들어 침실로 들어갔다.

침대 앞에 서서 둘은 다시 가까워졌다. 남자가 몸을 더욱 밀착한 채로 유민의 스웨터 안으로 손을 넣었다. 자신의 손이 유민의 맨살에 닿자, 남자는 조심스럽게 유민의 허리와 등을 쓰다듬으며 키스한 후 잠시 얼굴을 떼고 유민을 바라보며 스웨터를 벗겨냈다.

스웨터가 벗겨지며 맨살을 드러냈다.

"완벽한 몸이네요."

남자가 살짝 움츠러든 유민을 안고 키스하며 말했다.

남자도 역시 입고 있던 옷을 벗어 던졌다. 남자의 몸이 드러났다. 군살 없는 단단한 몸매. 그의 곱슬머리는 마치 그를 그리스 조각상처럼 보이게 했다. 둘 사이에는 이제 아무것도 없었다.

남자가 유민을 눕히고 침대로 파고들었다. 남자의 입술이 귀에서 목으로, 가슴으로 내려와 부드럽게 머금었다. 남자의 손가락이 조심스럽게 몸을 타고 내려가 아래에 닿았다. 남자의 손가락이 부드러운 듯 거칠게 움직였다. 오랜만에 느껴보는 느낌에 자신도 모르게 신음이 흘렀다.

"쉿!" 남자는 조용히 입을 막으며 움직였다.

남자의 부드러운, 하지만 강압적인 태도에 신음소리를 내지 않으려고 노력했지만 소용없었다.

남자가 안으로 들어오자 유민은 자신도 모르게 짧은 신음을 흘렸다.

"쉿!" 남자는 유민의 입을 막으며 조금씩 조금씩, 하지만 지속적으로 더 깊게 들어오고 있었다. 버거울 만큼 꽉 찬 느낌, 지금까지 느껴보지 못했던 느낌이었다.

유민은 자신도 모르게 남자에게 더 가까이 가기 위해 허리를 들었다. 남자는 유민의 엉덩이를 움켜쥐었다. 남자의 움직임에 따라 유민의 몸도 함께 움직이고 있었다. 유민은 남자를 더 깊이 받아들이기 위해 남자에게 파고들었다.

"Ah, Putain!"

남자가 외쳤다. 둘은 절정에 다다를 때까지 거칠게 움직였다.

두 사람은 그날 밤 몇 번이고 다시 서로를 탐닉하다가 어스름하게 해가 밝아올 때가 되어서야 잠들었다.

알 수 없는 인기척과 밝아오는 햇살을 느끼며 살며시 눈을 뜨자 남자가 유민의 곁에서 유민을 빤히 쳐다보고 있는 것이 보였다.

"아 깜짝이야!"

"일어났어요?" 남자가 신난 목소리로 대답했다.

"오렌지 주스 줄까요?"

물론 어제 그렇게 몸을 섞긴 했어도 아침 댓바람부터 이렇게 신나게 인사하기엔 뭔가 민망할 법도 한데 남자는 전혀 아무렇지도 않아 보인다.

남자가 부엌으로 나가는 것을 보며 유민도 얼른 저 구석에 떨어져 있는 속옷을 집어 챙겨입고 다시 이불 속으로 들어가 누웠다. 남자는 쟁반에 오렌지 주스와 서양배 자른 것을 가지고 방으로 들어왔다.

"뭘 좋아하는지 몰라서, 커피도 있는데."

그가 쟁반을 건네며 말했다.

"이거면 충분해요. 고마워요."

"토스트? 토스트 해줄까요?" 그는 신나 보였다. 아무래도 뭔가 더 해주고 싶어 하는 것 같으니 유민도 얼른 대답했다.

"아 네 그럼, 감사해요."

남자는 부엌으로 나가는 듯하더니 곧장 다시 들어와 유민에게 키스를 퍼붓고 너무 아름답다고 몇 번이고 말한 후 사라졌다. 유민은 남자를 기다리며 다시 이불을 가슴팍까지 올리고 누워 천장을 바라보았다.

시선을 돌려 침실을 천천히 돌아보았다. 낮은 침대에 오렌지색 이불, 아이보리색 벽에는 그림 여러 개가 붙어있고, 책으로 가득 찬 책장 한 칸은 오래된 LP판들이 함께 꽂혀있었다.

그러고 보니 그 옆 작은 테이블에는 귀엽게 생긴 LP 음향기가 놓여 있었다.

부엌에서 부산스럽게 움직이는 소리, 그릇이 달그락거리는 소리가 침실까지 들어와 다시 정신을 깨웠다. 집이 아니라 다른 남자 집에서 눈을 뜨게 될 거라고는 상상하지 못했는데, 앤과 야스민은 내가 간밤에 집에 들어오지 않은 걸 알고 있을까? 알아도 달라질 것은 없었다. 우리는 꽤나 서로의 사생활에 무관심한 편이라, 외박에 대해선 서로 묻지도 관심 가지지도 않기 때문이다.

물론 가끔은 그 무관심이 불안정하게 느껴질 때가 있었다. 가끔 유민은 자신이 술에 취해 비틀거리다 센 강에 빠져 변사체로 발견되고 있는 순간에도 플랫 메이트들이 유민에게 무슨 일이 일어났는지 짐작조차 못한 채 자고 있는 상상을 하곤 했다.

유민은 핸드폰의 행방을 찾기 위해 고개를 들어 주변을 살폈다. 침실에는 없는 것이 분명했다. 하지만 핸드폰을 찾으러 가기 위해 부엌과 연결된 거실로 나가는 것은 좀 참아보기로 했다. 핸드폰을 포기하고 나자 다른 생각이 몰려왔다.

보통 이럴 때 프랑스에서는 어떻게 되는 걸까? 그냥 아무렇지 않게 아침을 먹고 집을 나가면 되는 건가? 한국에서처럼 우리 이제 어떻게 할까요? 하고 묻는 것도 왠지 마땅치 않았다.

물론 한 번 잤다고 관계의 행방을 묻는 것은 이제 한국에서도 고루한 일인데다가, 유민 역시 이 관계를 어떻게 해야 할지 전혀 감이 오지 않기 때문이다. 역시 감사히 아침이나 받아먹고 최대한 빨리 이 집에서 나가는 게 좋겠다는 생각에 다다를 무렵 남자가 방 안으로 들어왔다.

"고마워요."

"고맙긴요, 배고팠죠?" 남자가 환하게 웃으며 말했다. 남자가 가져온 접시에 놓인 토스트를 집어 들고, 덜어놓은 잼들을 조금씩 발라 맛보기 시작했다. 혼자 살면서 잼을 세 종류나 구비해 놓고 살다니 확실히 먹는데 열정적인 타입이 분명했다.

"잼 맛있네요."

"고향에서 보내준 잼이에요. 어머니가 항상 뭔가 만들어 보내 주는 걸 좋아하시거든요. 항상 끝까지 못 먹는 게 문제지만."

"고향이 어딘데요?"

"몽펠리에요. 저 남쪽에 있는 도시라 들어본 적 없을지도 모르겠는데."

"남부 사투리가 하나도 없는데요?"

"네, 근데 우리 부모님이 얘기하는 거 들으면 깜짝 놀랄걸요. 엄청나게 강한 사투리거든요."

"근데 어떻게 본인은 사투리가 없어요?"

"글쎄요, 파리에 온 지 오래돼서 그간 말투가 많이 여기에 맞게 바뀌기도 했고, 그리고 우리 세대는 사투리를 원래부터 그렇게 심하게 쓰진 않았거든요."

잠시 대화가 끊긴 동안 유민은 토스트를 다시 베어 물으며 마치 아무 일도 일어나지 않은 양 대화를 나누고 있는 것에 어색함을 느꼈다. 남자가 천천히 다가와 유민이 앉아있는 침대맡에 걸터앉았다. 남자는 유민의 머리카락을 잠시 장난스럽게 손가락으로 건드리다 가볍게 뺨을 어루만졌다.

"어젯밤은 정말 좋았어요."

"나두요."

"진심으로 이렇게 예쁜 몸은 정말 오랜만에 봤어요. 보자마자 정말로 참기 힘들었어요."

남자가 유민을 바라보며 미소 지었다. 남자의 머리카락에 창문에서 들어온 햇빛이 와닿았다. 곱슬머리가 반짝였다. 유민이 남자를 바라보며 씨익 웃어주고는 다시 토스트를 집어 한입 물었다.

"근데 나 뭐 물어봐도 돼요?" 토스트를 우물거리며 물었다.

"뭐든지."

"웃긴 질문일 수도 있는데, 그… 본인 크기가 프랑스 평균 크기에요?"

"뭐요?"

"그 본인 크기가… 거기… 그게 프랑스 평균인 건지 궁금해서… 프랑스에선 그 부분을 바게트라고 한다면서요… 그럼 평균이…."

유민은 이해를 돕기 위해 손가락으로 아래를 가리켰다. 어젯밤 처음 맞이한 초면에(?) 이런 질문을 하는 게 미친것처럼 보일지도 모르겠지만 유민은 지금 거실에 있을 핸드폰의 행방만큼이나 그게 궁금했다. 게다가 몸까지 섞은 사이에, 물어보지 못할 것도 없지.

"아, 내 페니스?"

유민이 눈썹을 올리며 긍정의 표시를 보냈다. 그가 웃음을 터뜨렸다.

"글쎄요, 다른 남자들 걸 보는 취미가 없어서 잘 모르겠는데, 그래도 이 정도면 평균 이상은 되지 않을까요? 근데 왜요. 맘에 안 들었어요?"

"아뇨 반대에요. 너무 좋았어서."

유민이 씨익 웃자 그가 씩 웃으며 다시 다가왔다.

"지금 다시 유혹하는 거에요?"

"아아 아니 그런 게 아니라."

유민이 손사래를 치고 있을 때 남자는 유민이 다리 위에 얹어 놓은 접시들을 살짝 끌어당겨 침대 테이블로 옮기며 유민의 입술에 입을 맞췄다. 남자가 입술을 가볍게 맞춘 후 말했다.

"유혹하는 거네."

"읍 아니 그게 아니고." 그가 다시 다가와 입술을 맞췄다. 남자의 입술은 다시 입술을 지나 목으로 내려왔다.

"거짓말." 남자가 키스하며 한 손으로 유민의 머리를 부드럽게 감아왔다.

그가 다시 몸으로 파고들었다. 어제와는 다르게 부드러운 손짓으로 유민의 몸을 감싸고 있던 속옷들을 다시 하나씩 벗겨내고 있었다. 유민도 그의 등을 팔로 감아 안았다. 몸을 건드리는 남자의 손길에 다시 전율이 흘렀다.

5. 너의 휠체어를 내가 끌어줄게

그는 유민을 fleur(꽃)라고 불렀다.

언젠가 유민이 프랑스 사람들이 자신의 이름을 어려워한다고 고민하며 프랑스식 이름을 하나 추천해달라고 했을 때 그가 생각해 낸 것이었다. 흔한 이름 중 하나였지만 어쩐지 자신을 꽃이라고 부르기가 민망해진 유민이 결국 그 이름을 쓰지 않기로 한 이후에도 그는 주변인들에게 유민을 소개할 때마다 그녀를 fleur라고 부르기 시작했던 것이다.

두 사람은 자연스럽게 매일 연락하고 시간이 날 때마다 만날 틈을 찾기 위해 노력하기 시작했다. 제이미의 학교도 유민의 학교와 마찬가지로 학생들로 가득한 라탕지구에 있었기 때문에, 두 사람은 자연스럽게 주변 센 강의 둑에 앉아 함께 샌드위치로 점심을 때우곤 했다. 유민은 그날 학교에서 일어난 이야기들, 아시아 친구들의 분투기, 학생들 간에 여전히 보이지 않는 차별에 대한 불만 따위들을 털어놓곤 했다. 제이미는 누구에게나 친근하고 편견 없는 스타일이었지만 유민이 들려주는 이야기들에 크게 놀라지도 않았다.

"내 친구 중에도 인종차별적인 농담을 재밌다고 하는 애들이 없지 않지, 하지 말라고 했는데 본인들한테 직접 하는 게 아닌데 어떠냐면서 넘기더라고. 멍청하고 거만한 사람들은 어디에나 있어. 파리사람들 중에는 같은 프랑스인한테도 파리 출신이 아니면 대놓고 비웃는 사람들도 있다구. 그런 사람들은 어차피 지나가는 수많은 사람 중에 하나니까 거기에 상처받을 필요 없어. 그렇게 내 마음을 써줄 만큼 가치 있는 사람들이 아니거든."

제이미가 능숙하게 바게트를 반으로 가르며 말했다. 겉을 누르면 공기가 통하면서 바삭바삭한 소리를 내는 좋은 바게트에, 방금 길거리 시장에서 사 온 햄과 치즈를 넣는 것만으로도 훌륭한 점심 식사가 되었다.

"넌 이해 못 해. 가끔 멍청한 놈들을 만나는 거랑 처음부터 이방인으로 배제되는 거랑은 데미지의 크기가 다르다구. 근데 니 말도 좋아. 좋은 사람들은 어디에나 있으니까. 그 사람들이랑 더 잘 지내면 되겠지!"

"그래, ma fleur(나의 꽃)." 그가 샌드위치를 건넸다.

강변에서의 점심은 낭만적이지만, 파리의 낭만도 매서운 겨울 바람을 완전히 막아주는 못했다. 유민은 그의 가까이에 붙어 바람을 피하며 뜨거운 커피로 몸을 녹였다.

"아, 그래서 플랫 메이트들이랑은 어떻게 되고 있어?"

플랫에서는 마침 전쟁이 격화되고 있던 참이었다. 그 얘기를 먼저 한다는 것을 오전 수업에서 있었던 카심과 그 무리들의 활약에 열을 올리다가 까맣게 잊고 있었다.

"아, 플랫은 더 최악이야. 며칠 전에 결국 야스민이 윗집 남자한테 부탁해서 온도를 결국 바꿔버렸어. 그걸 앤이 알고 길길이 날뛰면서 다시 온도를 낮추고, 야스민은 또 올리고 하다가 결국 한날한시에 그 앞에서 마주쳐버렸는데, 앤이 조절기에 손을 대는 야스민을 막으니까 야스민이 앤의 손을 확 치워버린 거야. 그러니까 이젠 앤이 지금 자길 쳤냐고 하면서 고소하겠다고 난리를 치기 시작했대, 변호사 준비해야 할 거라고 협박하면서. 그게 내가 지금까지 들은 얘기고, 어떻게 될지는 모르겠어. 그런데 진짜 이 정도면 다시 이전으로 관계가 돌아가기는 무리인 것 같아. 나는 그 사이에서 어떻게 해야 할지 모르겠어."

두 사람은 샌드위치를 우물거리면서 센 강을 바라보았다.

"내 생각엔, 니가 지금 가장 먼저 포기해야 할 사람이 바로 그 앤이라는 미국인 같아. 인생에 전혀 도움이 안 되는 사람이잖아. 그런 사람이랑 플랫을 공유해야 한다는 것 자체가 고통 아니야?

한국도 아니고 다른 나라까지 와서 신경 쓸 일도 많은데 플랫까지 그런 수준인 거면, 나라면 이제 포기하고 플랫을 나올 방법을 찾겠어."

하지만 집 옮긴다는 게 그렇게 말처럼 쉽지만은 않은 것이었다. 다시 살 집을 찾아보러 다니는 것, 그 복잡한 계약과정과 주소를 옮기는 일까지 쉽게 되는 것은 하나도 없었다. 게다가 야스민을 앤과 단둘이 두고 나와버릴 수는 없는 노릇이었다. 앤이 정말로 그런 이유로 야스민을 고소할지, 그게 가능하긴 한 것인지도 불분명한 일이었지만.

그날 이후로 야스민은 플랫에서 짐을 싸 들고 나가 다른 친구 집에서 머물고 있었는데, 말은 하지 않았지만 계속 그 문제로 속앓이를 하고 있는 게 분명했다.

"일단 야스민이 어떻게 나오는지를 좀 보고 나도 어떻게 할지 생각을 해보려고."

다시 각자 오후 수업에 들어가야 할 때가 되자 그는 유민의 이마에 키스를 했다.

"갈게, 연락 줘!"

그가 돌아서서 멀어지며 몇 번이고 뒤를 돌아 손을 흔드는 것을 보며 유민도 그를 향해 미소를 보냈다. 그와 가까워진 이후로 유민은 처음으로 이곳, 프랑스 파리에서 처음으로 환영받는 기분을 느꼈다. 이곳에서 나의 존재를 기다리고 생각해주는 존재가 단 한 명이라도 있다는 사실이 주는 안정감은, 유민이 기대했던 것보다 훨씬 더 강력한 것이었다.

플랫에 대한 그의 조언도 맞는 말이다.

유민이 프랑스로 넘어온 것은 남은 30년을 무의미한 일에 치여 살다가 마무리하고 싶지 않아서였기 때문이었다. 남은 1분 1초는 이런 고민 같은 것들보다는 더 값진 것으로 채워야 했다. 유민의 머릿속에 이렇게 속삭이는 것은 그의 말뿐만이 아니었다. 오랜 시간 약한 왼쪽 무릎의 몫까지 지탱해야 했던 탓인지, 오른쪽 무릎은 한번 다친 이후 더 빠른 속도로 악화되고 있었다. 내리막길을 걷거나 가볍게 뛰기라도 한다면 (그래봤자 횡단보도를 급하게 건너는 일 정도였다) 오른쪽 무릎에 신경 거슬리는 고통이 계속해서 느껴지고 있었기 때문이다.

7년 전 의사 선생님이 지나가는 말로 했던 말들이 계속 머리를 맴돌았다. 오른쪽 무릎에도 뼈에서 떨어져 나간 유리체들이 돌아다니고 있는데, 그중 하나는 무릎 사이에 껴 있다며 걱정스레 말끝을 흐렸던 것이 계속 마음에 걸렸다. 그 무릎 사이에 껴 있다는 그 뼛조각이 무릎 내부를 빠르게 갉아 먹고 있기라도 한 것일까. 유민은 어쩌면 30년도 너무 길게 잡은 것일지도 모르겠다는 생각을 했다. 정말로 유민이 자유롭게 움직일 수 있는 시간은 이제 몇 년이나 남은 것일까.

그에게 아빠의 이야기, 무릎을 다친 이야기와 수술 얘기를 모두 나누었지만, 아직 그가 모르는 것이 하나 있었다. 60살이 되는 날 죽기로 한 사실.

어떤 마음으로 그 사실을 말하지 않았는지는 확실치 않다.

그 사실을 말하면 더 먼 미래를 생각할 수 없게 돼버려 그가 떠날까 두려운 걸지도. 아니면 그와 함께라면 60살 계획을 조금 더 미뤄도 괜찮지 않을까 생각했기 때문일지도 모른다.

학교가 끝나고 건물을 나서면 그가 건물 밖에 기대 담배를 피고 있는 것이 보인다. 유민이 나오는 것을 보고 그가 환하게 웃는다. 두 사람은 가볍게 입을 맞추고 손을 맞잡는다. 이제는 끼익 끼익 소리를 내며 선로를 미끄러져 가는 파리의 지하철도, 지친 파리 시민들이 말없이 창밖을 바라보며 흔들리는 버스도 아닌 그의 오토바이에서 파리를 바라본다. 거리의 소음들이 더 가까이서 들린다. 자기 취향대로 오토바이와 헬멧을 맞춰 쓴 다른 파리지앵들이 차와 차 사이를 자유롭게 통과하며 제 갈 길을 가는 그 행렬에 함께 서서, 조금 덜 이방인스러워진 모습으로 파리의 공기를 들이켠다.

젊은 분위기의 라탕지구를 지나, 파리 북역 주변, 갑자기 아프리카의 어느 도시에 들어선 것 같은 생소한 거리를 지나치고 나면 어느새 천공의 성처럼 도시를 굽어보는 몽마르트르 성당 앞에 닿는다. 두 사람은 여느 연인들처럼 사랑스럽게 키스를 한 후

작별 인사를 나눈다.

행복이 노란 건물의 중정으로 유민을 따라 살랑살랑 들어온다.

* * *

밤이 깊어가고 있을 때 누군가 방문을 두드리는 소리가 들렸다. 야스민이었다.

"야스민!" 방문을 열자 보이는 익숙한 얼굴에 유민은 야스민을 얼싸안았다.

"이게 얼마 만이야, 어떻게 지냈어!"

"놀랍게도 꽤 잘 지냈어, 너는 잘 지냈어?"

"응 니가 플랫에 없어서 외로웠던 것 빼고는 꽤 잘 지냈지, 어떻게 된 거야. 아, 들어올래?"

유민이 살짝 옆으로 움직이며 공간을 만들자 야스민은 고개를 끄덕이며 방 안으로 들어왔다.

"유민, 사실 오늘 남은 짐 몇 개를 가져가려고 왔어. 너한테 인사도 제대로 할 겸."

놀란 눈빛으로 쳐다보는 유민을 바라보며 야스민이 말을 이어갔다.

"친구 집에서 지내는 동안 생각을 좀 정리했는데, 한동안 벨기에로 다시 돌아가 있으려고. 여기서 다시 새로운 집을 구하는 것도 번거로운 일이고, 사실 그동안 일도 그렇게 맘처럼 잘 진행되진 않았거든. 마침 벨기에서 다니던 단체에서 일손이 필요하다고 해서 다시 돌아가서 그 일을 좀 더 하기로 했어. 오히려 시기가 딱 맞아서 잘됐다 싶기도 해.”

“야 잘 됐다, 정말 다행이야. 니가 벨기에로 돌아가는 건 맘 아프긴 하지만.”

“그래, 그래도 너같이 좋은 친구들도 많이 만나고 좋았어. 아예 돌아가는 건 아니고 벨기에 일이 마무리되면 아마 다시 파리로 돌아올 거야. 그리고 플랫 일은 대충 해결됐어. 나도 법률 자문도 구해보고 했는데, 앤 한테 집주인에게 정식으로 플랫 계약 사항에 대해서 제대로 다 검토하겠다고 통보하니까 꼬리 내리더라고. 그 말도 안 되는 고소 같은 건 없던 일로 하고 난 그냥 내 보증금만 돌려받고 정리하기로 했어.”

역시 괜한 걱정할 필요가 없는 친구였다. 유민과 마찬가지로, 야스민도 어려운 상황에 힘들어하면서 이겨나가는 모습을 타인에게 보여주고 싶지 않아 하는 친구였다. 이럴 때는 감정적인 공감 같은 건 문제 해결에 전혀 도움이 되지 않는다. 대신 그 사람이 조용히 문제를 해결하고 돌아오면 그 결과를 공유하면서 함께 기뻐해주면 그걸로 족하다.

유민은 똑 부러지게 돌파구를 찾아내는 야스민을 보고 미소를 지었다.

"그래서, 벨기에에서 머물 집은 구했고? 언제 가?"

"응. 원래 같이 살던 친구 집에 방이 하나 비어서 거기로 들어 가기로 했어. 당장 다음 주에 갈 거야."

"완벽하네. 가끔 소식 전해줘, 파리에도 놀러 오고."

야스민은 끄덕거리며 유민의 방으로 잠시 시선을 돌렸다.

"그래서 너는 어쩔 거야? 너는 계속 이 플랫에 지낼 거야?"

"안 그래도 나도 그 생각을 계속하고 있었는데 말야, 이번 사 건 겪으면서 나도 더 이상 앤이랑 같이 살 수 없을 것 같아졌어. 게다가 너까지 없으면 이 플랫에 있을 이유가 없지만 나는 뭐 당 장 갈 데가 없으니, 새로운 플랫을 찾을 때까지는 버텨야지 뭐."

"그래, 잘 생각했어. 저 인간을 참아내면서 같이 살 필요가 없 어. 아무것도 모르고 다시 들어올 새로운 사람들이 불쌍할 뿐이 야. 유민, 벨기에에 가서도 니가 그리울 거야."

둘은 다시 서로를 안아주었다. 파리에서의 첫 친구가 이 도시 를 떠나려고 하고 있었다.

유민은 다시 그를 떠올렸다. 만약 그가 없었다면 야스민을 떠 나보내는 일, 플랫에 앤과 단둘이 남겨지는 것이 훨씬 더 무섭고 어려운 일이 됐을 것이다.

이제는 매일 그를 만나는 것이 당연한 일상 되어가고 있었다.

가끔 점심시간이 겹칠 때면 센 강이나 뤽상부르 공원으로 가서 샌드위치나 샐러드를 함께 먹었다. 그가 친구들과 저녁 모임이 있는 날에도 둘은 함께했다. 그들은 펍에 모여 와인을 마시거나, 누군가의 집에서 저녁을 시켜 먹은 후 카드 게임을 하거나 같이 고른 영화를 보곤했다.

그를 통해 열린 새로운 인맥들과 모임 속에서도 유민은 계속 새로운 플랫을 구하기 위해 수소문을 하고 있었다. 크리스마스와 연말 휴가까지 겹치면서 플랫은 찾는 일은 더욱 어려워지고 있었기 때문이다.

그나마 다행인 것은 이번 겨울 크리스마스 연휴에 앤이 미국 집으로 잠시 다녀온다는 것이었다. 앤은 1월 중순까지 미국 남부 어딘가의 부모님 댁에서 지내다 올 예정이라고 했다.

야스민이 떠난 후 앤과 유민은 거의 대화를 하지 않았는데, 앤이 크리스마스 연휴 계획을 알려온 것이 오히려 유민에게는 신선한 충격이었다.

어쨌거나 덕분에 유민은 플랫을 옮길 시간을 벌 수 있었다.

크리스마스가 되어 파리를 떠나는 것은 앤 뿐만이 아니었다. 연말연시가 되면 파리는 오히려 텅 비어버린다. 모두 고향의 가족들과 시간을 보내기 위해 도시를 떠나기 때문이다.

그도 크리스마스를 보내기 위해 남부의 고향으로 떠나기로 되어있었다.

"너는 크리스마스 때 뭐 할거야?" 그가 물었다.

"나? 글쎄 난 전날 혼자 좋은 레스토랑이나 가서 기분 내고 크리스마스 당일에는 앤이 없는 플랫을 맘껏 즐겨야지."

"나랑 같이 남부 여행 갈래? 크리스마스 저녁때는 가족끼리 만찬이 있어서 참석해야 하는데 그 이후엔 자유거든. 우리 삼촌 가족이 크리스마스 저녁때만 함께 하고 바로 다른 도시로 여행을 가게 돼서, 그 집에서 자유롭게 지내도 된다고 했거든. 고향에 있는 내 차 타고 주변 도시 여행이라도 가자. 파리보다 훨씬 따뜻하고 좋아."

그가 유민의 손을 만지며 말했다. 유민도 그와 눈을 맞추며 웃었다.

"좋아!"

크리스마스 당일 저녁에는 그의 가족 모임에 초대받았다. 가족들은 저녁이 시작되기 전 식전주와 아페리티프를 나누며 각자 준비한 선물을 교환했다.

그가 미리 말해둔 탓인지 그의 할머니와 삼촌, 부모님들까지 유민의 선물을 준비해 두었다. 미리 트리 옆에 쌓아두었던 선물 중 자신을 위한 선물이 있다는 사실을 알았을 때 유민은 자신도 미리 뭔가 제대로 준비하지 못한 것에 당황스러움을 느꼈지만, 아무도 그런 사실은 신경쓰지 않는 것 같았다. 유민은 가족들로부터 귀걸이와 귀여운 스트라이프 셔츠, 돼지고기 빠떼, 쏘시쏭,

푸아그라 등이 담긴 식자재 선물 세트를 받았다.

본격적인 식사가 시작되자 부엌에서는 신선한 굴과 레몬, 감자를 얇게 썰어 겹겹이 쌓은 후 소스와 함께 오븐에서 조리한 요리, 스테이크 등이 끊임없이 나와 식탁에 차려졌다. 더 이상 못 먹겠다고 생각할 무렵 거대한 나무 플레이트에 예쁘게 잘려 나오는 어마어마한 치즈 모둠이 등장했다. 유민은 가족들과 함께 끊임없이 와인을 마시고 음식을 나누며 이야기를 나눴다.

저녁 식사가 끝난 것은 밤 11시를 훌쩍 넘긴 후였다.

그는 가족 식사가 끝난 후 오랜만에 고향 친구들을 만나러 간다며 함께 가자고 권유했지만, 유민은 너무 오랜 시간 가족들과 함께 시간을 보내며 긴장한 탓에 집으로 돌아오자마자 소파에 쓰러져 그대로 곯아떨어져 버렸다.

새벽에 유민은 자신을 건드리는 느낌에 어렴풋이 정신을 차렸다. 소파에서 웅크려 자고 있던 유민을 파티에서 돌아온 그가 들어 옮기는 중이었다.

유민이 눈도 뜨지 못한 채로 뒤척였다.

"소파에서 불쌍하게 자지 말고 침실로 가자."

그가 유민을 안고 말했다.

유민은 대답이 없었다. 자신의 품에서 축 처져있는 유민을 바라보던 그가 작게 속삭였다.

"파리로 돌아가면 나랑 같이 살자. 우리 집으로 와. 너랑 떨어지고 싶지 않아."

유민은 여전히 그의 말이 들리지 않는지 전혀 미동도 하지 않은 채 자고 있었다.

그가 말했다.

"나중에 니가 걷지 못하게 되면 내가 니 휠체어를 끌어줄게. 오래오래 내 곁에만 있어 줘."

* * *

크리스마스가 지나고 유민은 그의 스튜디오로 거처를 옮겼다.

그의 스튜디오에 있는 작은 소파는 두 사람이 앉기에도 모자란 크기였지만, 두 사람은 그 소파에 서로 겹쳐 누운 채 각자의 일을 하는 것을 좋아했다.

음악을 들으며, 그는 글을 쓰고 유민은 책을 읽었다.

유민이 문득 소파에 기대어 긴 다리를 쭉 뻗은 채 종이에 뭔가 휘갈기고 있는 그를 물끄러미 바라보았다.

"그거 알아?"

"뭐?" 그가 공상에서 깨어나 방금 현실 세계로 돌아온 것 같은 나른한 표정으로 유민을 바라보았다.

"한 심리학 실험에서 실험 쥐들이 극단적으로 위험한 상황이라고 느끼기 시작하니까 생식 활동을 멈추는 것을 발견했대. 위험 상황에서는 생식 욕구가 사라지고 가족을 만들면서 생존의 리스크를 더 높이는 일 같은 건 피하게 된다는 거지."

"그거참 슬픈 일이네."

"사람도 마찬가지 아닐까? 사람도 극단적으로 힘들고 어려운 환경에 부딪히면 제일 먼저 사랑 같은 건 사치로 인식해버리고 거부하는 거야."

"그런데 그건 모순적이야. 반대로 세계 장수마을을 찾아가 보면 장수의 비결은 유전자나 식습관이 아니라 주변에 함께 희로애락을 나누는 사람들과 함께 사는 것이었다고 하잖아. 그러니까 인간이 살아남기 위해서는 생존 그 이상의 사랑이 필요한 거지."

"근데 그건 꼭 연인관계가 아니어도 괜찮은 거잖아, 주변에 함께할 친구들이나 친지들이 함께 있다는 게 중요한 거 아냐?"

"사랑의 진함으로 따지면 연인 간의 사랑보다 진한 사랑이 가능할까? 그런 진한 사랑이야말로 단순한 즐거움 이상의 활기와 살아갈 이유를 주는걸. 그리고 그 사랑의 결과는 더 큰 사랑을 줄 수 있는 생명을 잉태하는 거고."

말을 마친 그가 들고 있던 종이를 내려놓고 장난스럽게 유민의 몸을 부드럽게 손가락으로 쓸기 시작했다.

"그래서, 우리도 사랑의 결실을 맺어야지."

"아, 간지러워- 무슨 소리야."

"우리 유전자의 좋은 점만 골라서 태어날 아기를 생각해봐. 너처럼 부드러운 살결에 날 닮아서 키가 큰 딸일 거야."

"근데 반대로 니 연약한 피부랑 내 키만 쏙쏙 빼닮았으면 어떡해?"

"아, 그러면 곤란하지. 이름은 뭐로 할까, 동양에서도 쓰이고 서양에서도 쓰일 수 있는 이름으로 하는 거야. 어디든 맘대로 돌아다닐 수 있게. 재인 어때? 서양에서는 Jane으로 쓰는 거지."

그가 유민을 부드럽게 건드리며 상상의 나래를 펼치고 있을 때 유민은 생각했다.

그래, 그 사랑.

유민은 그 사랑의 유효기간에 대해 고민하고 있었다.

사랑이라는 건 언제까지 유효한 걸까. 유민은 사랑이 언제나 영원할 거라고 믿을 만큼 순진하지 않았다. 하지만 그가 주는 이런 사랑이라면 한번 믿어 보고 싶었다. 아니, 그의 사랑이 변하지 않도록 꼭 붙잡고 지켜내고 싶었다.

그래서 유민은 그에게 솔직하지 못했던 것이다. 만약에 너와 나의 이야기는 우리 대에서 마치고 말 것이고, [게다가 난 60살에 죽을 예정인데, 넌 어떻게 할래?] 라고 묻는다면 그는 이 사실을 어떻게 받아들이게 될까?

결실을 맺지 못하는 사랑에 상심하곤 너무 늦어버리기 전에 나를 떠나게 될까?

철학자 보부아르와 사르트르가 1929년 10월 파리, 그러니까 90년 전 바로 이곳에서 맺었던 것처럼, 서로 소중한 사람으로 남되, 우연한 연애는 허용하도록 계약을 맺는 것은 어떨까?

우리는 맹렬히 사랑하되 관계가 느슨하고 당연해질 때쯤, 다시 두 사람의 관계를 되돌아보면서 쌍방의 동의하에 계약을 갱신하는 것이다. 30년 시한부 인생을 살게 될 상황을 생각한다면, 그도 여생을 떠난 연인을 그리워하며 눈물로 지새우지 않으려면, 그렇게 받아들이기 어려운 조건은 아닐 것이다.

유민은 그가 유민이 30년 후에 죽기로 했다는 사실에 더 놀랄지, 우리 관계를 5년쯤 주기로 갱신하는 계약을 맺자는 제안에 더 놀랄지 확신이 서지 않았다.

"보부아르와 사르트르? 절대 안 되지. 그거야말로 지금 사람들이 하는 다자연애잖아? 그냥 바람을 피우고 싶다고 말하는 거랑 뭐가 달라. 그리고 난 니가 다른 남자 품에 안겨있는 건 상상조차 하고 싶지 않아. 절대 불가야."

그가 말했다.

그가 완강하게 반대하는 모습을 보며 유민은 자기도 모르게 미소를 지었다. 그의 사랑이 자기 자신을 향해서만 맹렬하게 타오르고 있다는 사실이 유민을 따뜻하게 감싸는 것 같았다.

"그럼 관계를 갱신하는 관념에 대해서는 어떻게 생각해? 관계를 갱신하기로 하면, 둘 다 재계약 기간에 버림받지 않기 위해서 더 열심히 사랑하고 노력할 수 있지 않아?"

"나는 싫어. 나는 사랑이 좀 더 그대로 존중받아야 한다고 생각해. 계약 관계라고 생각하면 사랑이 퇴색되는 것 같잖아."

"그런가. 근데 넌 사랑이 영원할 수 있다고 믿어? 지금은 우리가 열렬히 사랑하지만, 언제 변할지 모르는 거잖아. 그리고 인생에서 그렇게 길게 사랑을 해 본 적도 없으면서 어떻게 미래에도 우리가 쭉 사랑할 거라고 확신할 수 있겠어?"

그는 잠시 고민하는 듯했다. 그가 입을 열었다.

"나는 사랑이 꽃 같은 거라고 생각해. 시들지 않도록 항상 물을 주고 관리해주지 않으면 시들어 버리는 거지. 사랑이 시드는 건 우리 맘대로 할 수 없는 거지만, 적어도 시들지 않도록 둘 다 노력해야지. 그래서 내가 이렇게 너를 소중하게 사랑하는 거야, 유민."

그가 다가와서 유민의 이마에 입을 맞췄다.

사실 보부아르와 사르트르의 계약 같은 건 필요 없다. 그건 이 사랑이 너무 소중해서, 변할까 봐 무서워서 그의 사랑을 다시 확인하는 방어기제일 뿐이었다.

그와 있으면 이렇게 그냥 평범하게 돌아가고 싶었다. 남들처럼 평범하게 사랑하고, 평생 사랑하겠다는 서약을 하고, 서로를 보듬으면서 힘닿는 데까지 사랑해보고 싶었다.

언젠가 두 다리로 걷지 못하는 때가 온다고 하더라도. 그가 떠나지 않고 사랑의 힘으로 유민의 곁을 지켜줄 거라는 확신만 있다면, 그런 확신만 있다면 그를 따라 어디든 갈 수 있을 것 같다. 그리고 유민은 그 확신이 필요했다.

그의 사랑이 제멋대로 흘러가던 인생의 구원자가 될 수 있을까?

그는 나를 구원할 사람일까?

Part 3

해수면의
경계에서

1. 애도

"다른 사람에게 내 인생을 맡기기에 나는 너무 이지적이며, 너무 열정적이고, 너무 부유하다. 그 누구도 나를 완벽히 이해할 수 없다.

나에게는 나 자신뿐이다.

나 자신만이 짊어질 수 있는 이 삶을 외로움 때문에 져버릴 수는 없다.

타인은 나 자신을 살아가게 할 수 없다. 나를 움직이는 것은 나 자신이다."

- Simone de Beauvoir

처음 그와의 하루하루는 지금까지 겪어보지 못한 강렬한 경험의 연속이었다. 아침 식탁에서의 사소한 습관, 마는 담배를 피우는 모습, 가죽 재킷과 작은 꽃무늬 패턴의 연분홍색 셔츠를 너무도 자연스럽게 매치해서 입는 감각, 그 모든 것이 유민에게는 신선한 충격이었다.

그와의 하루하루는 매일 매일 새롭게 일어나는 한 편의 뮤지컬 같기도 했다. 프렌치 악센트로 사랑을 속삭일 때의 목소리, 아무 일 없이 나란히 횡단보도를 기다리다가도 유민의 머리에 키스를 해주는, 함께 앉아 대화하다가도 너는 얼마나 아름다운지, 너와의 시간이 얼마나 소중한지를 말해주며 손등에 하는 키스들. 인색하지 않은 사랑의 표현은 충만한 것이었다.

둘의 하루하루는 각자 생활의 차이와 새로운 모습을 발견하는 즐거움으로 가득했다. 두 사람이 같이 살기 시작한 무렵에 둘은 작은 노트를 샀다. 유민은 그 노트에 일상에서 서로 발견하는 신기한 차이점들을 수시로 기록하곤 했다. 그를 만난 이후 유민은 매일 새로운 것을 배워가는 어린아이가 된 것 같았다. 둘은 새로운 일상을 맘껏 즐겼다.

하지만 서로 다른 세계에서 온 두 사람이 함께 하는 데는 장애물도 많았다. 게다가 유민은 이 사회에 잠시 머물기를 허락받은 대외자일 뿐이었다. 두 사람이 같이 있기 위해서는 둘 중 하나가 상대방의 영역에서 새로운 삶을 시작하기 위해 부단히 노력해야 한다. 그렇지 않다면 두 사람이 함께하는 미래란 불가능한 것이었다.

하지만 학업을 마치고 학교라는 울타리를 벗어나자 유민의 앞에 놓인 벽은 더욱 높아졌다. 파리에서는 프랑스어가 완벽하지 않고 시민권도 가지지 않은 유민을 흔쾌히 받아줄 곳이 없었다. 그리고 어느 날 저녁 그는 팍스(동반자계약)를 맺자고 제안했다. 이미 많은 프랑스인이 결혼 대신 팍스를 맺고 있었지만, 어쨌든 그건 법적으로 유민이 그의 동반자임을 인정하는 것이었다.

"좋은 제안이지만, 난 잘 모르겠어."

"아니 왜?" 그가 이해할 수 없다는 듯이 물었다.

"모르겠어. 여기서 더 지내자고 동반자계약을 맺는 건 기만 같아. 물론 편한 길이겠지만 나는 내 힘으로 얻어내고 싶어."

"그래도 이게 단지 비자 문제 때문만은 아니잖아, 우리 관계는 진짜고 누굴 속인다거나 그런 것도 없는데 왜 쉬운 길을 일부러 피해 가려는 거야?"

그것도 맞는 말이었다. 폴란드에서 위장결혼으로 프랑스에 들어와 평생을 프랑스에서 살며 프랑스인이 된 엘레나도 있지 않은가, 그에 비하면 유민과 그의 관계는 그런 목적의식으로 시작된 관계는 아니었다.

하지만 유민은 이 제안을 그대로 받아들일 수도 없었다. 그와 동반자계약을 맺는다는 것은 그 누구도 아닌 유민 자기 자신과 그를 속이는 일처럼 느껴졌기 때문이다.

"그럼 이렇게 하자, 일단 내 비자가 끝나기 직전까지는 나도 내가 할 수 있는 방법을 다 써볼 건데, 그 이후에도 정말 못하겠으면 그때 니 제안을 받아들이게 해줘. 이렇게 쉽게 받아버리면 나 자신이 한심할 것 같아서 그래."

"알았어."

그는 마지못해 대답했다.

그 역시 자존심 강한 유민이 그냥 순순히 팍스를 맺을 거라고는 생각하지 않았다. 하지만 그에게 있어 팍스를 제안한 것은 일종의 가벼운 프러포즈였다.

유민이 다른 방법을 찾아보겠다고 했을 때, 그는 저 심연에서부터 느껴지는 불편한 마음을 감추기가 어려웠다. 그리고 유민이 그 이후로 최선을 다해 인턴 자리를 구하고 면접을 다니기 시작했을 때 그는 씁쓸한 마음으로 유민을 바라보아야 했다.

강하고 독립적인 모습에 반하긴 했지만, 가끔 그는 유민에게 자신의 존재는 그녀의 바쁜 인생에 그저 가끔씩 휴식을 주는 존재 이상이 될 수 없을 것 같다는 불안감을 느끼곤 했다.

어릴 때 아버지를 잃고 몸이 계속 아팠던 것이 그녀를 이토록 강한 외피로 감싸게 한 것일까. 그녀를 감싸고 있는 이 벽은 너무도 높아서, 그로서는 어떻게 그 안에 들어갈 수 있을지, 들어가는 것이 가능한 것이긴 한 것인지 의문이 생기기 시작했다.

그리고 마침내 유민이 프랑스가 아니라 런던에 있는 정책 컨설팅 기업에서 오퍼를 받았을 때, 아마도 그는 이미 머지않은 관계의 끝을 막연히 예측하고 있었을지도 모른다. 프랑스를 떠나

영국으로 옮기는 것에 대해 유민이 고민하고 있을 때, 오히려 유민이 런던으로 떠나도록 강하게 설득한 것은 그였다. 그는 유민에게 힘주어 말했다.

우리의 사랑은 특별하고, 그 어떤 역경이 있어도 우리는 함께 헤쳐 나갈 수 있을 것이라고. 함께라면 우리는 그 어떤 곳에서도 살아낼 수 있다고. 그러니 우리가 함께할 수 있는 방법을 찾아내자고. 먼저 런던으로 가서 자리를 잡고 있으면 이제는 내가 너를 찾으러 가겠다고.

* * *

두 사람의 인연이 시작되고 있었을 때 상대방을 반짝이게 만들었던 수많은 차이들, 다른 언어, 생소한 문화, 매력적인 생김새, 그 모든 다른 것들이 한편으로는 두 사람이 넘어서기 힘든 공고한 벽의 근원이 된다는 것을, 두 사람만의 세계에 빠져 사랑을 속삭이고 있었던 우리의 눈에는 보이지 않았다.

하지만 현실은 녹록지 않은 것이었다.

현실을 먼저 깨달은 것은 그였다. 그가 문득 잠에서 깨어난 어느날 아침에 그와 같은 진실을 갑자기 깨닫게 되었는지, 아니면 그가 유민이 떠난 그 순간부터 이 관계의 불씨를 조금씩 꺼뜨리고 있었는지 유민으로서는 알 수가 없다.

유민이 느낄 수 있었던 것은 최근 급격히 변한 그의 차가워진 태도뿐이었다.

[뭐해?]

[나는 장 보러 가]

[잘자]

몇 시간 간격으로 보낸 문자에도 그는 전혀 답이 없었다.

아침에 일어나 유민이 다시 메신저를 확인했다. 그는 문자를 확인했을 뿐 밤이 지나도록 대답이 없었다.

[무슨 일이야 요즘?]

[내 사랑, 난 요 며칠 네 행동이 정말 이상해. 뭔가 일이 있는데 왜 나한테 말을 하지 않는지 모르겠어. 말을 해줘]

그는 여전히 대답이 없었다. 단 한 번도 이런 적이 없었다.

유민은 침대에 앉아 창을 바라보며 생각에 잠겼다. 불안감이 엄습해오고 있었다. 거실 창을 열고 나가 테라스에 가져다 놓은 의자에 앉았다. 이제는 정말로 전화를 해야 할 차례였다. 전화기 너머로 신호음이 울렸다.

그가 전화를 받았다.

[어, 전화했어?] 잠에서 덜 깬 소리로 그가 전화를 받았다.

"응, 문자에 답장이 없길래."

[아… 자고 있었어]

"아냐, 그뿐만이 아니야, 뭔가 이상해. 도대체 무슨 일이야?"

정적이 흘렀다. 그는 아무 대답을 하지 않았다.

[다음 주 월요일에 너 만나러 갈 건데, 그때 얘기하면 안 돼?]

"월요일에 나를 만나러 런던으로 오겠다고?"

[응]

"갑자기 런던에는 왜? 직접 만나서 해야 하는 얘기가 있는 거야?"

[응]

그의 대답에 유민은 심장이 땅으로 꺼질 듯 무거워진다는 느낌이 어떤 것인지 알 수 있었다. 파리에서 런던에서 갑자기 한달음에 달려와 해야 할 얘기라는 건 무엇일까.

"난 왜 니가 갑자기 런던에 오는지도 이해가 안 돼. 그냥 지금 얘기해줘. 충분히 이상해. 그게 혹시 우리 관계와 관련된 얘기야?"

수화기 너머로 느껴지는 정적. 그리고 그가 대답했다.

[응]

가슴이 서늘해졌다. 유민의 심장은 이미 곧 듣게 될 말을 미리 듣기라도 한 것처럼 두근거렸다.

"…그만하자는 얘기를 하는 거야?"

[…응]

"왜…?"

그저 "왜?"냐고 묻는 것 이외에 오늘 아침 이 대화에 대비해 준비한 것이 하나 없었다.

유민은 그 어떤 경고도 받지 못한 채 날아오는 거대한 창을 바라보고 있었다. 상처를 받지 않기 위한 어떤 보호구도 입지 못한 채로, 비수가 날아와 가슴에 박힌다.

그 이후에는 남들과 별다를 것 없는 이별이었다. 한때 이 관계는 그 어떤 것들보다 특별할 것이라고 믿었지만, 어떤 관계든 그 끝은 식상하다.

그는 유민에 대한 감정이 사그라들었다고 말했다. 이제는 이 관계에서 따라오게 될 고난과 역경을 버틸 자신이 사라졌다는 말과 그 모든 것을 감수할 수 있을 만큼 너를 사랑하는지 모르게 됐다는 말쯤을 했던 것 같다.

유민은 또 바보같이 물었다.

어려울 거라는 건 이미 알고 있지 않았냐고, 그냥 자신이 없어진 게 아니냐고. 만약 그가 그렇다고 대답하면 그를 다독이며 우리는 이겨낼 수 있다고 설득하려던 참이었다.

남자가 대답했다.

[더 이상 사랑하지 않아. 그뿐이야]

다른 비수가 날아들어 왔다. 이제 더 이상 일어날 수가 없다.

"…그럼 이제 더 이상 할 말이 없는 거네, 더 내가 할 수 있는 것도 없고. 네가 이미 결정을 내리고 통보하는 거라면."

[그래]

"그래, 잘살아."

[그래. 너도]

남자의 말이 끊어지자 유민은 급하게 통화종료 버튼을 눌렀다. 왜 이렇게 급하게 버튼을 눌렀는지는 모른다. 아마도, 이별을 통보받는 입장에 마지막 통화까지 그쪽에서 종료되는 소리를 듣는다면 그때는 정말 너무 비참해질지도 모르니까.

통화를 끊고도 유민은 조용히 의자에 앉아있었다.

아침의 한기가 옷 속으로 스며드는 것을 느꼈다. 담요를 가지고 나와서 앉을걸, 하고 생각했다. 아직은 머리도, 가슴도 몸의 어느 부분도 이별을 제대로 인지하지 못하고 있었다. 다만 아침 공기의 추위에 몸이 떨릴 뿐이었다.

유민은 핸드폰을 무기력하게 바라보았다.

아직 이해가 안 됐다. 왜 갑자기 지금? 왜 갑자기 마음이 사라져 버린 것인지?

그에게서는 이별을 준비하는 어떤 징조도 보이지 않았다.

아니, 어쩌면 그는 계속 신호를 보내고 있었을지도 모른다. 그런데 그 신호가 국경을 넘고 유민에게 닿았을 때, 유민이 그걸 제대로 인지하지 못했을지도 모른다.

[사랑은 꽃과 같아서 계속 물을 주지 않으면 시들어 버려]

그가 했던 말들이 기억났다.

내가 물을 주지 않았던 것일까?

다시 전화를 걸었다.

[응] 전화가 몇 번 울리지도 않았을 때 그가 바로 전화를 받았다.

"난 정말 이해가 안 돼."

[물어봐, 다 대답해줄게] 그의 목소리는 묘하게 안정된 목소리였다. 그는 오히려 자유를 찾은 것처럼 보였다. 그게 수화기를 잡은 유민을 더 힘들게 했다.

"난 정말 이해가 안 돼. 갑자기, 왜 갑자기 이렇게 헤어져야 하는데? 그럼 저번 주까지만 해도 왜 사랑한다고 말했어?"

그가 약간 곤란하다는 듯 한숨을 쉬었다.

[나는 기계가 아니니까. 그런데 헤어져야겠다고 정말로 다짐했을 때부터는 사랑한다고 쉽게 말할 수가 없더라. 나는 너한테 거짓말하고 싶지 않았어]

"왜 갑자기 헤어져야 하는데."

[나는 니가 런던으로 떠나고 혼자 파리에서 지내면서 외롭고 우울했어. 너를 기다리는 시간은 늘 외로움을 견디는 고통스러운 시간이었어. 너는 런던에서 다시 새로운 삶을 시작하고, 또 나의 공백은 전혀 느끼지 않는 것처럼 잘 지내는 걸 보면서, 니 삶에서는 내가 그만큼 별로 중요하지 않구나 깨달았어. 너는 언제나 이성적이고 독립

적인 애니까 내가 없어도 잘 지낼 거야. 갑자기 통보해서 미안해. 미리 말하지 못했던 건… 나는 괜히 이 고민을 너와 나누면서 감정싸움을 하느니 혼자 고민하면서 고통스러운 게 낫다고 생각해서야.]

남자가 덧붙였다.

[너를 정말로 사랑했어] 남자의 목소리가 무겁게 잠겼다. 울음 섞인 목소리였다.

[정말로 사랑해서 오래 고민한 거야. 우리는 지금 헤어지는 게, 너와 나의 미래를 위해 낫다고 생각했어]

"정말로, 이제 나를 전혀 사랑하지 않아?"

유민이 다시 물었다.

그는 대답이 없었다.

[응. 우리는 안돼. 이제 너를 사랑하지 않아. 그래서 어쩔 수가 없어] 그가 다시 흐느꼈다.

한동안 둘 사이에 정적이 흘렀다.

사랑을 예찬했던 이 남자는 그 사랑이 사라지니 미련 없이 떠나려고 한다. 그는 그간 유민과 헤어졌던 다른 남자들처럼 그럴 듯한 이별의 이유를 늘어놓으려 하지도 않았다.

이별에 이보다 더 강력한 이유가 있을까.

사랑하지 않는다고 말하는 상대 앞에서는 그 어떤 것도 이제는 소용이 없다. 이제 할 수 있는 것은 정말 아무것도 없었다. 그저 받아들여야 하는 것이었다.

유민은 울지 않았다. 첫날은 말을 잃긴 했지만 울지는 않았다. 그저 멍했다.

그가 메시지를 보내왔다.

[나를 미워하지 않았으면 좋겠어. 우리는 비록 그만하지만, 너는 정말 멋진 사람이야. 너와 함께하는 시간이 행복하고 행복했어. 너를 존경했고 많이 배웠어. 네 덕에 새로운 세상을 봤어]

둘째 날 눈을 떴을 때 유민은 조금 더 명확히 이해할 수 있었다.

우리가 런던과 파리로 떨어져 있던 그 시간 동안, 특히 최근 그가 보냈던 작은 신호들, 외롭고, 힘들다고 했던 말들, 그 말들이 유민에게는 제대로 닿지가 않았다.

그때 내가 가까이에 있었더라면, 그랬더라면 우리는 괜찮았을까.

그리고 헤어진 지 셋째 날, 유민은 이제 정말 모든 것이 끝났음을 머리와 가슴으로 모두 깨달았다. 더 이상 희망 같은 것도 남지 않았음을.

너를 미워하지 않았으면 좋겠다고?

유민은 생각했다. 그가 유민을 따라 런던으로, 어쩌면 한국으로 오지 않는다면, 아마 우리는 결국 언젠가 헤어져야 했을 것이다.

어쩌면 지금 헤어지는 게 자신을 위해서도 나았을지 모른다.

유민은 두 사람이 사랑에 푹 빠져있을 때 얘기했던 수많은 약속들과 사랑의 결실을 이뤘을 때, 그러니까 다시 돌아오기엔 이미 늦어버리기 전에 그가 유민을 떠나지 않은 것이 차라리 다행이라고 생각했다.

런던에서 프랑스 사이의 그 좁은 해협마저도 뛰어넘지 못할 사랑이라면 처음부터 유민의 인생을 완벽하기 이해해주지 못할 것이었다. 그러니 여기서 끝내는 게 맞았다.

* * *

서른을 넘은 후 처음 맞는 이별이었다.

나이가 든다고 이별은 더 쉬워질까? 이별의 무게는 30대가 되어도 여전히 무겁고 견디기 힘들다. 하지만 30대의 이별은 20대 때의 그것보다는 조금 더 성숙해졌다.

20대의 연애 때는 사진을 지웠는데, 30대에는 사진을 지울 필요가 없다는 것을 깨달았다. 이렇게 나를 거쳐 간 모든 사람과의 기억을 지워버리고 나면, 그때의 나와 내 인생들도 지워져 버린다는 것을 알았기 때문이다.

그러니 이제는 무모하게 모든 사진을 지워버리는 짓은 하지 않는다. 사진을 지워버리면 그때의 빛났던 나의 모습과 나의 기억도 지워버리게 된다. 나를 떠나간 연인은 나 자신의 과거를 지워버려야 할 만큼 대단한 사람이 아니라는 걸 안다.

20대에 이별했을 때는 세상이 무너질 것처럼 굴었었다. 내가 얼마나 힘든지 주위 사람들에게 말하고 양껏 표현했었다. 30대의 이별에는 그렇게 하기가 왠지 쪽팔린다.

30대의 이별에는 울고불고하지도 않고, 이 시간을 이겨보겠다고 소주를 댓 병, 치사량 수준까지 먹다가 고꾸라지지 않는다. 그러기엔 내일 얼마나 힘들지 이미 알고 있기 때문이다.

이별이라는 건 끝나버린 관계에 대한 애도의 기간이다.

아빠를 보냈을 때도 마찬가지였다. 울다 지쳐 쓰러져 있다가도 어느 순간 배가 고팠다. 입이 바짝 말라버려 음식을 먹을 수가 없을 것 같다가도 식사 때가 되면 밥은 잘도 들어간다.

유족들이 지쳐 쓰러져 자는 속에 앉아 밥을 꾸역꾸역 넘기며 유민은 생각했었다. 아빠가 사라져 버렸는데, 이런 상황에서도 여전히 배는 고프고 살아있는 사람들의 인생은 또다시 굴러가고 있다고.

이별도 마찬가지였다. 이별쯤으로 세상이 무너지지 않는다는 것을, 일상을 살아야 한다는 것을 이제는 정확히 알고 있었다. 이제 나이도 먹을 만큼 먹었는데, 이제 이별을 다루는 법쯤은 알고 있다. 그저 이럴 때는 조용히 앉아, 마음이 차분해질 때까지 일상에 집중하면서 나를 다독이는 수밖에 없다.

힘을 내서 이겨내기 위해서는 위로의 밥 한 그릇도 필요하다.

외국에서는 이별할 때 뭘 먹는 걸까? 따뜻한 쌀밥으로 위로해 줄 사람이 없는 한국인은 제 손으로 쌀을 씻어 밥 지어지는 소리를 들으며 다시 마음을 달랜다.

저녁을 먹는다. 그리고 다 먹은 그릇을 설거지한다. '뜨거운 물을 부어놓고 잠시 쓰레기 버리고 와야겠다.' 하고 생각한다. 이렇게 살뜰히 할 일을 챙기며 되새기고 있는 것은, 잠시라도 다른 생각을 하지 않기 위함이다.

그리고 헤어진 지 한 달쯤 됐을 때, 그가 나오는 꿈을 꾸었다. 나는 아직도 헤어지자는 이유를 이해할 수가 없다고, 또다시 구질구질하게 찾아가 이유를 묻는 꿈이었다.

그가 뭐라고 대답했는지가 기억나질 않았다. 아니, 그는 대답 없이 그대로 서 있었는데, 그 얼굴이 기억나질 않는다. 헤어지자는 말을 할 때 그의 표정을 직접 보지 못했기 때문이다. 그는 단호한 표정을 짓고 있었을까?

그가 웃고 있던 모습을 떠올리면 가슴이 '쿵'하고 내려앉았다. 떠올리지를 말아야 하는데 뇌를 멈출 수가 없다. 그리고 생각했다. 왜 나를 떠난 모든 사람은 마지막 모습을 보여주지 않는 건지. 그러니 좋은 얼굴밖에 남겨진 것이 없다. 힘든 얼굴을 하고 있는 것은 유민뿐이었다.

2. 소녀의 무덤

회사에서는 새로운 프로젝트가 시작되고 있었다. 최근 회사에서 계약한 컨설팅 건은 이집트 수로 문제에 관한 건이었다. 이집트가 계속 댐 건설을 진행하면서 주변국과 긴장이 고조되고 있었기 때문이다. 주변국들은 이집트가 독단적으로 댐을 건설하고 국경 분쟁지역을 무단으로 개발하면서 주변국의 안보가 매우 위협받고 있다고 주장하고 있었다. 그러다 최근에는 이집트와 수단 사이에 물리적인 폭력이 일어나면서 결국 국제기구가 중재에 나서게 된 것이었다.

유민의 회사에서는 이전에 수로 문제와 관련한 컨설팅을 진행한 경험으로 국제기구의 프로젝트에 도움을 주기로 되어 있었다. 그리고 사람들 사이에는 누가 이집트로 넘어가서 국제기구와 현장에서 공조를 담당하게 될 것인지 말이 오가고 있었다.

모두 마르티노는 당연히 현장으로 가게 될 거라고 생각했다. 분쟁지역에는 언제나 그가 있었다. 외향적이고 에너지가 넘치는 이탈리아 출신 마르티노는 현장에서 아드레날린이 샘솟는 현장 전문가 타입이었다. 물론 본인도 늘 그 점을 자랑스러워하며 항상 사람들이 모이는 곳에서 모험담을 늘어놓곤 했다.

　　"헤이, 유민. 이집트로 누가 가는지 들은 거 있어?"

　　마르티노가 유민의 책상으로 다가와 비스듬히 기대고 서 있었다. 유민은 마르티노를 힐끔 보고는 다시 무심하게 모니터로 고개를 돌렸다.

　　"물론 너는 갈 거고."

　　"그야 뭐." 마르티노가 어깨를 으쓱했다.

　　"그리고는 모르겠는데."

　　"나랑 같이 이집트 가볼 생각 없어? 매니저한테 가고 싶다고 말하면 바로 보내줄 텐데. 내가 재밌게 해줄게."

　　"지금도 충분히 재밌어서, 감사."

　　"재밌을 텐데?"

　　"근데 왜 같이 가자는 거야?"

　　마르티노가 기다렸다는 듯 유민의 어깨에 손을 올리며 말했다.

　　"그건 말이지, 이별의 상처로 정신이 어지러울 땐 좀 더 강한 자극이 필요한 법이거든. 그래서 내가 이집트에서 함께 동고동락하면서 그 상처를 치유해 주겠다는 거야."

마르티노가 가지런한 치아를 환하게 드러내며 미소를 보냈다.

"날 그렇게 생각해주다니 몰랐네, 생각해볼게."

어깨에 올려진 마르티노의 손과 그의 유혹적인 미소를 번갈아 바라보며 심드렁한 표정을 짓던 유민이 다시 모니터로 고개를 돌렸다.

물론 의도는 불순해 보였지만 마르티노의 말은 사실이었다. 이렇게 감정을 꾹꾹 눌러가며 시간이 가기만을 기다리는 것보다야 새로운 곳에서 정신없이 움직이는 것도 나쁘지 않을 것 같았다. 게다가 저번 수로 문제 컨설팅이 성공적으로 끝난 이후로 매니저도 은근히 유민이 이 프로젝트에 끼길 바라는 티를 내고 있었기 때문이다.

고뇌는 오래 걸리지 않았다. 다만 마르티노가 이 소식을 듣고 자기가 유민을 설득했다고 의기양양해 하는 것을 보고 싶지 않을 뿐.

어느 날 아침 유민은 매니저를 찾아가 이집트 파견에 끼고 싶다고 말했다. 매니저는 기다렸다는 듯 흔쾌히 유민을 프로젝트에 넣었다. 그리고 그날 오후 유민은 마르티노가 유민을 향해 윙크하는 것을 못 본 척 넘기며 바로 파견 준비를 시작했다. 우선 이집트와 주변국들의 수로 상황에 대한 관련 자료들을 수집하는 것부터.

회사에서 이집트로 파견된 인원은 2명, 유민과 마르티노뿐이었다. 시간이 많지 않았다. 이집트에 도착하면 바로 일에 착수해야 하기 때문이다.

세계에서는 수많은 분쟁이 일어나고 있다. 이집트의 수로 문제를 보자면 사실 총탄이 날아다니고 난민이 대거 유입되는 다른 문제들에 비하면 그렇게 시급한 문제라고 보긴 힘들었다. 문제는 국제기구의 인력 역시 한정적이어서 국제기구들도 인원을 이 프로젝트에 투입하는 데 한계가 있었다는 점이다. 그렇기 때문에 이번에도 국제기구는 부족한 인력과 자원을 보충하기 위해 정책 컨설팅회사와 함께 공조하게 된 것이다.

유민과 마르티노는 카이로에서 이집트 측과 접촉한 후 주변국들도 함께 방문하게 될 예정이었다. 기본적인 일정들은 모두 관련 국제기구가 호스트가 되어 진행할 예정이어서, 유민과 마르티노가 할 일은 일단 협상에 필요한 백업자료들을 모으고 정리하면서 동시에 진행되는 일정들을 정리하는 것이었다.

두 사람은 카이로의 적당한 숙소에 자리 잡았다. 유민의 방은 컴퓨터 작업을 할 수 있는 작은 탁자를 가진 호텔 방이었다. 무질서하게 빵빵거리는 차들과 거리의 소음이 창문을 통해 들어오고 있었다.

캐리어를 아무렇게나 내팽개쳐 놓고 침대에 파고들었다.

마르티노에게서 문자가 왔다.

[저녁은? 난 주변 구경도 하고 뭐 먹을까 하는데 같이 갈래?]

[좋아]

얼마 지나지 않아 마르티노가 복도로 나오는 소리가 들렸다. 동료라고 해서 붙어있는 방을 내줄 필요는 없었는데… 라고 생각하며 유민도 방을 나섰다.

이제 최소 한 달을 붙어 지낼 동료니 이 생활에 적응하기 전까지는 마르티노와 함께 움직여야 할 것이다. 백인 남자 특유의 지나치게 자신감 있는 태도만 아니면 마르티노는 누구와도 유쾌하게 잘 지내는 스타일이다. 유민보다 늦게 회사에 합류하긴 했지만, 회사에 들어온 지 얼마 되지도 않아 모두와도 잘 지내는 그 친화력에는 유민 역시 순수하게 감탄하고 있었다.

4달러도 되지 않는 이집트식 샌드위치를 먹으며 마르티노가 물었다.

"유민, 그거 알아? 이집트 오자마자 너 예전 표정이 나오더라."

"무슨 표정?"

"너 헤어지고 나선 회사에서 얼굴 보기가 어려웠거든. 너무 심각해 보여서. 근데 이집트 도착하고 나서 보니 벌써 좀 부드러워진 것 같아서."

"그래?"

"그래, 내 말이 맞지? 원래 사람이 심각하게 이별하고 나면 거기서 그러고 있을 게 아니라 분위기를 바꿔줘야 한다구. 그래서 보통 사람들은 장소를 못 바꾸니 관계를 바꾸려고 노력하는 거지, 전 사람을 지워버리려고 아무나 만나고 리바운드 섹스나 하면서. 그런 의미에서 이집트로 나온 건 진짜 잘한 생각이야. 여기서 전 남자도 빨리 털어버려."

마르티노가 샌드위치에 타히니 소스를 더 부은 후 한 입 다시 베어 물었다.

"내 표정이 그렇게 심각했어?"

"다른 사람들은 못 느꼈을지도 모르겠지만, 나한텐 그랬지. 매일 아침 회사에 오면 니 얼굴 보면서 커피 마시는 게 내 일과 중 하나라서."

잘도 이런 소리를 쉽게 한다. 유민도 능글거리며 받아치는 데는 누구에게도 지지 않을 자신이 있었지만, 이 서양인들은 가끔 차원이 달랐다.

"아하, 그래서 아침에 얼굴 보려고 이집트 파견에 같이 가자고 제안한 거고?"

"아니지, 그건 너를 시련에서 구원해주기 위해서지!"

그리고 윙크.

마르티노는 감당하기 어려운 데가 있었지만, 꽤 정확했다.

이집트로 온 순간부터, 아니 어쩌면 런던을 떠나는 바로 그 순간부터 유민은 해방감을 느끼고 있었다. 모든 것이 생소한 이곳에 적응하는 동안 시간은 흐르고, 감정은 무뎌질 것이다.

둘은 4달러도 안 되는 샌드위치를 먹고는 술을 파는 펍을 힘들게 찾아낸 후 한 잔에 5달러인 맥주를 시켰다. 무슬림 국가인 이집트에서는 런던에서와 달리 주류는 지정된 주류상점에서만 구할 수 있고 가볍게 술을 파는 펍 조차 찾기가 어렵다. 적응해야 할 것이 아주 많았다.

이집트에서의 첫 번째 밤, 유민은 피곤함에 취해 깊은 잠을 잤다.

* * *

아무리 유행이 몇 번씩 바뀌고 세대가 변해도, 사회에는 마지막까지 잘 변하지 않는 것들이 몇 개 있다. 그 집단에 뿌리 깊게 자리 잡아 모든 사람의 생각이 만장일치로 변화하지 않는 한 바뀌기 어려운 것들, 결혼 문화가 그렇고 장례 문화가 그렇다-우리나라로 따지면 제사 문화 또한 그 중 하나가 될 것이다.

이름도 마찬가지. 갓 태어난 아이에게 처음으로 주는 선물인 이름은, 그 아이의 평생을 따라다니며 영향을 주게 될 것이고, 부모는 아이의 원만한 인생을 위해 고심 끝에 아름답고, 의미 있고 그리고 사회적 규범을 벗어나지 않는 이름을 지어줄 것이다.

그러니 사람들의 이름에는, 그 사람이 자라난 사회의 역사와 문화, 가치관이 진하게 배어 있다. 당신이 그 아이에게 중성적인 이름을 일부러 찾아 주지 않는 한, 이름은 그 아이의 성적 정체성과 남자 또는 여자로서 해야 할 역할을 각인시키고 교육시키는 역할을 하기도 할 것이다.

아이슬란드의 이름 짓는 방식은 조금 독특하다. 아이가 태어나면 부모는 아이에게 어울리는 이름을 지어주는데, 하지만 성은 아버지의 이름을 따르되 마지막에 아들이라는 뜻으로 '손'을 붙인다. 만약 '요한 나르나손'씨의 아들이 하네스라면, 그 아들의 이름은 '하네스 요한손'이 된다. 마찬가지로 '요한 나르나손'씨의 딸 '스투카'씨의 풀 네임은 '스투카 요한도티르', 아버지의 이름에 딸이라는 뜻의 '도티르'만 붙이면 된다. (가끔 어머니의 이름을 붙이기도 한다) 그러니 아이슬란드에서는 가족의 성이 따로 존재하지 않는 셈이다.

프랑스인들의 여권을 들여다보면 이름과 성 사이에 또 숨겨진 이름 몇 개가 더 있다는 사실을 알게 된다. 그러니까 '피에르 슈발리에'의 여권을 보면 실제 이름은 '피에르 쥴리앙 레옹 슈발리에'라는 것을 발견하게 되는 것과 같다. 그래서 프랑스인들은 관공서 업무를 볼 때 '피에르 슈발리에'라고 하든지, '피에르 쥴리앙 슈발리에', 또는 '피에르 레옹 슈발리에'라고 덧붙여도 괜찮다. 이름에 이렇게 중간이름이 붙는 것은 동명이인이 너무 많기 때문이다. 특히 이민자가 많은 프랑스에서는 평범한 프랑스식 이름에 자기 민족과 종교를 드러내는 중간 이름을 넣어 간접적으로 정체성을 드러내기도 한다.

이집트인들은 모든 인류가 아담과 이브의 자식들이라고 믿었다. 그렇기 때문에 가문이 엮이고, 엮이다 보면 결국 모든 성이 아담이 될 것이라고 생각했다.

그런 혼란을 막기 위해 이집트인들은 그들의 이름을 지을 때 단순한 성이 아닌 그의 아버지와 그의 아버지의 아버지와 때로는 그 아버지의 이름까지 넣어 이름을 만들도록 했다. 그래서 당신이 어떤 이집션의 이름을 보게 된다면, 당신은 그의 이름과 그의 아버지와 아버지, 아버지의 이름까지 모두 알 수 있게 되는 셈이다. 그러니 이집션들에게는 자신의 이름에 새겨진 아버지와 그 아버지의 이름을 명예롭게 세우는 일이 가장 중요한 사명이 된다.

그리고 오늘 우리의 '무하마드 가브릴 쉐리프 압둘'씨, 그러니까 압둘이라고 불렸던 이의 증손자이자 쉐리프 씨의 손자이며 가브릴 씨의 아들인 무하마드 씨는 자신의 앞에 선 이 동양인 여자의 무모함에 질려 말을 잃어가고 있었다.

"아니 비행기가 막혔는데 육로라고 안 막혔겠냐구요?"

무하마드 씨가 열을 내며 동조해달라는 듯 여자의 뒤에 서 있는 몇몇 백인 남자들을 바라보았지만, 남자들은 말이 없다.

"비행기가 막혔다고 모든 국경이 닫힌 건 아니잖아요? 언제 비행기가 다시 뜰지도 모르는데 여기서 하염없이 기다리느니 육로 국경 쪽 자유무역지구에 가서 시도해보는 게 낫지 않아요?"

카이로에서 수단과 이집트 국경까지는 차로 끊임없이 달려도 15시간이 넘게 걸리는 거리였다. 이 외국인들에게 고용된 인솔자이자 운전기사 무하마드 씨는 그 거리를 달려야 한다는 사실을 인정하고 싶지 않았다. 하지만 무엇보다 그를 더 화나게 하는 것은 지금 이 무모한 계획을 주장하는 것이 뒤에선 백인 남자들이 아닌 웬 중국 여자라는 사실이었다.

오래전부터 여자들에게는 사회생활을 맡기면 안된다는 게 그의 지론이었는데, 아니나 다를까 이 여자는 말도 안 되는 주장을 하고 앉아있는 것이다. 다른 나라에서는 왜 멍청하고 감정적인 여자들을 일터에 고용하는 것인지.

"못 가요."

무하마드 씨는 단호하게, 여자의 뒤에 있는 남자들을 바라보며 말했다.

"무하마드 씨, 우리는 지금 수단으로 가야 한다니까요."

무하마드 씨는 이제 이 중국 여자를 무시하기로 한 듯 아무 대답이 없었다.

중국 여자, 그러니까 무하마드 씨가 중국 여자라고 아무렇게나 생각해버린 동양 여자 유민은 초조해지기 시작했다. 5일 후 수단에서는 이집트를 제외한 관계 국가들의 책임자들이 모여 회의를 한다는 정보가 전해졌는데, 5일 이내에 비행기가 다시 뜨게 될지는 그 누구도 알 수 없는 상황이었다. 그렇다고 카이로에서 마지막 순간까지 멍청하게 있을 수는 없는 노릇이었다.

어느 쪽이든 미리 대비를 하려면 지금 육로 국경 쪽으로 움직여서 시도해보는 게 맞았다. 현장에서 부딪히는 것, 그것이 개발도상국에서의 법칙이었다.

수로 전쟁으로부터 시작된 이집트와 수단의 분쟁이 수단 내부 정치싸움으로 번지기 시작하면서 급기야 수단은 일시적으로 이집트발 비행기들의 수단 입국을 막아버렸다. 예정대로라면 며칠 후 수단으로 가는 비행기를 탈 예정이었던 팀은 비상에 걸렸고, 유민이 육로를 통과해 수단으로 들어간다는 아이디어를 내게 된 것이었다.

이제 일행에게 이집트에서의 마지막 고비는 이 완고하게 여정을 거부하는 이집트 운전기사를 설득하는 일뿐이었다. 운전기사 무하마드 씨는 유민과 그 뒤에 선 남자들을 차례차례 바라보고는 도저히 이 사람들이 포기할 의사가 없음을 직감했다.

"국경까지 가는 건 계약에 없었어요."

"그런 것들까지 다 고려해서 전속계약으로 한 거잖아요?"

"국경을 육로로 넘는 것까지 포함할 거였으면 계약금을 더 올렸어야죠."

유민은 입을 앙다문 채 잠시 운전기사를 바라보았다. 괜히 발목을 붙잡고 있는 운전기사 대신 다른 사람을 구하고 싶었지만, 지금은 그럴 시간적 여유가 없었다.

"그래서, 우리가 어떻게 해주면 되죠?"

무하마드 씨가 잠시 계산하는 듯하더니 대답했다.

"여정비와 위험수당, 기름값을 추가로 주셔야겠는데."

"알았어요. 정산할 테니 출발 준비해주세요."

어차피 짐의 일부는 카이로 남기고 갈 예정이니, 다들 며칠간 버틸 정도의 가벼운 짐과 전자기기 따위 등을 들고 차에 올라탔다.

일행을 태운 밴은 장장 15시간을 꽉 채우고 달려 국경지대에 도착했다. 국경이 가까워질수록 국경지대에서는 여전히 이집트와 수단 사이 오랜 영토분쟁과 갈등을 증명이라도 하듯 경찰의 수시 검문이 계속됐다.

사람들은 검문과 비포장도로에서 차가 덜컹거리는 소리에 맞춰 화들짝 놀라 눈을 뜨곤 했다. 이런 상황에 깊은 잠을 잔다는 것은 불가능에 가까웠지만, 사람들은 모두 괴로워하면서도 최대한 잠이 들기 위해 노력했다.

깊은 새벽이 지나고 창밖에 보이는 하늘이 짙은 남색으로 변하기 시작했다. 여전히 그들을 태운 차는 덜컹거리며 자기 갈 길을 묵묵히 지나고 있었다.

운전기사가 조수석에 앉은 마르티노를 툭툭 쳤다.

"무슨?"

잠에 취한 채로 놀라 대답하는 마르티노에게 운전기사 무하마드 씨가 대답했다.

"국경사무소."

마르티노는 기사가 가리키는 쪽을 바라보았다.

이집트 특유의 건조한 땅과 돌산을 뒤로하고 덩그러니 서 있는 회백색 건물이 눈에 보였다.

"국경은 어떻게 넘죠?"

"저기 사무실에 들러서 출국하고 1km쯤 더 가서 있는 수단 사무소에 들르쇼."

"당신은 우리를 수단 사무소까지 데려다주면 되겠군요."

마르티노가 무심하게 말을 던지자 운전기사는 마르티노를 흘끔 바라보곤 어쩔 수 없다는 듯 마지못해 고개를 끄덕였다.

마르티노는 뒷좌석을 둘러보았다. 운전기사의 바로 뒤편에는 유민이 창 쪽으로 고개를 기울이고 잠들어 있었다. 유민은 출발하기 직전까지도 혹시 모를 지연에 대비해 미리 자료를 본부에 보내느라 남들보다 더 바삐 움직이고 있었다.

마르티노가 아는 유민은 남들과 같이 활발하게 네트워크 활동을 하는 타입은 아니었지만 언제나 한 발 뒤에 서서 모두를 살펴보는 것 같은 여유가 있었다. 하지만 마르티노는 유민이 언제나 나른한, 관찰적인 표정으로 앉아있을 뿐, 그 속에는 강한 의견이 있는 스타일이라는 걸 눈치채고 있었다. 회의 테이블에서 의견이 오가며 분분할 때마다 유민은 조용히 눈썹을 치켜올리며 자기 의견을 드러내고 있었기 때문이다. 그러다 한참 대화가 늘어지기라도 하면 유민은 그제서야 의견들을 정리하며 자기 아이디어를 팀에 제공하곤 했다.

얼마 전 일과 후 팀 전체가 항상 들르는 회사 앞 펍에서야 마르티노는 유민이 최근에 파리에 있다는 남자친구와 결국 끝났다는 사실을 알았다.

"헤어지고 나서야 깨달은 게 있는데요, 런던 인구의 50% 이상이 영국인이 아니라는 거 알고 계세요? 그러니까 이 사람들은 대부분 공부하러 왔거나, 일하러 왔거나 둘 중 하나고, 그 말인즉슨 이 도시의 절반이 20대나 30대란 뜻이죠. 그러니까 지금까지 난 전 세계에서 몰려온 젊고 외로운 영혼들이 바글대는 도시에서 남자도 못 만나고 허송세월하고 있었다는 뜻이죠. 그렇게 생각하지 않아요?"

유민의 열변에 주변인들까지 설득되고 있을 무렵 마르티노는 옆에서 에일잔을 홀짝거리고 있었다.

차가 한 번 더 덜컹거렸다.

눈을 감고 있던 유민이 인상을 찌푸리고 어렴풋이 눈을 떴다.

"굿모닝, 유민." 마르티노가 미소를 지었다.

"으음? 음, 굿모닝."

유민은 창밖으로 고개를 돌려 남색 하늘을 바라보았다.

* * *

이집트 국경사무소는 놀랍도록 쿨하게 일행을 보내주었다.

수단에는 왜 가는지 묻긴 했지만, 그뿐, 국경사무소 직원은 유민의 대답이 끝나기도 전에 그냥 일상적으로 물어본 것뿐 대답은 궁금하지 않다는 듯 이미 도장을 찍고 있었다.

팀원들은 도착비자 옆에 출국 도장을 달고 다시 국경지대를 달려 수단 사무소로 도착했다. 국경을 지나왔다는 것이 믿기지 않을 만큼 이집트 국경과 같은 돌산과 건조하게 생긴 회백색 사무소였다. 사무소 앞에는 한 무리의 군인들이 유민의 일행들을 뚫어지게 쳐다보고 있었다. 육로 국경지대로 찾아온 외국인 무리는 오랜만에 보는 탓이었다.

유민은 군인들의 눈이 특별히 유민을 더 집요하게 쫓아다니는 것을 온몸으로 느끼며 국경사무소로 들어섰다.

국경사무소에서는 일행의 여권을 받아 유심히 살폈다. 입국에는 이집트 출국 때보다는 더 복잡한 절차가 있는 것이 분명했다. 사무소 직원은 서로 다른 색깔을 가진 여러 국가의 여권들을 살펴보며 고민하더니 어디론가 전화를 돌리기 시작했다. 유민도 초조하게 핸드폰을 바라보았다. 이미 인터넷 신호가 끊긴 지는 오래되었다. 돌산들이 끊임없이 이어지는 이 황량한 지대에선 어떤 통신도 닿지 않을 것만 같았다.

모두 무사히 도장을 받고 잠시라도 빨리 이 숨 막히는 건물을 벗어나고 싶었지만, 상황은 그들의 바람대로 이루어지지 않는 것처럼 보였다.

"내일 다시 오세요."

사무소 직원이 짧은 영어로 일행에게-물론 유민이 아닌 다른 남자 일행에게-말했다.

"왜죠?"

일행들이 직원에게 급히 다가가 물었다.

사무소 직원은 더 이상의 설명은 필요 없다는 듯 내일 오라는 말만 반복했다. 유민은 건물 밖에서 담배를 피우고 있던 이집션 운전기사에게 도움을 요청했다.

이윽고 운전기사가 뒤를 돌아 일행에게 말했다.

"지금 외국인 국경 통과 기준이 바뀌고 있어서 상부의 허락 없이 바로 통과는 못 시켜주겠다네요. 내일 다시 오라는데."

"내일은 된다고 하나요?" 유민이 물었다.

"모르죠. 그냥 오늘은 상부에 답변을 못 받는다고 하는데."

"왜요?"

운전기사는 자기도 어쩔 수 없다는 듯 뒤에 앉아있는 수단 직원을 가리켰다. 출국사무소 직원은 여전히 고개만 저을 뿐이었다. 직원을 조른다 한들 원하는 결과를 얻을 수 없음이 분명했다. 하지만 막 카이로에서 15시간을 넘게 달려 여기까지 내려온 이상, 하루 정도는 더 기다리며 상황을 보는 수밖에 없었다.

일행은 다시 이집트로 들어가 근방에서 그나마 지낼만한, 홍해를 낀 작은 어촌동네를 찾아내 그곳에서 하룻밤을 묵기로 했다. 운전기사 무하마드가 카이로로 돌아가겠다며 길길이 날뛴 탓에 그들은 그를 보낸 후 어촌마을 내에 있던 베두인 캠프 주인에게 숙소와 차편을 부탁했다. 일행에게는 오히려 잘된 일이었는데, 우연히 연락처를 받게 된 숙소의 주인은 완벽한 영어를 구사하는 사람이었기 때문이었다. 카이로 대학을 졸업하고 미국에서 일하다가 고국으로 돌아왔다는 캠프의 주인은 사람에 치이며 살던 도시 생활보다 이 한적한 어촌마을의 풍경에 반해 이곳에서 한 베두인에게 캠프를 양도받았다고 설명했다. 그는 소유하지 않는 단순한 삶의 형태가 인간에게 훨씬 행복하고 건강한 상태가 아니겠냐며 웃음 지었다.

그의 세계관을 완벽하게 반영하기라도 한 듯 숙소는 단순하기 짝이 없는 오두막이었다. 그마저도 바다 바로 앞 해변에 무심하게 세워놓은 합판일 뿐이어서, 바닷바람이라도 들이닥치면 금방이라도 무너질 것처럼 흔들거리곤 했다. 네모반듯하게 잘라놓은 작은 구멍이 창문을 대신했고, 바람에 힘겹게 흔들리는, 한쪽이 겨우 고정된 나무판이 문 역할을 하고 있었다.

당연하게도 불도 전기도 아무것도 들어오지 않는 오지였다.

6시가 되자 해가 뉘엿뉘엿 지기 시작했다. 저녁이 준비되었다는 소리에 오두막에서 공용공간(겨우 나뭇잎과 나뭇가지들을 엮어 지붕으로 쓰는, 사방이 뚫려 탁 트인 공간이었다)으로 나갔을 때는 이미 해가 져 식탁조차 제대로 보이지 않았다.

캠프의 주인은 테이블에 미리 준비해놓은 양초들을 놓았지만, 테이블에 놓여있는 음식들이 겨우 보일 정도였다. 야채구이 큰 대접, 계란 프라이가 쌓여있는 대접, 그리고 빨간색의 이집트식 커리 한 솥이 놓여있었다. 일행은 최대한 양초 주변에 모여앉아 각자 그릇에 음식을 덜었다.

넉살 좋은 마르티노는 커리를 떠먹으며 레시피를 물어보고 있었다. 마르티노의 말소리 뒤로 파도가 철썩이는 소리가 기분 좋게 깔리고 있었다.

"이 해변가에서 낚시도 하나요?" 유민이 물었다.

"이 주변에서는 안 해요. 딱히 큰 고기들이 없거든요. 그래서 여기서도 옆 동네 어부들한테 물고기를 사서 먹곤 해요. 아, 그러고보니 스노클링 기어는 충분히 있으니 저녁 먹고 앞 바다에 나가보세요. 술에 취하기 전에. 이 바다에는 밤이 되면 눈에서 불빛을 내는 물고기들이 살고 있거든요. 바다 바깥에서도 그 불빛이 보일 정도로 얕은 물에 있으니까 직접 들어가서 구경해보세요."

"아 정말요? 유민 밥 먹고 나랑 들어가자!"

마르티노가 흥분해서 말했다.

"아… 저는 바깥에서 구경할게요, 잘 다녀와."

"왜? 이런 기회가 얼마나 된다고."

양초에만 의존해 주변이 어둑어둑한 가운데서도 마르티노의 눈이 반짝이는 것처럼 느껴졌다. 마르티노는 유민을 강제로라도 끌고 바다에 들어갈 예정인 것 같았다.

"밤에 바다에서 수영하는 거 별로 안 좋아해서. 난 술이나 더 마실래."

유민이 옆에 놓인 맥주병에 눈짓했다.

마르티노는 저녁 식사가 끝나자마자 다른 팀원들을 꼬셔 나왔다. 각자 스노클링 마스크와 랜턴을 들고 떠나며 마르티노가 유민에게 소리쳤다.

"정말이지? 안 들어가고 나중에 후회하지 마!"

"응 잘 다녀와."

사실 일행들을 배웅할 필요도 없었다. 그들의 오두막에서 물까지는 정말로 20m도 채 되지 않았기 때문이다. 유민은 정확히 그 중간에 놓여있는 통나무에 기대앉았다. 통나무 아래에는 몇 십 년쯤 된 것 같이 해진 큰 양탄자가 모래 위에 깔려있었다.

유민은 양탄자에 앉아 바닷바람을 맞으며 일행들이 바다로 걸어 들어가는 것을 지켜보았다.

해가 진 해변가는 새까만 어둠이 내려앉아 있었다. 해가 지면 바로 달이 그 자리에 뜨는 줄만 알고 있었던 유민은 달이 뜨기 전 초저녁이 더 깜깜할 수 있다는 것을 처음으로 깨달았다. 도시의 불빛 속에서는 둘 사이의 간극에 대해 생각할 필요가 없었기 때문이다. 하지만 달은 그렇게 빨리 찾아오는 것이 아니었다.

"편안하죠? 바다 소리를 더 잘 듣고 싶으면 오늘은 여기서 자도 괜찮아요. 저는 평소에 아들이랑 오두막이 아니라 여기서 자요. 여기가 더 잠이 잘 오거든요."

어느새 주인이 찾아와 유민이 기대고 있던 통나무에 걸터앉았다.

"바다랑 이렇게 가까운데, 바닷물이 여기까지 들이닥치면 어떡해요?"

"오랜 시간 바다가 들어오는 지점을 쟀답니다. 아무리 만조가 와도 바다는 딱 이 통나무 전까지만 들어와요. 걱정하지 마요." 주인이 미소 지었다.

"정말로 평화롭네요."

유민이 새까만 바다를 바라보며 말했다. 조금 떨어진 곳에서 일행들의 랜턴이 물속에서 반짝이는 것이 보였다.

"여기 사람들은 이 바다를 '소녀의 무덤'(가브리 엘 빈트)이라고 불러요."

"왜요?"

"이 바다에는 전설이 있거든요. 옛날에 이집트 소녀 하나가 떠돌이 베두인 소년과 사랑에 빠졌는데, 지금도 마찬가지지만 옛날에는 베두인과 사랑을 한다는 건 용납하기 어려운 일이었거든요. 여기엔 두 가지 설이 있는데, 집안에서 너무 반대하니 상심한 소녀가 바다로 뛰어들었다는 얘기가 있고, 다른 얘기에서는 집안의 수치라고 생각한 가족들이 소녀를 바다에 수장시켜버렸다는 얘기도 있어요. 어쨌든 소녀는 바다에 빠져 죽어버렸는데, 그래서 그 전설 때문에 여기가 '소녀의 무덤'이라고 불리는 거에요."

"와, 두 번째 얘기는 으스스하네요."

두 사람의 대화를 아는지 모르는지, 바다는 평화롭게 철썩거리고 있었다.

"이 앞바다에 들어가 보면 몇 미터만 들어가도 갑자기 수심이 확 깊어지면서 절벽처럼 산호들이 벽을 이루고 있거든요. 산호도 정말 아름답지만 거기 사는 물고기들도 아주 많아요. 그런데 이상한 건 그게 끝이 아니라는 거에요. 거기서 좀 더 깊게 들어가면 저기 저 아래에 갑자기 돌로 된 문처럼 생긴 아치가 나와요. 그 아치 안을 들여다보면 아치 사이로 뭔가 검은 물체가 지나다니는 게 가끔씩 발견되는데, 어떤 사람들은 그게 돌고래라기도 하고 그 물체가 그때 죽은 그 소녀의 영혼이라고 주장하는 사람들도 있어요."

주인의 목소리가 점점 더 의미심장해졌다.

마치 손자에게 옛날 괴담을 들려주는 할머니처럼 눈을 빛내며, 그가 말을 이어갔다.

"이집트 사람들은 바다를 어머니라고 생각해요. 그래서 누군가 바다에서 사라지면 사람들은 그 사람의 어머니를 데려와서 그 사람의 이름을 부르게 하죠. 어머니가 애타게 그 사람의 이름을 부르면 어머니 바다가 아들을 육지로 보낸다고 믿어요. 전설에서는 뒤늦게 소녀가 그리워진 소녀의 어머니가 소녀의 이름을 불렀는데, 소녀는 뭍으로 나타나지 않았대요. 그러니까 이 아래에 있는 산호벽은 소녀를 가엽게 여긴 바다가 소녀를 숨겨준 장소고, 소녀는 더 이상 가족들에게 돌아가지 않고 바다의 보호를 받으며 아치 속에서 살고 있다는 거에요."

유민은 주인의 이야기를 들으며 옆에 세워둔 맥주를 다시 한 모금 들이켰다.

"그래서요? 사장님은 진짜 그 아치랑 검은 물체를 직접 본 적 있어요?"

주인은 팔짱을 끼고 아무것도 보이지 않은 검은 바다 쪽으로 고개를 돌렸다.

"저는 아직요. 그 아치까지 가려면 산호벽을 따라 50m나 내려가야 있는데, 거기까지 갈 수 있는 사람은 별로 없답니다. 그 아치까지 가서 소녀를 봤다는 사람들은 스쿠버다이버들인데, 50m까지 내려가게 되면 사람은 질소 중독으로 술에 취한 것 같은 상태가 된다고 하더군요. 그러니까 그 사람들이 거기까지 내려간 게 사실이라고 해도 그 사람들이 본 건 주정뱅이들이 귀신을 봤다는 거나 같은 셈이죠."

유민이 다시 맥주를 들이켰다.

"근데 진짜 그게 사실이에요? 50m를 내려가면 술에 취한 듯이 중독돼 버린다는 게?"

"저야 스쿠버 다이빙을 전문적으로 해본 적이 없으니 잘 모르겠지만, 다이버들한테 들은 적이 있어요. 그렇게 깊게 내려가 버리면 공기통 속에 들어있던 질소가 높은 압력 때문에 몸속에 흡수되면서 취해버린다구요. 그러면 공기가 부족한지도 모르고 그냥 웃다가 자기도 모르게 죽을 수도 있다네요."

"와, 그렇게 죽으면 하나도 괴롭지 않겠네요. 근데 되게 아이러니하지 않아요? 사람이 얕은 물에 빠지면 숨이 막혀 고통스럽게 죽는데, 오히려 깊은 바닷속으로 들어가면 편안하게 죽을 수 있다는 게."

"그렇게도 생각할 수 있겠네요."

주인이 유민의 감상에 웃으며 대답했지만, 유민은 바다를 쳐다보며 연신 맥주를 마실 뿐이었다.

한참 후에 마르티노와 일행들이 흥분에 휩싸여 시끄럽게 떠들며 물 밖으로 나왔다.

　라이트닝 피쉬는 마르티노 일행들을 쳐다보며 가만히 눈을 번갈아 감았다 뜬다고 했다. 그러면 새까만 바닷속에서 그 파란색 안광만이 깜박깜박거리는 것이다.

　"그래서 공주님은 물 밖에서 편히 취해 계셨습니까?"

　마르티노가 몸에서 물을 뚝뚝 떨어뜨리며 유민의 양탄자에 드러누웠다.

　"술, 술을 더 가져오라, 집사."

　"아니 내가 왜 집사야, 그냥 나도 기사나 왕자 이런 거 하면 안 되나?"

　"응 안돼, 말 많은 집사가 더 잘 어울리지. 당장 술을 가져오라."

　마르티노가 씩 웃으며 일어나 술을 가져왔다.

　"이제 나를 웃겨보라."

　"단단히 취했는데."

　"아냐!"

　마르티노가 가지고 있던 라이터로 맥주병을 땄다. 경쾌한 소리가 바다 위를 울렸다.

　유민은 통나무를 베고 드러누워 하늘을 바라보았다. 이제 달이 고개를 내밀고 있었다. 저 멀리서 떠오른 달은 밤이 깊어지면서 점점 높이 떠오르고 있었다. 그리고 그 주변에는 달빛도 가리지 못한 별들이 여기저기서 반짝이고 있었다.

마르티노가 작은 나무통에서 하얀 종이로 말린 꽁초를 꺼냈다. 꽁초에 불이 붙고, 길게 내뿜는 한숨에 하얀 연기가 공기 중으로 흩어졌다. 쑥 타는 냄새가 주변에 흩날렸다.

"할래?"

마르티노가 꽁초를 건넸다.

유민은 불씨가 빛나는 꽁초를 힐끔 바라보곤 손을 내밀어 받아들었다. 연기가 바람에 흔들리면서 사라졌다. 유민의 눈에 하늘의 별들이 다들 왼쪽으로 치달리기 시작했다가, 한순간 다시 방향을 바꿔 오른쪽으로 돌아가는 듯했다. 그러다 갑자기 모두 다른 모양으로 반짝거리기 시작했다. 모양도, 빛깔도 제각각이었다.

얼굴에 닿는 바람이 느껴졌다.

유민은 손을 뻗어 손가락을 펼쳤다. 바람이 손가락 사이 사이로 들어오는 것이 느껴졌다. 처음 느껴보는 감각이었다.

"바람이 손가락 사이로 들어와."

손가락을 바라보며 신기해하는 유민을 보며 마르티노도 웃었다.

"유민, 한국어 해봐."

"갑자기 한국어는 왜?"

"그냥 듣고 싶어. 한국어로 얘기 들려줘."

유민은 옆에 드러누운 마르티노를 한번 바라본 후 다시 하늘을 향해 고개를 돌렸다. 전래동화라도 들려줘야 하나.

"들어봐, 옛날에 이 바다에 어떤 소녀가 살았는데, 어떤 남자랑 금지된 사랑을 한 거야. 그래서 그 가족들이 집안의 수치라 생각하고 그 소녀를 바다에 빠뜨려 죽였어. 그러다가 어느 날 가족들은 소녀가 너무 그리워졌어. 자기들이 소녀한테 한 짓이 후회되기 시작한 거야. 그래서 소녀의 엄마가 다시 바다로 찾아가서 그 애의 이름을 불렀어.

[얘야 다시 돌아와]

[신이시여 우리 딸을 돌려주세요]

하지만 바다에서 그 외침을 들은 소녀는 속으로 생각했어.

[바닷속으로 밀어 넣을 땐 언제고 이제 와서 후회하면 무슨 소용이람. 다들 나 없이도 잘살아 보쇼. 나도 여기서 보란 듯이 잘살아 볼 테니까]

그 소녀는 가족에 대한 배신감으로 육지에 돌아가지 않기로 결심한 거야. 대신 소녀는 아치 속에서 정말로 보란 듯이 물고기들과 평생을 행복하게 살았습니다."

속삭이듯 이야기를 마친 유민이 마르티노를 바라보았다.

마르티노는 하늘을 쳐다보고 있었다.

"그게 한국어란 말이지?"

"응."

"엄청 섹시하구나."

유민과 마르티노는 함께 하늘을 바라보며 킬킬거렸다.

* * *

바닷가의 아침은 도시의 그것보다 더 빨리 찾아오는 것이었다. 새벽 4시가 되자 주변은 견딜 수 없이 추워졌다가, 어느 순간 순식간에 주변이 분홍빛으로 밝아지기 시작했다. 그리고 주변은 어젯밤의 어둠은 어디 갔냐는 듯, 눈을 감고 있을 수도 없을 정도로 밝아졌다.

"수영하러 가자." 마르티노가 말했다.

유민은 한동안 대답 없이 태양이 떠오르고 있을 지평선 어딘가를 바라보고 있었다.

"난 됐어."

"밤도 다 지나갔는데 왜? 수영하는 거 안 좋아해?"

마지막으로 바다 수영을 한 것은 15년도 넘은 옛날 일이었다. 아직도 유민에게 바다는 돌아오지 않은 아빠가 있는 곳이었다.

"그냥, 사실 옛날에 바다에 트라우마가 생겨서. 안 좋아해."

"아아."

유민은 그대로 양탄자에 앉아 마르티노가 바다로 걸어 들어가는 것을 바라보았다. 밤새 바닷바람에 온몸이 수분을 빼앗겨 버린 것 같다. 입술이 바짝 말라 있었다.

유민은 강한 갈증을 느끼며 물을 찾았다.

해변 양탄자에서의 하룻밤은 태곳적으로 돌아간 듯 신비로운 것이었지만, 일행들에게 샤워 시설조차 없는 그곳에서 이틀 이상 묵을 계획은 조금도 없었다. 일행들은 주인이 차려준 이집트식 아침 식사를 바다를 응시하며 말없이 음미한 후 다시 여정에 떠났다.

오늘은 어제의 실패를 교훈 삼아 일부는 이집트 사무소에 남아 자리를 지키고 일부만 수단 사무소로 넘어가 상황이 어떻게 돌아가는지를 확인하기로 했다. 다행히도 캠프 주인은 흔쾌히 일행들의 여정을 돕기로 했다.

유민과 일부 일원들이 수단 사무소로 도착했을 때, 다행히 어제와 같은 직원이 자리를 지키고 있었다. 직원은 어제와 같은 무관심한 표정으로 일행들을 쳐다보았지만, 상부에서 육로 국경 통과를 허용했다는 말을 전했다.

드디어 수단으로 입국하는 데 성공한 것이다. 하루 지체된 정도라면 충분히 육로 입국을 감행한 가치가 있었다. 내심 국경을 넘지 못할까 노심초사하고 있던 유민은 한 짐을 던 표정으로 여기까지 에스코트해 준 캠프주인과 작별인사를 나눴다.

"아부아담, 어제 캠프는 환상적이었어요. 그리고 여기까지 도와줘서 정말 고마워요."

유민이 캠프주인 아부아담을 껴안았다.

캠프주인도 당황한 듯하더니 유민을 따뜻하게 껴안았다.

"마담 유민, 평안한 여행 되기를."

아부아담, 그리고 무관심한 표정으로 끝까지 일행을 쳐다보는 국경지대 직원들을 뒤로하고, 일행은 국경까지 자신들을 마중 나온 다른 차를 타고 진짜 수단의 국경 안으로 들어갔다.

수도 카르툼으로 진입한 이후로 일행은 바쁘게 움직였다. 예정되어 있는 '관계 국가 책임자 회의'는 이틀 후에 열릴 예정이었다. 그 전에 국제기구 측에서 관계자들을 사전 접촉할 필요가 있었다. 일행들은 쉴 틈 없이 각자 본부에서 보내준 정보를 받아들고 일을 처리하기 시작했다. 어제 일행이 묵었던 바닷가 마을은 전설처럼 아득하게 느껴졌다.

그사이 수단과 이집트 간의 항공편도 다시 재개됐다. 수단에서의 일정이 끝났을 때, 유민과 일행들은 카이로까지 비행기를 타고 위엄을 지키며 돌아올 수 있었다.

이집트로의 첫 출장은 성공적으로 끝났다. 물론 그 어느 문제도 해결된 것이라곤 없었지만, 국가 간 이슈는 하루아침에 해결되는 것이 아니었다. 이제 관계 국가들은 내부 회의들을 거쳐 국제기구에 의견서를 보낼 것이었고, 국제기구는 또 그때까지 시찰 결과 보고와 관련 문서들을 준비하게 될 것이었다. 유민과 마르티노가 카이로에서 할 일도 일단 종결됐다. 런던을 떠나 이곳으로 나온 지 한 달째였다.

다시 카이로를 떠나 런던으로 돌아오는 비행기에서 유민은 지난 한 달간 유예해왔을 뿐 제대로 해결하지 못한 감정이 아직 남아있다는 것을 깨달았다.

이별에는 그것을 제대로 직면하고 받아들일 기간이 필요하다. 하지만 어쩌면 지난 한 달 동안 그리움 따위의 감정이 옅어졌음은 분명하다. 이별을 직면하는 것이 이전보다는 수월할지도 모른다.

3. 나르코시스

다시 돌아온 런던은 조금 더 따뜻해져 있었다.

겨울이 떠나가는 듯, 해는 하루하루가 다르게 길어졌다. 이집트와 수단에서 동고동락을 함께한 마르티노와 유민은 좀 더 가까워졌다. 일종의 동지애 같은 것이었다.

두 사람은 종종 일과가 끝나고 따로 남아 펍에서 맥주를 마셨다.

"나는 이런 느낌이 좋아서 현장으로 나가. 함께 국경을 넘으면서 고생할 때의 아드레날린도 좋고, 그 이후에 일상으로 돌아왔을 때의 평화를 온전히 만끽할 수 있잖아. 여기 봐, 주류 판매점을 찾으러 안 다녀도 되고 노상에서 떠들면서 맥주를 들이켜도 되고." 마르티노가 입을 열었다.

"그래, 강렬한 기억이지. 난 아직도 그 해변가랑 그날 밤이 생각나."

"그때의 약발이 그리운 게 아니고? 아닌 게 아니고 그거 진짜 시나이산에서 땄다는 고급품이었다구." 마르티노가 낄낄거렸다.

"뭐 그럴지도 모르고. 근데 정말로 가끔 밤에 누우면 그때의 밤하늘이 눈앞에 펼쳐질 때가 있어."

옆 테이블에서 웬 강한 스코티쉬 억양을 가진 무리가 왁자지 껄하게 떠들자 유민과 마르티노는 서로의 목소리를 듣기 위해 조금 더 가까이 다가섰다.

"그런데 바다 수영의 트라우마는 어떻게 생겼던 거야? 말해줄 수 있어?"

마르티노의 갑작스런 물음에 유민은 무슨 말을 해야 할지 잠시 고민했다. 차가운 맥주잔에 생긴 물방울들을 만지던 유민이 이윽고 입을 열었다.

"어린 시절에 아빠가 바다에서 돌아가셨거든. 배를 타고 계셨 는데 결국 아빠는 못 찾았어. 그때 이후로는 바다에 들어갈 수가 없어."

담백하게 말하는 유민의 고백에 마르티노도 잠시 말을 잃었 다.

"아, 정말 미안. 그런 얘기가 있는 줄 몰랐어."

"아냐 괜찮아, 15년도 더 된 일인데 뭐. 그게 뭐 별일이라고 그냥 들어가면 되는데, 아직 그렇게 마음먹고 시도해 본 적이 없었을 뿐이야. 그리고 너무 오래돼서 수영하는 법도 잃어버렸을 지도 모르고."

마르티노는 말없이 맥주를 마셨다.

"너는? 너는 그다음 목표가 뭐야. 사람들이 니가 이 프로젝트 끝나면 옮길 수도 있다고 하던데."

"아, 뭐 너도 이미 알고 있겠지만 내가 한곳에 정착을 못하는 성격이잖아? 마침 이 프로젝트가 딱 마무리될 시점에 브라질 정부에서 하는 프로젝트를 맡는 단체가 있는데, 아마존 마을 지원 관련 사업이야. 그래서 거기로 가볼까 생각 중이야."

"아, 떠나는구나."

"뭐 언젠가 다시 또 돌아올지도 모르지. 너도 비밀을 말해줬 으니 나도 하나 알려줄게. 난 몇 년 전에 이혼했어. 첫사랑인 여 자랑 결혼했고, 그래서 내가 이 세상에서 제일 운 좋은 놈인 줄 알았는데, 다른 남자가 있더라고. 그것도 다 지나가는 방황이라 고 생각하고 다시 잘해보려고 했는데, 잘 안됐어. 그 덕에 꽤 오 랜 시간 우울증에 걸렸었거든. 그 이후로 이렇게 한곳에 정착못 하고 여기저기 떠돌기 시작한 거 보면 내 트라우마는 그게 아닐 까 싶어. 근데 난 아직 그 트라우마를 받아들일 준비가 안 된 것 같아. 지금으로도 좋거든. 언젠가 한곳에 적응해서 그 곳에서 정 줄 사람들을 만날 준비가 되면, 그때는 다시 돌아오겠지."

마르티노가 맥주를 넘기는 것을 보며 유민도 맥주를 마셨다.

"넌 인생에 남은 시간이 25년이라는 사실을 알게 되면 뭘 할래?"

"보통 그런 시한부 선고는 그보다 짧지 않아? 시한부라기엔 애매하게 긴데."

"25년 후에 죽어."

잔말 말고 대답하라는 듯 유민이 다시 강조했다.

"아아 25년, 제일 섹시할 때 죽는다니, 너무한데."

마르티노가 다시 작은 목함을 꺼내 잘 말린 하얀 연초를 꺼냈다.

"흠, 그럼 난 브라질 프로젝트를 종료하고 이탈리아로 돌아갈 것 같은데. 토리노로 돌아가서 가족들이랑 친구들을 만날래."

"그러고도 시간이 남으면?"

"다른 데로 떠도는건 그만하고 친구들 가족들이랑 지내면서 다시 생각해보지. 뭐, 그니까 여기저기 돌아다니는 건 그만둬야 할 것 같군. 시한부가 되면 자동으로 트라우마가 정리되겠는데."

흰 연기가 아지랑이처럼 퍼져 나갔다.

"니 얘길 해봐. 넌 뭐할 건지. 참고로 나 같은 남자도 한 번 만나보고 해야 나중에 죽을 때 후회 안 할걸."

유민의 눈이 마르티노의 초록색 눈과 마주쳤다. 유민은 피식 웃었다.

"모르겠네. 막연하게 25년 후에 죽을 거라고 생각만 하고 그 시간에 뭘 하는 게 제일 좋을지 아직도 못 정했어. 시간만 흐르고 있어. 죽는 순간까지도 뭐 할지 고민하고 있을 것 같아."

"너 정말 생각보다 더 특이한 애구나!"

마르티노가 히죽거렸다.

"그래서 25년 후에 죽겠다는 얘기부터 해봐. 왜 또 그러기로 했는지."

유민도 마르티노의 말에 같이 피식 웃었다. 내가 생각해도 나는 이상한 데가 있었다.

"웃지 마. 내 무릎이 앞으로 25년밖에 못 살 예정이거든. 이렇게 얘기하니까 트라우마에 비극으로 점철된 드라마 주인공처럼 보이네. 근데 야 주인공이 더 이상 못 걷겠다고 죽는다는 게 그렇게 로맨틱하진 않잖아?"

맥주를 한 모금 더 들이켰다.

"어쨌든 주인공이 25년 후에는 못 걷게 돼. 그래서 결정을 내린 거지. 평생 휠체어에서 남들의 도움을 받아가며 여생을 살 바에야 그냥 그때 쿨하게 죽겠다고. 근데 겁도 많아서 남들처럼 드라마틱하게는 못 죽어. 무섭거든. 그래서 그때까지 내 목표는 제일 편하게 죽는 법을 찾는 건데, 그건 일단 나중 일이고, 지금 뭘 해야 후회가 없을지 고민인 거야."

"그럼 너도 트라우마부터 해결하면 되지 않나?"

유민은 마르티노가 건넨 연초를 받아들고 깊게 빨아들였다.

연기가 목구멍을 지나 가슴 깊은 곳으로 들어오는 것이 느껴졌다.

"내 말은, 해결하지 못한 문제를 붙든 채로 남은 25년간 산다면 죽는 마지막 날 내가 정말 자유로웠다고 말할 수 있을까 하는 거지."

폐 깊은 곳까지 들어간 하얀 연기를 다시 내뱉었다.

"그런 의미에서 나랑 브라질 갈래? 우리 꽤 괜찮은 파트너 아니야?" 마르티노가 다시 연초를 건네받으며 웃었다.

"글쎄다. 니가 이탈리아로 돌아오면 이탈리아로 갈 의향은 있는데."

유민은 마르티노를 향해 윙크를 날리고 남은 맥주를 들이켰다.

* * *

마르티노는 카이로 프로젝트가 종료되고 얼마 지나지 않아 브라질 정부 프로젝트에 참여하기 위해 브라질로 떠났다. 그리고 런던에는 여름이 시작됐다.

유민은 이집트로 가는 비행기 티켓을 샀다. 소녀의 무덤에서부터 시작된, 잔잔한 홍해 바닷가의 꿈이 사라지지 않고 유민의 밤을 밝히곤 했기 때문이다.

바다에 다시 들어가게 된다면, 소녀가 지키고 있다는 그 바다에서 시작하고 싶었다. 한때 처음으로 사랑하는 사람을 만나 그 사람으로 구원받을 수 있으리라 믿었지만 사랑 같은 건 한순간 열정에 불과했다. 떠나고 나면 신기루처럼 사라져버리는 것.

사랑은 사람을 구원하지도, 과거를 치유해 줄 수도 없었다.

오직 나를 구원하는 것은 나 자신.

과거를 치유하고 나를 보듬는 것 모두, 그 누구도 아닌 나 자신이어야 했다는 것을 유민은 이제서야 깨닫고 있었다. 그리고 이제는 정말로 그 상처를 치유해야 할 때였다.

유민은 홍해 바다를 옆에 낀 작은 도시에 도착해 스쿠버다이버들이 마을을 이루고 있다는 곳으로 갔다. 골목 골목마다 다이버샵들이 보이고, 아침마다 다이버들이 수레에 공기통을 끌고 바다로 가는 모습이 분주한 작은 마을이었다. 그곳 역시 소녀의 무덤에서와 마찬가지로 물가에서 조금만 더 걸어 들어가면 갑자기 수심이 깊어지며 수중세계로 방문자를 안내하는 천혜의 다이빙장이었다.

숙소에 짐을 대충 던져두고 마을을 돌다가 나이가 지긋한 이집션 다이버가 가게 앞에서 한가롭게 차를 마시고 있는 것을 보았다. 오랜 시간 이곳 바다에 수천 번, 수만 번 입수했을 법한, 바다에서 어떤 일이 일어나도 어떻게든 유민을 뭍으로 끌고 와 줄 거라는 신뢰가 느껴지는 사람이었다.

유민은 그에게 다가가 물었다.

"저, 다이빙을 배우고 싶은데요."

그는 고개를 들어 유민을 바라보고 사람 좋게 미소를 지었다.

"다이빙은 처음인가요?"

"…네."

이집션 다이버가 마시던 찻잔을 조용히 내려놓고 유민을 다이빙샵 안으로 안내했다. 유민은 작은 소파에 앉아 다이빙 수업에 관한 안내를 받았다.

유민이 처음 말을 걸었던 그 이집션 다이버는 유민에게 다시 말없이 미소를 보내며 몇몇의 다이버 무리를 데리고 다시 바다로 들어가고 있었다. 집으로 돌아와 샵에서 받은 다이빙 교본을 뒤적이며 눈에도 생소한 단어들을 읽어 내려갔다.

나르코시스.

40m 이상 되는 깊은 수심에서 질소가 혈액으로 흡수되면서 중독 현상을 일으킨다는 것. 그래서 그 이상의 깊이로 들어가려면 다이버들은 일반 공기통이 아닌 특수한 공기통을 메고 들어가야만 한다. 그렇지 않으면 정신이 흐려져서 위험에 대비할 수 없어진다.

몇 년 전 이곳에서 러시아 다이버 한 명이 목숨을 잃었다. 무슨 연유인지 그는 일반 공기통을 메고 한 번에 90m 아래로 떨어지듯 내려갔다. 그의 카메라가 기록한 그는 90m 아래에 놓인 절벽에서 가까스로 하강을 멈춘 후 어딘가 충격을 받은 듯 손을 휘저으며 절벽을 기어가다가 어느 순간 절벽에 기대듯 누웠다. 그것이 그의 마지막 모습이었다.

아직 공기통에 산소가 남아있었고 바로 상승을 시도했으면 살 수 있었는데도 그는 그저 돌에 기대 죽음을 맞이했다. 그는 급격한 질소 중독에 가벼운 두통을 느끼며 그저 저 돌에 잠시 기대 휴식을 취해야겠다고 생각했을 것이다. 어쨌든 그에게는 그리 괴롭지 않은 죽음이었을 것이다.

* * *

첫 수업은 처음 유민이 말을 걸었던 그 나이 지긋한 다이버 압델과 유민, 둘 뿐이었다. 유민이 생각했던 대로 압델은 경력이 오래된 다이버였다. 그는 아침에 다이빙숍으로 걸어오는 유민의 발걸음과 표정만 보고도 유민이 전혀 마음의 준비가 되지 않았음을 알고 있었기 때문이다.

다이빙을 처음 시작한 초심자들은 두 부류로 나뉜다. 어찌저찌 초급 코스를 마치고 자격증을 받고 만족하며 돌아간 후 다시는 돌아오지 않는 사람들과 그 이후 다이빙에 푹 빠져버려 이곳을 떠나지 않고 남는 사람들. 유민이 어느 부류일지는 어느 정도 짐작 가는 데가 있었다. 수트를 챙겨입고 공기통을 등 뒤에 메는 그 순간순간마다 유민의 얼굴에 당혹감이 떠오르는 것을 보았기 때문이다.

다이빙 슈트는 생각보다 숨막히는 것이었고, 공기통은 생각했던 것 보다 훨씬 온몸을 짓누르는 무게였다. 압델은 다이빙 기어를 하나하나 설명하며 유민을 챙겼다.

"기억해요. 다이빙은 전혀 위험하지 않아요. 그저 입으로 숨을 들이쉬고 내뱉고, 그저 숨쉬기를 멈추지만 않으면 돼요."

"들이쉬고 내뱉고."

"들이쉬고 내뱉고. 그리고 조금씩 내려가면서 귀의 압력을 부드럽게 풀어주기만 해요. 오늘은 거기까지만 하자구요."

압델은 부드럽게 유민을 바라본 후 앞장서 걸었다. 뒤에서 유민이 공기통을 메고 힘겹게 발걸음을 옮기는 소리가 들렸다.

해변은 샵에서 30m 남짓되는 거리였지만 유민에게는 끝나지 않는 여정처럼 느껴졌다. 그나마 유민에게 다행인 것은, 지금 유민은 온몸을 꽉 죄어 오는 다이빙 슈트와 10킬로가 넘는 공기통에 압도돼 15년 만에 처음으로 바닷물로 들어간다는 사실조차 신경 쓸 틈이 없었다는 정도뿐이었다.

이윽고 유민과 압델의 앞에 양옆이 막힌 작은 바닷가가 나타났다. 얕은 바다에서는 동네 꼬마들이 물장구를 치며 놀고 있었다. 아이들은 그 시절 작은 유민과 지호 같았다. 까맣게 탄 꼬마들이 바로 옆에서 물장구를 치는 가운데 검은 다이빙 슈트를 입고 햇빛에 반짝이는 은색 공기통을 멘 어른들이 긴장된 모습으로 바다에 입수하는 것은 어떤 희극의 한 장면 같다.

"공기통은 바닷물 속에서 훨씬 가벼워져요. 이제 마스크를 쓰고 호흡기를 입에 물고 물 안에 편안하게 기대서 핀을 신어 봅시다."

압델은 허리까지 오는 바다에 우두커니 서서 얼어붙어 있는 유민을 다독였다. 어찌할 줄 모르는 유민을 세워두고 마스크부터, 호흡기, 그리고 핀을 건넸다.

마스크를 쓰자 코가 막혀 버렸다. 코가 막히는 느낌에 당황하고 있을 때 호흡기가 입으로 들어왔다.

초조하게 대기 속에서 숨을 쉬듯이 다급히 공기를 빨아들이려 했지만 입에 들어오는 것은 아무것도 없었다. 유민이 눈에 띄게 당황하기 시작했다. 황급히 호흡기를 빼고, 숨 막힌다는 듯 마스크를 올렸다. 그제서야 코안으로 공기가 들어오는 것이 느껴졌다. 유민은 압델이 생각했던 것보다 더 심각하게 패닉에 휩싸여 있었다.

"숨을 쉴 수가 없는데요!"

"다이빙은 코가 아니라 입으로 숨을 쉬는 거예요. 숨을 참지 말고 입으로 깊게 공기를 천천히 빨아들여봐요. 공기통에 산소는 충분해요. 그저 깊게 숨을 쉰다고 생각하고 들이키면 문제없어요."

유민이 하얗게 질린 채로 다시 마스크를 썼다.

마스크 안으로 유민의 눈빛이 무섭게 흔들렸다. 마스크가 다시 코를 덮어버려 코로 숨을 쉴 수 없게 됐지만, 유민은 어떻게 입으로 숨을 쉬어야 할지 태어나서 한 번도 배운 적이 없는 사람처럼 얼어 있었다. 가까스로 숨을 쉬어보았으나 입으로는 공기가 제대로 흘러들어오지 않고 숨만 헐떡일 뿐이었다.

설상가상으로 이제 얼굴이 수면으로 잠기고 발이 땅에 닿지 않자 이내 유민이 몸부림치기 시작했다. 당황한 유민이 손을 휘적거리며 자기도 모르게 입을 벌리자 바닷물이 입을 타고 들어왔다. 이제 물이 폐를 채우고 죽을 것이다. 유민은 완전히 패닉에 빠졌다.

압델은 유민을 잡고 바로 수면으로 올렸다. 유민이 호흡기와 마스크를 집어 던지고 강하게 콜록거렸다. 마스크가 사라지자 다시 코로 공기가 들어왔다.

"육지로 가요. 제발 육지로 돌아가요."

유민의 동공이 확장되어 있는 것을 보며 압델이 유민의 어깨를 잡았다.

"걱정 마요. 지금 조끼에 공기를 채워서 가라앉을 일이 없으니 여기서 잠시 숨을 고릅시다. 아무 일도 벌어지지 않을 거예요. 나를 따라 깊게 숨을 쉬어요."

압델은 부드럽게 숨 쉬는 법을 가르치면서 다시 유민의 마스크를 씌웠다. 두 사람은 마스크와 마스크 사이로 서로를 강하게 쳐다보고 있었다. 그는 유민의 눈을 바라보면서 깊고 느린 손짓으로 숨을 들이쉬고 마시라는 신호를 보냈다. 유민은 필사적으로 압델의 눈을 바라보았다. 압델의 눈은 마치 모든 것이 괜찮다는 듯, 유민을 안심시켜 주고 있었다.

초심자들은 바닷속으로 들어간다는 사실만으로 평범하게 숨 쉬는 방법을 갑자기 잊어버리곤 한다. 그리고 그 생각이 온 머릿속을 지배하면 쉽게 패닉에 빠져버린다. 가장 좋은 방법은 그들의 정신을 다른 것으로 분산시켜 숨을 쉬고 있다는 부자연한 사실을 잊게 만드는 것이었다.

압델은 유민이 당황하지 않도록 얕은 물에 머무르면서 유민의 정신을 분산시키기 위해 유민을 가까운 산호군락으로 데려갔다. 바닷물에 흔들리는 작은 보라색 산호초와 그 사이에서 한가롭게 움직이는 손가락 만한 물고기가 보였다. 유민은 압델의 손을 꼭 붙잡은 채로 물고기를 바라보았다. 물고기들은 사람 같은 건 아랑곳하지 않고 산호초 사이에서 장난을 치고 있었다.

압델은 더 큰 산호밭으로 유민을 이끌었다. 산호밭 사이로 손가락 마디보다 작은 온갖 색깔의 물고기들, 그리고 은색으로 반짝이는 몸에 지그재그로 생긴 검은 줄이 멋지게 그려져 있는, 자기들끼리 잡기 놀이를 하는 물고기들이 보였다. 압델이 더 가까이 다가가 손톱 만한 어떤 고기에게 손을 갖다 대자 물고기가 압델을 껌벅껌벅 쳐다보다가 살짝 다가와 압델의 손가락을 쪼아댔다. 내 영역에서 당장 썩 꺼지라는 신호였다.

공기탱크도 없이 물고기들은 자유롭게도 움직이고 있었다. 수십 종류의 작은 물고기들이 압델과 유민의 주변에서 각자의 일에 집중하며 춤추고 있었다. 사람이 다가가도 작은 수정체 같은 눈을 도르르 굴리기만 할 뿐 자기 할 일에만 집중하고 있는 것이 마치 육지에 있는 고양이들 같았다.

압델의 노력을 이해한 것인지, 유민도 필사적으로 주변 산호와 물고기들을 쳐다보면서 숨 쉬는 것에 대한 강박과 공포를 이겨내려하고 있었다.

가까스로 들어갔던 첫 번째 다이빙이 끝나고 녹초가 되어 앉아있는 유민에게 압델이 따뜻한 차를 가져가 준다. 압델이 유민을 마주 보고 앉았다. 그는 유민을 안심시키던 따뜻한 눈빛으로 유민을 위로했다.

"잘했어요. 이제 내일도 다이빙에 필요한 스킬들을 배우겠지만, 사실 무엇보다 중요한 건 숨을 멈추지 않고 들이쉬고 내뱉으면서 주변에 보이는 광경을 즐기는 거예요."

유민이 힘없이 고개를 끄덕이고 있을 때 작은 회색 고양이가 유민이 앉아있는 의자로 다가와 옆자리에 자리를 잡고 누웠다. 유민의 몸에 한 발을 대고 편안하게 누워있는 고양이의 보드라운 털을 쓰다듬으면서, 유민은 육지에 가득한 이 공기가 얼마나 소중한지, 힘들이지 않고 숨을 쉬며 고양이의 털을 만질 수 있는 것이 얼마나 큰 축복인지를 생각했다.

그리고 바닷속에서 입과 코가 다 막혀 숨을 쉴 수 없었을 때의 고통을 기억해냈다. 입을 통해 들어오는 짠 바닷물, 바닷물이 목에 닿은 후 참을 수 없이 터져 나오는 기침, 그리고 수면 아래 2m에서 올라가지 못하고 무기력하게 위를 바라보았을 때의 절망감. 압델이 유민의 눈을 똑바로 쳐다보며 유민의 손을 부드럽게 잡아주지 않았다면 아마 유민은 그대로 가라앉아버렸을지도 모를 일이다. 바닷속의 일을 기억해내려는 것만으로도 숨이 턱 막혀왔다.

아빠도 같은 기분을 느꼈을 것이다. 아니, 유민은 배가 가라앉는 순간에 아빠가 어딘가에 부딪혀 정신을 잃었기를 바랐다. 그래서 하나도 괴롭지 않은 상태로 바다에 가라앉았을 거라고 생각하고 싶었다.

고양이가 그르렁그르렁 거렸다. 유민은 벽에 머리를 대고 고개를 들어 하늘을 바라보았다. 훔칠 새도 없이 눈물이 흘렀다.

걸을 힘도 남아 있지 않아 비틀거리며 숙소로 돌아왔다.

따뜻한 물이 나오는 샤워기에서 멍하게 물을 맞고 서 있는 것으로 샤워를 대신하고 그대로 침대에 쓰러졌다.

유민이 다시 일어나 정신을 차린 것은 그로부터 12시간이 지난 그다음 날 새벽이었다.

* * *

두 번째 다이빙하러 가기까지는 그 전보다 더 많은 용기가 필요했다. 하지만 두 번째 다이빙은 첫 번째보다는 절망적이지 않았고, 세 번째 다이빙에서는 드디어 호흡기로 숨 쉬는 것 자체가 고통스럽지 않게 되었지만, 여전히 유민이 가장 좋아하는 순간은 수면으로 솟구친 후 호흡기와 마스크를 벗는 그 순간이었다.

마스크를 벗는 순간 주변에 가득한 공기가 따뜻하게 유민을 감쌌다. 유민은 젖은 얼굴로 물 밖의 살아있는 모든 것을 바라보며 크게 숨을 쉬었다.

"어때요?"

"이제 덜 죽을 것 같아요." 유민이 웃으며 답했다.

이제는 다이빙이 끝나고 가지는 차 타임에도 웃을 수 있었다.

"그렇게 계속 바다에 들어가고 점점 즐길 수 있게 되면 그 이후엔 완전히 다이빙에 푹 빠지게 되는 거죠."

"아직 뭐 즐길 정도는 못 되고… 그래도 선생님이랑 함께라면 괜찮을 것 같아요."

압델이 사람 좋게 웃었다.

하지만 유민은 정말로 하루가 다르게 물속에서 안정을 찾고 있었다. 기초 수업이 모두 끝난 이후에도 유민은 매일 다이빙샵으로 찾아와 하루에 두 번씩 다이빙을 나갔다. 압델은 유민에게 무슨 사연이 있는지는 알 수 없었지만, 포기하지 않고 여기까지 온 데는 무언가 사명감 같은 것이 있을 거라고 느꼈다.

인샬라.

신이 원하는 대로.

이제는 익숙한 손짓으로 산소탱크를 연결하는 유민에 압델이 다가가 말했다.

"오늘 다이빙은 딥다이빙이에요. 깊은 수심까지 들어가 보고 수심 30m 이상 들어가서 나르코시스가 오는지 확인할 거예요."

압델의 설명에 유민의 눈이 처음으로 빛나고 있었다.

손목에 찬 다이빙 컴퓨터 화면의 숫자가 점점 높아지기 시작했다. 수심이 깊어지고 있다는 신호였다. 컴퓨터 화면이 33m를 가리켰다.

압델은 하강을 정지시킨 후 바닷속 한가운데 유민과 나란히 섰다. 깊은 수심에서 색을 잃고 파랗게만 보이는 산호초 절벽, 그리고 압델과 유민만이 이 바닷속 세상에 존재하는 듯 주변이 고요하다.

압델이 조용히 유민을 바라보았다. 압델이 하는 행동을 그대로 따라 하기만 하면 된다. 만약 평소보다 반응속도가 느리고 다르게 행동한다면 그것은 나르코시스가 시작됐다는 증거. 그때는 바로 상승해서 그 상태에서 벗어나야 한다.

두 사람의 공기 방울 소리만이 주변에 울려 퍼졌다. 유민이 내뱉은 공기 방울이 조류를 타며 위로, 위로 올라가는 것이 보였다. 유민은 공기 방울이 충분히 커져서 그 안에 들어갈 수 있으면 좋겠다고 생각했다. 어쩌면 이런 생각을 하는 것 자체가 나르코시스가 시작됐다는 증거일지도 모른다. 유민은 평소 즐겨하는 이런 터무니 없는 상상과 나르코시스를 헷갈리지 않기 위해 고개를 흔들며 급히 생각을 비워냈다.

그때 압델의 뒤쪽 저 멀리에서 유유히 수영하며 위로 올라가고 있는 무언가가 보였다. 200년은 이곳에서 살아온 것 같은 크고 강인한 등, 바람을 가르는 독수리의 날개처럼 바다를 가르는 우아한 몸짓, 거북이었다. 거북이는 더 깊고 짙은 남색의 심해에서 나타나 위로 올라가고 있었다.

유민은 압델에게 거북이를 보라고 알려주려다 멈칫하고 말았다. 만약 저 거북이가 나에게만 보이는 거라면? 이게 만약 환상이고, 지금 나르코시스가 온 거면 그녀의 한계는 여기서 그치고 말 것이기 때문이다. 두려움을 이겨내고 여기까지 내려온 노력이 모두 물거품이다.

하지만 유민은 더 깊은 곳으로 가서 해야 할 일이 있었다.

소녀의 무덤으로 가서 소녀를 만나는 일.

세상에 버림받고 바다에 보금자리를 얻은 소녀를 만날 수 있다면, 그 아이에게로 가서 육지로 돌아가지 않은 다른 사람들은 어디에 있냐고 묻고 싶다. 그곳이 정녕 육지의 사람들이 닿을 수 없는 곳, 저 멀리 심해에 있다고 해도 괜찮다. 그런 곳이 존재하기만 한다면 유민은 소녀에게 아빠를 만나 작별 인사를 전해달라고 할 생각이었다. 그것이 여기로 다시 돌아온 이유였다.

유민은 더 깊이 내려가야 했다.

저 위로 사라져가는 거북이를 조용히 바라보며, 유민은 압델을 따랐다.

* * *

해가 지기 시작하면서 바닷물은 낮 시간의 온기를 잃고 차갑게 식어가고 있었다.

유민은 해변가에 앉아 시시각각 어두워지는 바다를 바라보았다. 이곳에 온 지도 꽤 많은 시간이 흘렀다. 이제 런던으로 돌아갈 시간이 다가오고 있었다. 주어진 시간이 얼마 남지 않았다는 뜻이었다.

유민은 바다가 더 어둡고 차가워지기 전에 바다로 뛰어들었다. 이제 바다는 예전의 그 바다처럼 편안해져 있었다. 유민은 숨을 한껏 참고 바닷속으로 들어가 핀을 박차며 맘껏 이리저리 움직였다. 저녁 준비를 하려는 듯 분주하게 움직이는 물고기들을 구경하고 다시 수면에 올라가면, 기다렸다는 듯 대지에 가득한 공기가 유민을 감쌌다.

지상에서 유민을 짓누르던 중력이 이곳에서는 아무것도 아닌 것처럼 느껴진다. 바다에서는 우주를 유영하듯 움직임이 가벼워진다. 이곳에서는 이제 더 이상 무릎도 아프지 않았다.

유민은 고민 끝에 회사에 돌아갈 계획이 없다는 메일을 보냈다. 그리고 브라질의 마르티노에게도 안부 메일을 보냈다. 마르티노는 아마존 한가운데 어딘가에서 또 신나게 헤매고 있을 테니, 아마 이 메일은 유민이 떠난 후에나 보게 될 것이다.

"유민, 이제 뭘 하고 싶어요?"

"소녀의 무덤으로 갈 계획이에요."

압델은 유민이 다시 입을 열 때까지 조용히 유민의 다음 말을 기다렸다.

"예전에 소녀의 무덤에 대한 전설을 들었거든요. 그냥 내 눈으로 확인하고 싶은 게 있어서요."

"아름다운 곳이지만, 아치 아래까지 내려가는 건 금지인 거 알고 있죠? 너무 위험해서 한때는 그곳을 다이버들의 무덤이라고도 불렀었거든요."

유민은 대답 없이 고개를 끄덕이며 웃음만 지을 따름이었다.

이제 이 마을에서 유민이 할 수 있는 것은 더 남아있지 않았다. 유민은 압델과 매일 마을을 지나다니며 알게 된 인연들과 작별 인사를 한 후 마을을 떠났다.

돌아온 소녀의 무덤은 변함없이 잔잔했다.

캠프 주인은 유민이 다시 돌아온다는 연락에 유민의 오두막을 미리 정갈하게 꾸며놓은 상태였다. 그래 봤자 네모나게 뚫린 창가에 작은 천 조각으로 커튼을 만들어 달아 놓은 것에 불과했지만.

유민은 며칠을 그곳에서 할 일 없이 빈둥거렸다. 이곳에서는 아무 할 일도 없이, 시간이 멈춘 것처럼 느껴진다. 시간이 흐르는 유일한 증거는 해가 지고 뜨는 것뿐이었다.

낮에는 주인이 새로 오두막 앞 처마에 달아 놓은 해먹에 누워 햇빛에 반짝이는 바닷물을 바라보았다. 바닷물이 무릎까지 차는 지점에서는 햇빛이 바닷속 하얀 모래사장을 반사해 바다가 에메랄드빛을 내뿜고 있다. 거기서 조금 더 간 거리에서부터 바다는 언제 그랬냐는 듯 짙은 남색으로 끝을 모르는 깊이를 자랑하고 있었다.

해가 뉘엿뉘엿 떨어지기 시작하면 유민은 그제서야 느린 걸음으로 바다에 가서 수영을 했다. 그 시간이 되면 서로 술래잡기를 하던 동네 개들도 같이 바다에 뛰어들어 수영을 하곤 했다.

밤이 되면 얕은 물가에서 라이트닝 피쉬가 내뿜는 오묘한 발

광을 바라보며 차를 마셨다. 이집션들은 쓰디쓴 홍차에 설탕을 듬뿍 넣어 먹는다. 주인은 아직도 차를 설탕 없이 그대로 마시는 유민이 믿기지 않았기 때문에, 홍차를 탈 때마다 항상 설탕을 몇 스푼 넣을 거냐고 묻는 것을 멈추지 않았다.

해가 지고 어둠이 내리면 주인은 촛불을 켜고, 모두 둘러앉아 이집트 전통악기인 타블라를 치며 노래를 불렀다.

10km 정도 떨어진 주변 마을에서 식료품차가 순회를 하는 날에는 유민도 그들에게서 필요한 것을 샀다. 유민은 술을 한가득 쟁이고 싶었지만, 주인의 냉장고를 술로 가득 채우는 민폐를 끼치고 싶진 않았기 때문에 그 욕망은 접어두기로 했다. 대신 차와 함께 마실 쿠키나 망고 한 봉지, 물 따위들을 샀다. 유민이 쓸데없는 간식거리를 사는 동안 주인은 좀 더 중요한 물품들을 챙겼는데, 손님과 식구들의 점심과 저녁을 위한 오이와 치즈, 토마토, 그리고 치킨은 그중에서도 빠질 수 없는 필수 품목이었다.

유민이 다시 돌아온 이유가 무엇인지, 얼마간 더 묵을 것인지 정확히 얘기해주지 않았지만, 주인은 별로 신경 쓰지 않았다. 그저 매일 그들이 함께 먹을 음식들을 평소보다 조금 더 넉넉하게 주문할 따름이었다.

어느 날 아침 이집션 전통 빵에 콩 후무스와 계란 프라이를 곁들여 먹던 유민이 입을 열었다.

"소녀의 무덤에 들어가 보려구요. 다이빙 기어를 구해야겠어요."

주인이 놀라서 물었다.

"다이빙을 할 줄 알았어요?"

"아뇨, 저번에 왔을 땐 아니었는데, 여기서 나가 있는 동안 배웠어요. 저번에 말씀해 주신대로 좀 깊이 들어가 보고 싶어서요."

주인은 진지하게 말하는 유민의 얼굴을 쳐다본 후 말했다.

"유민, 들어가 보고 싶다면 필요한 건 다 구해줄 수 있지만, 유민은 내 손님이고, 내 손님을 위험에 빠뜨리고 싶진 않아요. 그러니까 안전하게 되돌아오겠다고 약속해줘요."

유민이 킥킥거리며 대답했다.

"만약에 내가 안 나오면 우리 엄마 좀 불러서 내 이름 좀 불러달라고 해주세요."

"유민, 진지하게 약속해요. 꼭 안전하게 다녀오겠다고."

"알았어요. 다이빙 기어랑 공기탱크를 구할 수 있게만 해주세요."

그다음날 주인은 주변 마을의 지인에게 전화를 걸었다. 며칠 지나지 않아 유민이 주문한 다이빙 기어와 공기탱크 몇 개가 식료품 차에 실려 왔다. 그리고 유민은 바다가 잔잔하고 날씨가 화창한 좋은 날을 기다렸다.

아니, 사실 날씨는 핑계. 이집트의 여름은 비 한 방울 내리지 않는, 구름 하나 가리는 것 없이 햇빛이 온 대지를 내리쬐는 날씨가 계속되고 있을 뿐이었다.

유민은 마음이 허락하는 날을 기다리고 있었다. 얼마 지나지 않은 어느 날, 여느 날과 마찬가지로 아침 햇살이 바다를 따라 흘러가고 있을 때 유민은 주인이 타준 아침 차를 마신 후 공기탱크를 열었다.

유난히 등 뒤에 멘 공기탱크가 무겁게 느껴졌다. 짧은 길이었지만 그 무게가 다시 또 무릎을 짓누른다. 유민은 조심스레 한 발 한 발 무겁게 내딛으며 모래사장을 건너간다.

차가운 바닷물이 살에 닿는다. 바닷물은 점점 다리를 타고 올라와 가슴 언저리까지 와닿았다. 이제 바다는 온 대지를 뒤덮고 짓누르는 힘으로 유민을 들어 올린다. 유민은 등 뒤의 공기탱크의 무게 따위는 느낄 수 없다. 바다에서는 자기 자신의 무게조차도 느낄 수가 없다. 육지에서 끊임없이 유민과 유민의 무릎을 괴롭히던 중력이 사라지자 해방감이 찾아왔다. 바다의 등에 무등을 탄 듯 두둥실 떠서 고개를 돌려 방금 떠나온 육지를 뒤돌아보았다. 배웅을 해주러 나온 이 하나 없지만 상관없다. 마지막으로 그 모습을 볼 것처럼, 뒤에 남겨온 세상을 찬찬히 바라보며 눈에 담고는 마스크로 눈과 코를 덮었다.

이제는 다시 고개를 돌려 바다 저 멀리 지평선을 바라본다. 호흡기를 입에 물고 숨을 들이쉬자 공기가 입으로 밀려 들어오는 것이 느껴졌다. 그리고 더 깊은 곳을 향해서 걸어 들어간다.

바닷물이 목을 타고 유민의 얼굴에 닿았다. 유민은 잠시 추위에 몸이 떨리는 것을 느꼈다. 이윽고 수면에서 유민이 사라졌다. 작은 공기 방울들이 수면으로 떠 올랐지만, 그조차 곧 사라져 버렸다. 이제 바다 바깥세상에 유민은 없었다.

바닷속에서는 이제는 익숙한 모습의 산호 정원이 유민을 맞이한다. 절벽을 타고 피어난 산호들은 제각각 다른 모습을 한 채 물고기들을 품고 있다. 유민이 절벽을 타고 내려가자 물고기 몇 마리가 제집에서 나와 눈알을 굴리며 유민을 바라보았다.

수심이 깊어지자 산호들이 뽐내던 색들은 점점 옅어지고 이내 파란빛만을 내는 산호들만이 남는다. 이제 환영 인사는 끝났으니 육지의 생물은 안전한 너희의 세상으로 돌아가라는 신호다. 이제는 바다가 짓누르는 힘도 더 커진다. 그리고 유민의 숨도 더 무거워지고 있었다. 공기탱크에서 밀려오는 공기는 이제 더 큰 힘을 주지 않으면 유민의 폐까지 닿지 못한다. 유민은 더 큰 숨을 들이쉬며 아래를 바라보았다.

아치를 찾는 것은 어렵지 않았다. 아래는 무서울 정도로 짙은 남색의 바다가 가득하지만, 아치의 벽 뚫린 공간으로 수면의 햇빛이 들어와 어두컴컴한 주변을 할로겐 조명을 켠 것처럼 밝히고 있기 때문이다.

아치 주변으로 내려가면 마치 바닷속 연회장에 초대받은 것 같다. 방문자들은 이처럼 밝은 빛에 이끌려 자신도 모르게 아치 안으로 끌려 들어가게 되는 것이다.

유민도 그곳에 닿기 위해 다리를 힘있게 저었다. 갈퀴를 찬 이제야 유민은 달린다는 것이 어떤 느낌인지를 어렴풋이 깨달았다. 조류를 힘차게 가로지르는 이 느낌이 바로, 유민은 시도조차 할 수 없었던, 육지 사람들이 대지를 박차고 달릴 때의 바로 그 느낌이 아니었을까?

빛무리가 새어 나오는 곳, 아치의 입구에 도착했을 때는 이미 다이빙 컴퓨터가 수심 55m 경보음을 보내고 있었다. 유민은 아치의 입구에 서서 다시 공기를 들이마셨다. 그럴 리가 없는데, 어쩐지 아치 안쪽에서부터 유민이 서 있는 입구까지 바람이 불어오는 것 같다.

아치로 조심스럽게 들어서며 유민은 문득, 어쩌면 자신이 사실 인어였을지도 모른다고 생각했다. 너무 오랜 기간 바깥세상에 나와 있어서, 그래서 다리가 하나씩 무너지기 시작했던 것이다. 그래서 다른 육지 사람들처럼 평범하게 걷고 뛸 수 없었던게 아닐까?

유민은 부드럽게 두 발을 휘저어 그 자리에서 한 바퀴 돌아보았다. 한편에는 유민이 방금 지나온 아치의 입구가 보였다. 입구의 바깥은 이곳보다 더 어두웠다. 오묘한 일이었다. 반대편에는 아치 동굴이 길게 이어져 있었다. 저 안쪽에 그 소녀가 유민을 기다리고 있다. 그리고 운이 좋다면 아빠도. 아니, 아빠의 모든 것은 다 분해되어 이 바닷물에도 녹아있을 것이다. 사실 아빠는 유민이 다시 바다에 들어올 때까지 15년을 넘게 기다리고 있다가 유민이 다시 바다에 들어오기 시작했을 때부터 쭉 유민의 곁을 지키고 있었을지도 모른다.

유민은 어느 순간 갑자기 초조해져서 남은 공기를 확인했다.

공기가 얼마 남지 않았다.

다시 돌아가야 할까?

잘 모르겠다.

그때 아치 안쪽 저 멀리서 누군가가 다가오는 것이 보였다.

검은 물체는 유민을 향해 점점 가까이 다가왔다.

유민도 어둠 속에 점점 모습을 드러내는 물체를 좀 더 자세히 보기 위해 그곳으로 다가섰다.

이제 둘은 서로 마주 보고 서 있었다.

유민이 그를 보며 미소를 지었다.